KB248986

박현숙희곡연구

박현숙희곡연구

무천극예술학회

국학자료원

『박현숙희곡연구』를 내면서

지난 2001년 5월 대구에서는 우리나라 연극계에 기록될 커다란 사건이 일어나고 있었다. 바로 무천극예술학회가 한국극작가집중탐구의 일환으로 개최하는 '박현숙연극제'가 그것이었다.

무천극예술학회는 1984년 대구·경북 지역에서 희곡과 연극에 관심 있는 소장 학자들이 조직한 학술 단체였다. 말이 학술 단체이지 당시만 하더라도 대부분 대학원생이었거나, 중·고등학교에 재직하는 현직 교사들이었다. 그 인원수도 10명 내외로 구성되었는데, 연극과 희곡에 관한 열정만큼은 둘째 가라하면 서러워할 정도였다. 이 단체가 회원 개개인이 나름대로 공부를 하고, 모여서 토론을 하면서 서서히 학위도 받고, 직장을 대학으로 옮기면서 명실상부한 학술단체가 된 것은 학회가 창립하고 10여 년이 흐른 후였다. 한 학회가 10여 년이 되다 보니 안으로는 탄탄한 기초를 마련했다고 자부하고 있었지만, 그 동안 공부한 것들을 세상에 알리고, 희곡과 연극에 대해서 시민들에게 알리지 못했다는 자성의 목소리가 나오기 시작했다. 그때에 회원들의 의견을 모아 기획한 것이 바로 '한국극작가집중탐구'였다. 이 행사는 그 동안 우리나라 연극계가 가지고 있던 희곡작가, 극단, 희곡연구자들이 서로 간에 교류 없이 제 각각의 세계만을 구축하던 고질적인 병폐를 극복하면서, 진정 연극다운 연극이 무엇인가 하는 것을 시민들에게 보여주고자 기획된 것이었다.

그래서, 무천극예술학회는 희곡전공자로서 우리나라를 대표할 만한 생존 작가와 대표작들을 토론을 통하여 먼저 선정을 하고, 그런 후에 회원들에게 공연할 작품을 배정을 하여 희곡을 어떤 방법으로 무대화 할 것인가에 대한 '드라마투르기'작업을 하도록 하였다. 이 드라마투르기 작업은 그 때까지만 하더라도 우리나라에서는 어떤 극단이나, 어떤 연극제에서도 시행을 하지 않고 있던 방법이었다. 또 하나의 문제는 선정한 작품들을 공연할 극단을 어떻게 선정할 것인가 였다. 토론한 결과, 우선 대구지역에서 활동하는 기성 극단 중에서 선정하고, 그 극단들에게 드라마투르거를 배정하여 책임지고 작품을 무대화하는데 필요한 여러 환경과 조건들을 연출가와 협의하도록 하였다. 그런데, 작가와 작품이 선정되고, 공연할 극단이 결정되었더라도 가장 근본적인 문제는 여전히 남아 있었다. 바로 재정 문제였다. 어느 누구가 문화 사업에 거액을 선뜻 기부하지 않는 한 회원 각자의 주머니를 털 수밖에 없었다. 결과는……

이러한 우여곡절 끝에 제1회 공연 '이근삼 연극제'를 필두로 '차범석연극제', '박조열연극제', '박현숙연극제', '하유상연극제', '노경식연극제', 그리고 올해 제7회인 '이용찬연극제'를 끝마쳤다. 애초에 계획할 당시에는 연극제를 공연으로만 끝을 맺지 말고, 공연한 성과물과 희곡을 상호 비교하여 '작가연구'의 학술논문집까지 발간하는 것을 목표로 하였다. 그리하여, '한국희곡문학연구' 제3집으로 『이근삼희곡연구』, 제4집으로 『차범석희곡연구』, 제5집으로 『박조열희곡연구』까지는 제대로 지켜졌다. 그러나,

회원수에 비하여 벌여놓은 일들이 너무 많은 관계로 '한국희곡문학연구' 제6집 『박현숙희곡연구』를 이제야 발간하게 되었다. 우리 스스로에게 부끄러울 뿐이다.

이 책에서는, 김일영이 「박현숙론」을, 김선주가 「박현숙연구사」를 맡아 집필하였다. 그리고 희곡 작품집과 시대를 함께 아울러서 희곡세계를 크게 제4기로 나누었다. 제1기는 희곡집 『여인』을 발간한 시기로 잡고, 김선주가 <항변(59)>, <땅위에 서다(62)>, <언덕으로 올라가는 골목길(63)>을, 윤일수가 <사랑을 찾아서(60)>, <땅위에 서다(62)>, <방관자(64)>, <여인(65)> 등 60년대 작품을 중심으로 분석하면서, 그 이후의 작품인 <빛은 멀어도(72)>, <가면무도회(75)>, <여자의 성(89)>, <조국의 어머니(91)>, <생명의 전화를 받습니다(95)>, <태양은 다시 뜨리(98)> 등을 중심으로 무대 공간의 활용방식을 종합적으로 고찰하였다. 제2기는 희곡집 『가면무도회』를 발간한 시기로 잡고, 최정은이 <가문(67)>, <타인들(69)>, <가면무도회(75)>를, 권순종이 <세상은 온통 요지경(71)>, <빛은 멀어도(72)>를 대상으로 작품을 분석하였다. 제3기는 희곡집 『그 찬란한 유산』을 발간한 시기로 잡고, 박현숙의 80년대 작품인 <그 찬란한 유산(86)>과 <여자의 城(89)>을 여세주가 분석하였다. 제4기는 희곡집 『여자의 城』에 실린 작품과 그 이후의 발표 작품인 <회로(96)>, <생명의 전화를 받습니다(95)>를 이상진이, <조국의 어머니(91)>와 <태양은 다시 뜨리(98)>를 최창길이 각각 분석하였다.

이렇게 안배하고 나니 한 작가의 작품 세계를 칼로 무 자르듯 했다는 자괴감도 없지는 않지만, 이러한 체제에 얽매이지 말고 자유롭게 읽어주었으면 하는 바람이다. 그리고, 본 논문집에 표기된 작품 발표 연도는 이미

출간된 『박현숙전집』에 기록된 것과 다소 차이가 있을 것이다. 본 논문집 부록에 표기된 연도가 정확한 것임을 밝혀둔다.

 마지막으로, 출판계의 열악한 상황에도 불구하고 책을 선뜻 출간해 주신 국학자료원의 정 사장님과 임직원 여러분에게 감사의 마음을 전한다.

2004년 6월
무천극예술학회

차 례

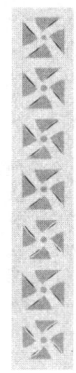

제1장 작가론

박현숙론 / 김일영

박현숙론

김일영

1. 서론

설중매(雪中梅) 박현숙(朴賢淑)은 황해도 재령 신대리에서 1926년 6월 1일 태어났다. 그녀는 아버지 박순일(朴順一)과 어머니 송정옥(宋貞玉) 사이에서 태어난 무남독녀였다.

박현숙은 기독교적 신앙으로 인하여 비교적 어려서부터 연극에 관심을 갖게 되었다.

> 내가 연극을 시작한 것은 8, 9세 때부터이다. 교회에서는 크리스마스 때 언제나 연극 대사를 외워야 했었고 학교에서도 개교기념일 때면 연극을 했었다. 당시 아랑阿浪극단이 1년에 한번씩 공연왔었다. 그때 주연 배우는 주로 남자 황철 씨와 그의 상대역인 여주인공은 차홍녀 씨가 맡아오곤 했었다. 그들은 그 당시 제일 유명한 배우였었다. 며칠 전부터 광고 포스터가 거리에 나붙으면 잠이 안 왔다. 그 황홀한 무대 조명 아래 연극의 내용에 따라 미남미녀가 열연으로 관중의 마음을 사로잡고 후련하게 내뱉는 대사 그 매력! 나는 커서 꼭 배우가 되고 싶었다. 그래야 내 속의 울분을 시원스럽게 토해낼 수 있을 것만 같은 그런 감정이었다.[1]

어릴 적부터 배우가 되고 싶었던 그녀는 1950년 한국문화연구소에서 실시한 현상작품공모에 수필 <어머니>로 응모하였다. 이 작품이 당선작이 되어 그녀는 문단에 데뷔한 것이다. 이때는 그녀가 중앙대학교 심리학과를 졸업하던 해였다. 그 이후로 박현숙은 23편의 희곡작품을 발표하였고, 4권의 희곡집과 3권의 수필집을 발간하는 열정적인 활동을 하였다. 그녀는 어려서부터의 꿈이었던 배우가 되어보기도 했고, 제작극회 대표를 맡아보기도 하는 등 우리나라 연극 현장에서 실제 활동을 한 인물이기도 하다.

박현숙의 작품을 일별해 보면 다음과 같다.[2]

발표년도	작품명	발표지
1959	항변(1막)	조선일보신춘문예입선
1960.1.13.~28.	사랑을 찾아서(1막)	조선일보신춘문예가작 입선
1962	땅위에 서다(1막)	조선일보 신춘문예 당선
1965	출발(1막)	『여인』
1965	여인(4막 5장)	『여인』
1963	언덕으로 가는 골목길(1막)	소인극 17인 선집
1964	방관자(1막)	『여인』
1967	가문(4막6장)	『가면무도회』
1969.10	타인들(2장)	『가면무도회』
1971	세상은 온통 요지경속(2장)	월간문학
1972	빛은 멀어도(4막5장)	『가면무도회』
1975	가면무도회(2막)	『가면무도회』
1986.7	그 찬란한 유산(2막10장)	한국문학 7월호
1989	여자의 성(7장)	월간문학 10월호
1991	조국의 어머니(2막 10장)	월간문학 6~8월호
1993	청사에 빛나리 그 이름(6막18장)	『여자의 성』

---

1) 박현숙, 『나의 독백은 끝나지 않았다』, 혜화당, 1993. 41쪽
2) 이 표는 김선주의 「박현숙 희곡론」(경산대학교 국문학과 석사논문, 1999)에 있는 것을 인용한 것임

1996	회로-파도야 말해다오-(2장)	『여자의 성』
1996	생명의 전화를 받습니다 (모노드라마)	『여자의 성』
	행복한 봄이 되기를(1막)	『가면무도회』
	꽃을 피우는 마음(1막)	『가면무도회』
	할아버지 만세(1막)	『가면무도회』
	이상촌(寸劇)	『주말농장』志
1998.12.	태양은 다시 뜨리(2막)	『월간문학』

박현숙 희곡작품이 공연된 현황을 표로 그려보면 다음과 같다.

연 도	작 품 명	공연단체
1960.3.16~20	사랑을 찾아서	제작극회(제8회) 「원각사」에서 공연(연출 오사량)
1962	땅위에 서다	청포도극회가 「명동예술극장」에서 공연
1964	나는 방관자가 아니다	서울대 연극부 공연
1970	여인 (너를 어떻게 하랴)	제작극회(제14회)가 「명동예술극장」에서 공연 (연출 김경옥)
1977.9.23~28	빛은 멀어도	성좌(제14회)가 세실극장에서 공연(연출 김학천). 제1회 대한민국연극제에 참가.
1987	방관자	두레박에서 「관악구민회관」 불우청소년 돕기 공연
	기타 아동극 영이의 일기 시리즈, 행복한 봄이 되기를, 꽃을 피우는 마음, 할아버지 만세 등.	KBS 방영
1999.7.12	여자의 성(城)	충북 청주 신세대주부극단 제1회 창단공연 「너름새극장」 공연
1999.7.14	여자의 성(城)	서울 제3회 전국주부 연극제 참가. 「여의도 굿모닝」에서 공연
2001. 5. 1.-6. 3	박현숙 연극제	무천극예술학회 주관으로 대구에서 열림(대구 연인무대 극장)

2. 박현숙의 희곡 세계

박현숙의 희곡 작품들 속에서 전개되는 사건들은 대부분 가정에서 일어
나는 애정 문제를 중심으로 하여 남녀간의 사랑에 기초를 두고 있다. 이는
그녀가 여성이라는 면에서도 그러하겠지만, 그녀가 성장하면서 아버지가
없기 때문에 느꼈던 가정에 안타까움 혹은 가족적 사랑에의 그리움 때문
인 것으로 보인다.

2.1. 사건 구성의 특징

2.1.1. 화해적 결말

박현숙의 작품 가운데에서 가족 구성원들 사이에 갈등을 느끼다가 그
갈등이 해소되어 화해로운 결말을 맞이하는 대표적인 작품은 <가면무도
회(假面舞蹈會)>이다.[3] 이 작품은 박현숙이 가정법원의 조정위원으로 30
년간 활동한 경험을 바탕으로 쓴 작품이다.

2막으로 구성된 이 작품은 희비극의 성격을 띄고 있다. 이 작품의
주인공들은 결혼생활 15년째인 부부이다. 이 부부는 한 집에 살고
있으면서도 서로에게 거짓말을 하면서 지내고 있다. 남편은 애인과
있으면서 부인에게는 파출소에 있다고 거짓말을 한다.

이들 부부는 각각 가면무도회 참석을 제의받고 남편은 부산에 출장을
간다는 핑계로, 아내는 남편이 출장간 틈을 타서 가면무도회에 참석한다.

---

3) 20021년 무천극예술학회가 주관한 「박현숙연극제」에서 광주의 「극단 시민」이 이 작품을
공연하여 좋은 반응을 얻었었다.

그런데 그 가면무도회가 공교롭게도 동일한 무도회인 것이다. 이들 부부가 가면무도회에 참석하기 위하여 무대에 나타났을 때, 일차적인 극적 긴장감이 생겨난다. 가면을 쓴 여자와 남자가 각각 자신들의 아내와 남편이라는 사실을 관객들은 알지만, 배역들은 모르는 듯이 연기한다는 측면에서 일종의 아이러니라고도 할 수 있을 것이다.

세 쌍이 모여 즐기는 가운데 등장인물 부부는 자신의 아내와 남편에게 강한 호감을 느끼고 호텔로 간다. 그러나 아내는 자신의 파트너가 가면을 벗자 놀라운 발견을 하게 된다. 가면을 벗은 남자가 바로 자신의 남편이었기 때문이다. 여기에서 발견에 의한 두 번째 극적 긴장감이 빚어진다.

아내의 거부가 계속될수록 남편은 흥미를 더해 여자의 가면을 벗기려 한다. 가면을 벗기려는 남편과 벗지 않으려는 아내의 다툼이 계속되다가 결국 아내의 가면은 벗겨진다. 이제 이들 부부는 어떻게 될 것인가?

> 남편 : 여보— 서로 묻지 말기로 합시다. 다 내가 잘못했소
> 아내 : 아니, 제가 당신에게 너무 소홀했던 탓으로—.
> 남편 : 아니야, 모두 내 잘못이야.
> 아내 : 우린 서로 소중한—.
> 남편 : 천생연분의 쌍인가 보구려.[4]

이들은 서로에게 거짓말을 하고 참가한 가면무도회에서 만난 것을 '천생연분'으로 여기고 화해를 한다. 그러나 이들의 화해가 진정한 화해인가 하는 점에는 의문을 가지게 된다. 남편은 위기를 넘기기 위하여 아내에게 거짓말을 하고 있기 때문이다. 상대방에게 대한 불신의 앙금이 사라지지

---

4) 박현숙, 『假面舞蹈會』, 44쪽

않은 상태에서의 화해는 쓸모없는 일이라는 점을 작가는 깨우치고 있다고 할 것이다.

<땅위에 서다>나 <출발> 등의 작품에서도 사건의 결말이 화해적으로 이루어지고 있다. <땅위에 서다>는 등장 인물들이 서로에게 비교적 솔직한 화해를 시도하고 있는 작품이다. 단막극인 이 작품은 1962년 조선일보 신춘문예 당선작으로 맞벌이 부부가 서로에게 무관심하게 살아가다 뒤늦게 사랑을 확인한다는 내용이다.

단막극인 <출발>은 '1951年度 後退 당시에 어떤 고장에서 素人劇用으로 썼던 것을 약간 손질'한 작품이다.

결말이 분명한 화해로 끝나는 이러한 작품에 비하여 화해를 암시하면서 끝나는 작품도 있다.

<여수(女囚)>는 조선일보 신춘문예 가작으로 입선해 1960년 1월 13일부터 28일까지 조선일보에 연재된 단막극인데, 후에 <사랑을 찾아서>로 개제되었다. 이 작품은 드라마의 사건을 시간의 흐름에 따라 진행시키지 않고, 결말 부분을 먼저 보여줌으로써 앞에 일어났던 모든 일을 노출시키는 분석드라마 형태를 띠고 있다.

애리는 사랑하는 님을 찾아 남한과 북한을 오가다 간첩으로 몰려 재판을 받게 된다. 사랑을 찾아 월북했던 애리는 공산주의에 대해 심한 거부감을 느끼고 있다. 이런 와중에 그녀는 북의 공작원으로 월남을 지시받고 영식과 헤어지게 된다.

월남을 한 애리는 의사가 되어 봉사 활동을 하던 중에 간첩으로 몰려 죄수가 된다. 옛 애인 민규가 애리를 변호하러 오지만 그들은 아무 말도 건네지 못하고 헤어진다. 꿈에 그리던 애인을 만났지만 한마디 말도 건네지 못하는 상황은 이 극을 더욱 비극적으로 만들고 있다. 그러나 대학 교수라는 이름이 가지는 보증력, 그러니까 도덕성과 인품을 지닌 민규의 변호로 인해 애리의 결백이 확실시된다. 때문에 이 작품은 애리가 무죄임이 밝혀지리라는 점이 암시적으로 제시되고 있다.

<언덕으로 가는 골목길>은 6·25로 피폐해진 사회상 속에서도 인간성과 사랑만은 상실되지 않는다는 휴머니즘적 성격의 단막극이다. 동생을 위해 술집에 나가는 누이 영란과 자신을 위해 희생하는 누이가 안타까운 동생 형일, 그리고 영란을 사랑하는 철수를 중심으로 극이 전개되고 있다.

4막 5장의 장막극인 <빛은 멀어도>는 수진과 영준의 사랑을 소재로 다룬 작품이다. 작가는 이 작품의 표제를 <소상(塑像)>이라고 하려고 했었다고 하는데, 이는 작품의 결말 부분에서 불구가 된 수진이 조각을 통하여 사랑을 승화시키려고 했기 때문으로 보인다.

<그 찬란한 유산>은 2막 10장의 장막극으로 작가의 자전적 모습이 잘 드러난 희곡이다. 특히, 박선희는 작가의 자전적 인물로 보인다. 뿐만 아니라 이시화라는 인물이나 어머니의 재혼, 간호사 생활 등은 그의 생애를 그대로 옮겨 놓았다는 착각이 들게 한다.

> 어머니 : 60년 전 억울하게 남편이 학살되자 늙으신 어머니와 어린 나를 살리기 위해서 저 방에 있는 내 어머님은 재령에서 해주로 어느 자칭 군수의 아들이라는 이시화라는 놈팽이와 재혼을 했던 과거가 있다. 결국 2년만에 끝장이 났지만 그녀는 그로 인해 말할 수 없는 고통 속에서 살아야 했던 일…… 난 너무나 뼈아픈 현실을 보았고 재혼한 엄마를 증오하며 살아왔었다. 그러다 일제 말 젊은 여자들을 정신대로 끌어간다기에 난 어느 병원 간호원이 되었었고,[5]

뿐만 아니라 등장인물의 이름을 작가 박현숙의 부모님이신 박순일과 송정옥의 실명(實名) 그대로 작품에 사용하기도 했다.

이 작품은 4대에 걸쳐 인생의 고난을 겪는 가족사를 다루고 있다. 1대인 박순일과 송정옥, 2대는 1대 사이에서 태어난 딸 박선희와 사위 김기호, 3대는 2대 사이에서 난 아들 김민과 그의 아내 유라, 4대는 이들 사이에서 태어난 손자 이삭과 친구 도영미의 이야기이다. 이들은 각각 일제시대, 6 · 25 전쟁, 4 · 19 혁명이라는 시대상황과 맞물려 온갖 고난을 겪는다.

2막 10장으로 이루어진 <조국의 어머니>는 가정에는 무관심한 채 오로지 정치판만을 맴도는 아버지 박찬우와 남편 대신에 집안을 이끌어 나가는 어머니 오산월이 긴 시간 동안 살아가는 이야기를 큰아들 박세영과 그의 애인 숙희 그리고 세영과 숙희 사이에 나은 태양을 등장시켜 다루고 있다.

<여자의 성(城)>은 대학동창생인 수진, 다미와 천수의 애정관계를 보여주는 작품이다. 천수는 집을 담보 잡혀 다미와 동업을 하지만 사기를 당하고 만다. 다미의 자살과 천수의 구속으로 사건은 최악의 상황으로 치닫는다. 그리고 친정에 갔던 수진의 해산 소식이 전해진다. 천수의 구속으로 희망이 상실되고, 불행만이 가득한 집에 아들의 출산 소식이 전해지면서 희망이 피어나는 결말이 맺어지고 있다.

<태양은 다시 뜨리>는 1998년에 창작된 것으로, 여기에서는 일제 시대에 희생양이 된 한국 젊은이들의 비극적 삶이 2막에 걸쳐 다루어지고 있다. 작가는 작품의 결말에서 시대적인 고통으로 죽어가는 젊은이들 못

---

5) 박현숙, <그 찬란한 유산>, 『그 찬란한 유산』, 범우사, 1986, 325쪽

지 않게 새로이 태어나는 어린 생명을 중시하고 있다.

2.1.2. 파국적 결말

<항변>은 1959년 조선일보 신춘문예에 입선된 단막극으로, 타락한 정치 현상에 대하여 비판을 하고 가정과 아내에 무관심한 남편을 고발하고 있다. 작가는 이 작품을 쓰게 된 동기를 '자유당 시절 당쟁이 한참 심할 때, 서로의 고집이 서로의 중요한 무엇을 잃게 된다는 것을 뼈저리게 느꼈었다. 서로의 생활을 고집한 나머지 그들이 진정으로 사랑하는 아이를 죽이게 하는 부모의 비극을 쓰고 싶었다.'고 밝히고 있다.

<방관자>는 가정에 무관심한 남편 때문에 불행을 겪는 여인들의 삶을 다룬 단막극이다. 이 작품은 어느 여류 명사의 죽음에서 소재를 얻은 것이다. <타인들>은 한 가정내의 이기적인 가족에 대한 풍자를 2장으로 구성하고 있는 작품이다.

2장으로 구성된 <세상은 온통 요지경속>은 국회의원이 되기 위해 온갖 부조리를 저지르는 국회의원 부부를 풍자하고 있다. 이 작품에서는 등장인물들에 대한 명명이 아주 우화적이다. 이늑대, 백여우, 사구라, 고양이 등의 이름을 통하여 정치에 대한 우회적 비판을 시도하고 있다고 하겠다.

<여인>은 박현숙의 첫 장막극으로 4막 5장으로 되어 있다. 이 작품은 옥희, 성초, 철호, 미라 등의 사랑을 담고 있는데, 육체적 사랑과 정신적 사랑의 가치를 동시에 보여 주고 있다.

<가문>은 가족 구성원들이 처해 있는 현실적인 문제를 미군과 연결시켜 다루고 있다. <회로>는 6·25로 인한 이산(離散)의 아픔과 통일에 대한 염원, 그리고 대물림하는 남자들의 외도로 인한 가정의 갈등을 2장에

담고 있는 작품이다.

2.2. 극적 기법의 특징

박현숙 희곡에서 가장 두드러지는 극적 기법의 특징으로는 시가 삽입을 들 수 있다. 극양식에 서정양식을 삽입하는 것은 등장인물들의 내면심리 전달에 특별한 효과를 낼 수 있고, 작가의 객관적인 자세가 요구되는 희곡 속의 사건에 작가가 직접 개입할 수 있는 틈을 만들어주는 방법이 되기도 한다. 뿐만 아니라, 희곡 속에 삽입된 시가는 극적 장면을 부드럽게 하는 데에도 효과를 줄 수 있다.

<출발>은 박현숙이 희곡 속에 시를 처음으로 사용한 작품이다. 그러나 이 작품에 사용된 시는 사건 전개에 의미를 주지 못하고 있다. 이에 비하여 1986년에 발표된 <조국의 어머니>는 시가 삽입이 본격적으로 이루어진 것인데, 이 작품에는 김소월·윤동주·키에르케고르 등의 시와 작가의 창작시가 함께 삽입되었다. <조국의 어머니>의 철호는 어머니의 자살로 여자와 사랑에 대한 허무와 불신을 가지고 있는 인물이다. 그가 읊은 키에르케고르의 시, '어느 소녀를 사랑하여 보아라 / 그대는 뉘우치리라 / 사랑하지 말고 살아 보아라 / 그대는 또한 뉘우치리라'는 부분은 등장 인물 철호의 허무주의적 성격을 잘 나타내고 있다.

박세영이 읊은 <초혼>은 절망감에서 벗어나려는 의지를 함께 나타내고 있다. 박세영은 건강하고 듬직한 젊은이로 시를 통해 젊음과 사랑에 대한 열정으로 가득 찬 자신의 성격을 잘 나타내고 있다. 그가 읊는 <초혼>은 절망감에 빠져서도 역동적으로 살아남기 위해 몸부림치는 열정의 강도를 강하게 드러내고 있다. 나아가서 이 시는 세영과 숙희의 비극적

관계를 암시하는 기능도 가지고 있다.

<태양은 다시 뜨리>의 애실은 <자화상>과 <서시>를 낭송한다.

> (전략)그리고 한 사나이가 있습니다. / 어쩐지 그 사나이가 미워져 돌아갑니다. / 돌아가다 생각하니 그 사나이가 가엾어집니다. / 도로 가 들여다보니 사나이는 그대로 있습니다. / 다시 그 사나이가 미워져 돌아갑니다.

이 시는 시를 낭송하는 인물이나 시 속의 인물이 겪고 있는 심각한 갈등을 독자나 관객에게 직접 전달하는 효과를 내고 있다. 이 시가 <태양은 다시 뜨리>에서 인용됨으로써 '사나이'는 철호를 의미하게 되고, 철호는 윤동주와 동일시되어 자신의 뜻대로 할 수 없는 비극적 상황에 처한 인물로 형상화되고 있다. 즉, 철호는 부모의 뜻을 따라 사랑 없는 결혼을 한 뒤 일본으로 유학을 와 사랑하는 여인 애실을 만났지만 아무 결단도 내릴 수 없는 처지에 놓여 있음을 드러내고 있는 것이다.

윤동주의 <서시>는 순수하고 부끄럼 없는 삶을 통해 윤리적·신앙적 절대가치를 지향하는 작품이다. 이 시는 화자는 윤리성을 바탕으로 하여, 양심에 대한 필요 이상의 결벽증, 속죄하고자 하는 마음, 티 없이 살고자 하는 아름다운 심성을 가진 사람이다. 따라서 부끄러움의 자기 인식은 절대적 가치와 윤리성을 추구하는 능동적인 삶의 계기를 마련해 주기 때문에 꾸준히 거듭나는 삶의 태도를 지향한다.

> 죽는 날까지 하늘을 우러러 / 한 점 부끄럼이 없기를 / 잎새에 이는 바람에도 / 나는 괴로워했다.

이 시는 시적 화자가 내뱉는 극적 독백이다. 그러면서 부끄럼 없이 살기를 희구하는 작가의 의지를 함께 드러내는 것으로 볼 수 있다.

박현숙은 자신이 시를 창작하여 희곡 속에 삽입하기도 했다. 우선 <조국의 어머니>에서 박정애가 자신의 사랑을 고백하기 위해 읊는 <사랑>이란 시를 예로 들 수 있다.

> 꽃이 피고 지는 산비탈에서
> 홀로 우는 뻐꾹새 소리
> 외로움으로 텅 빈 내 가슴에
> 가득 담아 그대에게 띄워보내리
> 안 보면 그리웁고 만나면 설레이는
> 말못하고 돌아서는 발자욱마다
> 그리움만 남겨놓고 돌아섰다네
> 아마도 그것이 사랑인가 봐

'안 보면 그리웁고 만나면 설레이는 / 말못하고 돌아서는 발자욱마다 / 그리움만 남겨놓고 돌아섰다네'에서는 사랑하는 이에게 고백하지 못하고 안타깝게 바라보다 다소곳이 돌아서는 주인공의 애처로운 모습이 잘 드러나 있다. 이 시가 정애의 친구 오빠인 철호에 대한 자신의 사랑을 담은 시라면, 희곡 <조국의 어머니>는 어머니에 대한 사랑을 웅장하고 비장하게 담고 있는 작품이다. 그는 이 시를 통해 불행한 운명을 살다간 어머니의 삶을 추모한다. 어머니를 '가난, 눈물, 희생, 사랑, 자랑, 등불, 십자가, 불의, 횃불, 평화'라고 회상하는 정애의 시를 통해 어머니에 대한 회상과 존경, 사랑 등이 제시되고 있다.

<태양은 다시 뜨리>에서 애실은 <그리움>, <해바라기>란 시를 통해 철호에 대한 자신의 사랑을 표현했다.

A. : 사랑의 날개에 그리움을 싣고 /물살처럼 파도치며 흘러간/시간과 시간 사이/텅 빈 내 가슴속에/사랑은 이끼로만 남아 있네/사랑이란 속절없이 흐르는/구름인가/밤 하늘의 유성인가/끝간 데를 모르겠네/아! 내 사랑 빈 메아리 되어/되돌아 올지라도/나 그대 영원히 사랑하리/못 잊을 사람이여.

B. : 사랑하는 당신이 태양이 되면/나는요 해바라기 꽃이 되리다/당신이 동에서 솟아나면/나는요 동쪽으로 고개 돌리고/당신이 서쪽 산기슭을 넘어서면/나는요 고개 숙여 잠자리라.

이 작품은 철호에 대한 영원한 사랑의 맹세와 이루어질 수 없는 자신의 사랑에 대한 한스러움이 포함되어 있다. 애실이 읊은 또 다른 시인 <나의 조국 조선 땅아>는 그녀가 단순히 사랑만을 추구하는 인물이 아니라 조국의 앞날에 대해 고민하는 지식인임을 상기시키는 작품이다.

사랑과 인정으로 가득했던 조국 땅아./지금은 모두 어디로, 흩어지고/눈물만이 가득히 통곡하구 있구나/나의 조국 조선 땅아/세세토록 빛내려 하던 그 약속의 맹세들은/지금 어디서 결박당하고 있는 것인지/우리 민족 모두가 통곡하네 통곡하리.

이처럼 애실의 시는 사랑하는 사람과 조국의 비극에 대한 고민을 담고 있다.

임영신 여사를 추모하기 위해 창작된 <청사에 빛나리 그 이름>에 삽입된 <독립의 노래>는 글자 그대로 독립의 기쁨을 극대화하고 있다. 이

시는 임영신이 지은 것으로 되어 있다.

> 깊은 데 숨은 장미화야 잘 있더냐
> 너를 반기는 봉접 나로구나
> 네가 화려한 동산에 자유로이 피었을 때
> 아, 네 향기로운 품 속에 안기려 했더니
> 흉악한 비에 침노를 입었네
> 아, 내사랑, 아, 내사랑----.
> 그러나 또한 자연이라 좋은 꽃아
> 가리운 구름 모두 헤치며
> 그대의 반기는 자태가 내 눈에 보이리니
> 아, 벌 본 꽃, 꽃 본 벌이 서로 반기는
> 춘정에 취한 봉접이구나
> 아, 내사랑아, 아, 내사랑아---.

<청사에 빛나리 그 이름>에서는 시와 노래가 다양하게 이용됨으로써, 작가가 가지는 임영신에 대한 추모의 정이 절절히 나타나고 있다. 이러한 시도는 시와 노래와 대사가 어우러져 감동을 주는 '시적인 연극'을 가능하게 할 수 있다.

박현숙 희곡 작품에 쓰인 기법으로는 이외에도 서사극적 기법, 표현주의극적 기법 등이 있다. 서사적 기법이 쓰인 예로는 <조국의 어머니>, <청사에 빛나리 그 이름>, <여수>, <그 찬란한 유산>, <여자의 성> 등을 들 수 있다. <가면무도회>는 표현주의적 작품이라고 할 것이다.

이러한 사건과 기법을 통하여 박현숙이 작품에서 형상화하고자 한 것은 보편적 가족 질서의 회복이었다.

3. 박현숙의 인간적 삶

　박현숙이 살아온 과정은 기독교적 세계관으로 무장된 나그네의 길이라고 하겠다. 서론에서 인용한 글에서 알 수 있듯이, 그녀는 어린 시절에 기독교를 접하였다. 그녀에게 기독교는 일찍 여의었던 아버지 역할을 했고, 그녀의 삶에서 도움을 주었던 목사들은 그 대리자였다. 그리고 자신이 성장한 어른임을 깨닫게 해준 인물은 임영신 여사였다. 1962년부터 1964년까지 중앙대학교 동창회 부회장을 지내고, 1963년부터 1967년까지 중앙문학인회 초대 회장을 지내기도 한 박현숙은 <청사에 빛나리 그 이름>으로 임영신 여사를 무대 위에 살려 놓았다.

　박현숙이 간호학교에 다니고 있을 때에, 그녀와 그녀의 어머니를 곤경에 빠뜨렸던 이시화가 병인의 몸으로 나타났다. 그녀는 그를 위해 무료병동에 입원을 시키도록 하여 베풀 수 있는 노력을 다해 치료해 주었다.

　　　원수를 사랑하라는 교회에서의 가르침을 실천에 옮길 수 있었던 시험의 기회가 되기도 했던 것이다. 그는 임종을 몇 시간 남기고 모기만한 낮은 목소리로 "미안했다. 고맙다."는 말과 함께 두 눈에 눈물을 주르르 흘렸다. 일생을 남에게 못할 짓만 하고 간 한 인간의 종말을 지켜본 것이다. 그때 어느 시골에 피해있던 내 어머니는 이런 딸의 곤욕을 알 리가 없었다. 임학봉 목사님과 변종호 목사님 두 분이 시종 그 분의 임종을 지켜주셨고 장례, 화장 일절을 맡아 주셨다.6)

　1945년 해주 도립병원 부설 간호학교를 졸업하고 해주 음악 전문학교

―――――――――――

6) 박현숙, 『나의 독백은 끝나지 않았다』, 혜화당, 1993. 49쪽

에 입학한 박현숙은 1946년 서울로 와서 그해 9월에 서울 중앙여자전문학교 교육과에 입학하였다. 그녀가 과감히 서울로 올 수 있었던 것은 간호사 자격증을 가지고 있으면서 목회자들의 도움이 있었기 때문이었다.

이시화에 대한 심리적 갈등을 기독교적 신앙으로 극복하고, 경제적인 어려움은 간호사 자격증과 젊음으로 이겨내던 박현숙에게 대학진학은 인생을 바꿔놓는 계기가 되었다. 그 바뀐 인생은 그녀가 어릴 때부터 꿈꾸어온 길로 접어드는 것이었다.

1947년 학제 개편으로 중앙대학교 심리학과로 전과한 그녀는 1948년부터 무대에 서는 경험을 한다. 1948년 중앙대학 교내 연극경연대회에서 김진수 작 <코스모스>의 준수 역을 맡은 그녀는 총장상을 받는다. 이로써 그녀는 비교적 화려한 무대 데뷔식을 치룬 셈이다. 같은 해에 그녀는 한국에서 초연되는 <햄릿>에서 오필리어 역을 맡기도 했다. 그녀가 뛰어난 연기력의 소유자임을 증명한 것은 1949년에 있었던 제1회 전국 남녀대학 연극경연대회였다. 이 대회에서 그녀는 존 밀린톤 싱그 작 <계곡의 그림자>에서 노라 역으로 출연하여 개인 연기상을 수상하였다. 배우로서는 탄탄한 길을 갈 수 있도록 기초가 다져진 셈이다. 이러한 경험은 후에 차범석 등과 만나서 '제작극회' 동인이 되는 계기가 되었다고 하겠다.

그런데 그녀가 배우의 길을 가지 않고 문인의 길을 가도록 한 것은 1950년에 있었던 한국문화연구소 현상작품 공모에 수필 <어머니>가 당선된 때문이 아닌가 한다. 그 인연으로 그녀는 한국문화연구소 기자로 입사하고, 부산까지 피난을 가서 희망 잡지사 기자와 문화예술신보사 기자를 했다. 그러면서도 그녀는 연극에 참여하는 열정을 가지고 있었다. '전쟁통에 기자생활하며 연극을' 하고 다니었으니, 스스로 말하듯이 '미친 여자 아니고서야' 그럴 수 있을까 하는 생각이 들고도 남을 일이었다.

김혜원과 함께 지내던 박현숙은 점점 지쳐갔다. 그래서 그녀는 결혼을 하기로 작정하였다.

그때 어느 다방에서 우연히 만난 분, 그분이 바로 남편된 최홍룡(崔洪龍)씨다. 해주 의정여학교 2년 선배인 최정님의 둘째 오빠로 집안 사정도 속속들이 잘 알고 있던 분이었다. 그는 내가 간호학교 졸업 때 그 누이동생을 통해서 최초로 결혼신청을 한 분이기도 했다. 그땐 일생을 간호원이나 수녀로 평생 결혼 않고 살겠다는 굳은 각오였기에 첫마디에 거절했던 분이다. 참으로 인생의 인연이란 묘한 연분으로 이어지는 것이라고 생각했다.

결혼한 후론 외부 활동은 일체 중지하고 혼자 할 수 있는 작업을 연구했다. 소설가가 되고 싶었으나 그것보다는 연극으로 익숙해진 무대 상황과 배우들의 분위기 흐름을 많이 알고 있기 때문에 오히려 내게는 희곡 쓰는 쪽이 편하게 느껴졌다.[7]

이렇게 하여 희곡습작에 들어간 그녀가 희곡작가로 뿌리를 내린 것은 1959년에 <항변>으로 조선일보 신춘문예에 입선되고, 1962년에 <땅 위에 서다>가 조선일보 신춘문예에 당선되면서부터이다. 그 이후로 그녀는 23편의 희곡작품과 네 권의 희곡집 그리고 네 권의 수필집을 내었다.

1963년부터 1971년까지 「제작극회」 대표를 맡은 것도 특기할만한 일이다. 경제적으로 보아 극단 운영이 쉽지 않은 우리나라 연극계의 사정을 감안해 본다면 여성으로서 극단의 대표직을 수행한다는 것은 상당한 어려

---

7) 박현숙, 『나의 독백은 끝나지 않았다』, 혜화당, 1993. 67쪽

움을 감내해야 하는 일이기 때문이다.

박현숙의 삶에서 중요한 일 가운데에 또 하나는 서울가정법원 가사조정원을 30년간 지속했다는 것이다. 1995년 지홍원 원장으로부터 감사패를 받기도 한 그녀는 이 조정원으로 있으면서 얻은 소재를 희곡으로 표현하기도 하였다. 그녀의 작품들은 대부분 가정을 중심으로 한 애정을 다루고 있다고 앞에서 지적하였는데, 그렇게 될 수 있었던 것은 그녀가 여러 해 동안 가사조정원으로 임무를 잘 수행했기 때문이라고 하겠다. <가면무도회>는 부부간의 이별이란 그렇게 쉽지 않음과 부부간에 필요한 것은 표면적인 행동과 내면적인 상호 존경의 마음이 있어야 한다는 점을 역설하고 있는데, 이것도 그녀의 이러한 경험에서 얻어진 소재라고 하겠다. 또한 모노드라마인 <전화를 받습니다>에서 가사조정원 임무를 마치면서 그 동안 경험했던 일들을 독백조로 적어놓고 있다. 그녀는 마치 기도하는 소녀와 같은 모습으로 자신의 경험을 희곡화한 것이다.

1997년 7월 대한민국 예술원 회원이 된 그녀는 젊었을 때 못지 않은 활동을 하고 있다. 2000년 2월에는 국제 펜 문학상을 수상하는가 하면, 1999년부터 2000년까지 대한민국 예술원상 심사위원을 역임하고 있다.

4. 결론

박현숙은 20대에 6·25를 겪고 등단해 임희재·오상원·이용찬·하유상 등과 함께 활동한 전후(戰後) 작가에 속한다. 이들이 활동했던 1950년대 후반은 희곡과 연극에서 사실주의 기법이 퇴조 현상을 보이면서 비사실주의 기법들이 실험되기 시작하던 시기였다. 물론, 비사실주의 기법은 사실주의 희곡에 비해 사용 빈도가 양적으로 빈약했지만, 기성·신인 작가를 막론하고 중요한 창작상의 원리로 인식하기 시작했다. 전후 작가들이 본격적인 창작 활동을 시작한 1960년대는 비사실주의적 실험이 활발히 전개되던 때였다. 박현숙도 사실주의를 기본으로 하되 비사실주의 기법을 부분적으로 도입하면서 다양한 기법의 변화를 시도하였다.

그는 이러한 작업을 통해 자신이 살아왔던 시대상을 작품 속에 투영시키고자 했다. 때문에 그의 작품은 일제시대, 6·25 전쟁, 남북분단, 4·19 혁명 등의 역사적 사건을 다룬 것들이 많다. 특히, 그는 여성작가만의 섬세한 감각으로 역사적 사건을 가정으로 끌어 들여와 한 가정내의 인물들이 역사적 사건들과 어떻게 부딪치고 희생되며, 견디어 내는가 하는데 관심을 기울여 왔다. 그녀는 이러한 작업을 통해 사회와 정치에 대한 객관적인 비판을 시도하고자 했다.

박현숙 희곡에서 좀더 강조되어야 할 점은 플롯을 견고히 해야 한다는 것이다. 박현숙이 창작 활동을 시작할 무렵은 사실주의 일변도에서 비사실주의 기법이 조심스럽게 사용되던 때였다. 그녀도 이런 사조의 영향을 받아 희곡 창작에 있어 비사실주의 기법을 사용하기 시작했다. 박현숙이 사용한 극적 기법은 극중극, 서사적 화자의 등장 등의 서사극적 기법과 표현주의의 극적 기법이라 할 수 있다.

그러나 그녀의 작품에 등장하는 많은 사건들이 폐쇄희곡의 특성을 가지고 있기 때문에 인과관계에 의한 사건 전개가 필수적이다. 사건 전개를 인과적으로 전개시키기 위해서는 성격이 분명하게 설정돼야 한다. 그런데 그녀의 작품에 등장하는 인물들은 현실적으로 존재 가능한 인물들이다. 그런 인물들은 자신들이 가지고 있는 문제가 원만히 해결되기를 바란다.

현실적으로 원만한 문제 해결을 유도하다 보니, 작품에서는 등장인물들이 갈등을 겪다가 그 갈등을 해소시키는 방법이 분명하게 제시되지 않고 있다. 그럼으로써 극적 충돌과 해소에서 오는 극적 카타르시스가 감소하게 된다. 그렇다고 하여 그의 희곡에서 교훈적 기능이나 재미가 줄어드는 것은 물론 아니다. 각 작품의 사건들은 그 나름대로 완결된 양상으로 전개되기 때문이다.

박현숙은 어려서부터 연극에의 꿈을 가지고 있었으며, 그것의 연장으로 젊은 시절에 연극 활동을 열심히 했다는 점과 희곡이 크게 활성화되지 않은 시기였던 1950년대 후반부터 희곡 창작을 시작해 현재까지 꾸준히 활동을 하고 있다는 사실 그리고 여성의 입장에서 진정한 가족의 질서란 어떤 것인가를 일관되게 보여준 작가이다. 이로써 그녀는 우리나라 희곡사에 남을 인물이다.

참고문헌

박현숙, 『박현숙희곡전집』, 늘봄, 2001.

김경옥, 「앙가쥬망의 작가 박현숙 - 그 생장과 경향과 작품 세계」, 『한국현역극작
　　　가론(I)』 한국 연극평론가 협회편, 1987.

김선주, 「박현숙 희곡론」, 경산대학교 대학원 석사논문, 1999.

나덕기, 「박현숙 희곡 연구」, 영남어문학 29집, 1996.

박명진, 「1950년대 후반기 희곡의 담론 연구」, 중앙대학교 대학원 박사학위논문,
　　　1996.12.

변신원, 「박현숙 희곡 작품에 대한 여성 비평적 연구」, 연세대학교 대학원 석사학
　　　위논문, 1989.

윤석진, 「1960년대 한국 희곡에 나타난 멜로 드라마적 경향 연구-박현숙의 작품을
　　　중심으로」, 한국연극학 10호, 1998.

이미원, 「박현숙 희곡 연구」, 한국연극학 11호, 한국연극학회, 1998.

채새미, 「박현숙 희곡연구」, 서울여자대학교 대학원 석사학위논문, 1997.

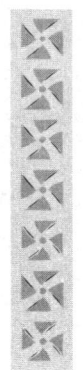

제2장 희곡집 『여인』 발간 시기

가족 이데올로기의 보수성 / 김선주
무대 공간의 활용 특성 / 윤일수

가족 이데올로기의 보수성

김선주

1. 서론

　박현숙(1926~) 희곡은 가족 문제를 소재로 한 작품이 주류를 이룬다.
1960년대는 1950년대의 보수적 휴머니즘을 계승하면서도 1970년대의 급
격한 사고 변화를 예고하는 단계로 이 시대만의 뚜렷한 특징은 나타나지
는 않는다. 그렇기 때문에 1950년대 후반에서 1960년대 초반의 박현숙
희곡은 1950년대 희곡의 특징과 유사하다. 하지만 동시대 활동했던 차범
석, 하유상, 이근삼 등의 작가들이 가정과 사회의 가부장적 위계질서를 남
성 중심으로 풀어나간 데 비해 박현숙은 가부장적 위계질서를 다루었다는
점에서는 이들과 유사하지만, 이를 여성 중심으로 풀어나갔다는 점에서
변별성을 지닌다.

　박현숙이 데뷔 초기부터 꾸준히 여성을 중심으로 가족 문제를 다루고
있는 이유는 여성작가이기도 했겠지만, 성장 과정과 가정 법원 조정위원
으로 활동하면서 가족의 소중함을 누구보다 절실히 깨달았기 때문으로 여
겨진다.[1] 편모슬하에서 무남독녀로 자란 그는 '아버지-아이-어머니'로 구

---

1) 박현숙의 부친 박순일은 억울하게 재판 받는 조선 사람의 대변자로 나섰다가 요주의
　 인물로 찍혀 직장을 잃고 황해도 재령으로 피신한다. 이후 박현숙이 5살 되던 해 1929년

성된 우리 사회가 요구하는 '정상적'인 가족을 이루고자 하는 강한 욕망을 가지고 있었다. 그는 "가족이란 언제나 따스한 사랑의 보금자리이며 사랑의 원천이어야 하는데 오히려 부모의 갈등으로 불안과 공포의 나날이 계속된다면 그 가족은 싸늘한 고독의 섬으로 변모"[2]한다고 했다. 이처럼 박현숙에게 가족은 '싸늘한 고독의 섬' 과 같은 곳이었기에 '따스한 사랑의 보금자리'로서의 가족에 대한 욕망이 강렬했고 이를 작품 속에 투영하려 했다. 박현숙의 이러한 가족에 대한 욕망은 한 개인의 욕망이 아니라 당대 사회 전체의 욕망이라는 점에서 더욱 설득력을 얻는다. 보호받고 공유하며, 친밀해야 한다는 가족 신화가 황폐한 사회로부터의 개인 보호라는 명목으로 가족 이기주의를 불러오면서 사회는 점점 황폐해졌다. 사회의 황폐화를 불러온 가족 이기주의는 가족 구성원들 간의 이기주의를 생성한다. 그러하기에 가족과 관련된 가치 준거들이 사회적인 것들 속에서 확대 재생산되는 사회의 가족화 현상은 가족의 사회화와 맞물려 동시에 진행된다.[3]

사회의 정치 · 경제적인 상황으로 인한 가족 구성원들의 희생은 위기의 사회가 불러온 불행이요, 가부장제에 억눌린 가족 구성원의 희생은 위기의 사화와 가족 구성원에 의한 가족 구성원의 불행이다. 가족 내 · 외적인

전국적으로 구국 만세를 부르다 시위 주동자로 몰려 학살되었다.

　아버지의 죽음으로 박현숙의 가족은 황해도 해주에서 약 십 리 거리인 작은 어촌인 결성(結城)으로 이사하게 된다. 학교에 입학한 후 어머니 송씨는 재혼하지만 새아버지는 1년 후 전재산을 훔쳐 집에서 일을 돕던 19세의 언년이와 달아난다. 이후 월남하기 전까지 외할머니, 어머니와 함께 살았다. 6 · 25전쟁이 발발하자 단신으로 월남했다.(박현숙, 『나의 독백은 아직 끝나지 않았다』, 혜화당, 1994.)

2) 박현숙, <생명의 전화를 받습니다>, 『여자의 성』, 대한, 1996, 126쪽.
3) 권명아, 『가족이야기는 어떻게 만들어지는가』, 책세상, 2000, 16쪽.

상황이 초래한 가족의 해체 위기는 국권 상실과 전쟁 체험을 통해 붕괴된 가부장제의 또 다른 모습이다. 이는 사회 체제와 연관을 맺고 있다는 면에서 다양하게 해석될 가능성을 가지고 있다.

가족 이데올로기는 인간이 상상할 수 있는 유일한 '관계'의 방식이라는 전제 아래 작동된다. 가족이 개인과 현실을 구성하는 방식은 바로 이러한 메커니즘을 따른다. 가족은 전적으로 '개인'의 영역인 동시에 인간을 인간으로 구성하는 모든 것의 근간을 이룬다. 이에 따라 가족은 (단지 개인적인 영역의 문제라는 범주화에 의해) '아무 것도 아닌' 동시에 (인간을 구성하는 모든 것의 근간이 된다는 점에서) 모든 것이 된다.[4] 이처럼 한 개인에게 전부(全部)이면서 전무(全無)인 가족의 문제는 1950~60년대의 전쟁 후유증과 새로운 사회의 구축 과정에서 해결해야 할 사회적 과제였다. 서양 문물의 도입으로 발생한 가족 안·밖의 이기주의와 성 모럴의 상실, 자본주의 사회의 물질 만능주의, 미망인의 사회 활동 증가, 가부장제 등은 당대 사회문제와 밀접한 관련을 맺고 있다.

당대 사회와 밀접한 관련을 맺고 있는 가족 문제는 박현숙 희곡에서 지속적으로 다루어진다. 초기 작품의 주제가 중·후기로 가면서 사회 문제로 확장되어 다양한 사회문제가 다루어져 주제가 확장된 듯 하지만, 기본적인 주제가 가족이라는 점은 변함없다. 박현숙 희곡이 주제의 뚜렷한 변모양상을 보이지 않는 이유가 여기에 있다. 그렇기 때문에 초기 작품을 통해 박현숙의 희곡 전체를 엿볼 수 있으리라 짐작된다.

이 글은 첫 희곡집 『여인』에 수록된 1960년대 초기작품인 <항변>, <땅위에 서다>, <언덕으로 가는 골목길>을 중심으로, 이 세 작품 속에

---

4) 위의 책, 15쪽.

나타나는 가족 이데올로기와 그 사회적 의미를 살펴보는 것을 목적으로
한다. 텍스트는 1965년 창조사에서 발간된 희곡집『여인』을 대상으로 삼
도록 하겠다.

2. 가족의 해체

　단막극 <항변>은 1959년 조선일보 신춘문예에 입선한 작품이다.[5] 영
선은 국회의원인 남편 민수와의 관계가 원만하지 않다. 외도와 무관심으
로 가정을 돌보지 않는 남편으로 인해 불행한 나날을 보내고 있는 영선은
가족에 대한 남편의 관심을 촉발시키기 위해 노력한다. 영선은 그 노력의
한 방편으로 남편의 정치 행태를 비난하지만 이는 지속되지 못한다. 민수
가 영선의 목을 조르는 장면을 목격한 아들 철이 계단에서 떨어져 죽기
때문이다. 결국 부부 갈등이 아들을 죽음으로 몰아넣는 셈이다. 작가는 이
를 한 가족의 문제로 한정시키지 않고 당대 정치를 고발하는 데까지 확장
시킨다. <항변>에서 가정주부인 영선과 국회의원인 민수를 정치인으로

---

5) <항변>의 발표연대에 대한 연구자들의 오류가 있다. 변신원과 채새미는 각각「박현숙
　희곡 작품에 대한 여성 비평적 연구」와「박현숙 희곡 연구」에서 <항변>의 발표연대를
　1960년이라 적고 있다. 뿐만 아니라 김경욱도「앙가쥬망의 작가 박현숙, 그 생장과 경향
　과 작품세계」에서 <항변>이 1960년에 발표되었다고 보았다. 하지만 당시 심사위원이
　었던 유치진의 글「보다 큰 奮發이 필요」(신춘문예작품 심사소감), 조선일보, 1959.1.2)
　에서 <항변>이 1960년이 아니라 1959년임을 알 수 있다.
　　"초선을 치르고 남은 작품은 沈賢輔作 <誕生>, 崔載福作 <간이역>, 朴賢淑作
　<항변>, 金抱千作 <喪失者>, 金慈林 作 <돌개바람>,그리고 정조 作 <도깨비>
　등 六 篇이었다. 그 六 篇 中에서 當選으로 <도깨비>(정조 作), 佳作으로는 <돌개바
　람>(金慈林 作)이 뽑혔다."

그들의 갈등으로 희생당하는 아들을 국민으로 설정해 타락한 정치를 고발한다.

> 자유당시절 당쟁이 한참 심할 때, 서로의 고집이 서로의 중요한 무엇을 잃게 된다는 것을 뼈저리게 느꼈었다. 서로의 생활을 고집한 나머지 그들이 진정으로 사랑하는 아이를 죽이게 하는 부모의 비극을 쓰고 싶었다.[6]

이처럼 <항변>은 사회의 축소판으로서의 가정을 통해 사회 전체를 엿보려는 작가의 욕망이 보다 선차적으로 작용한 작품이다. 가족 구성원들이 사랑으로 구성되었을 경우에는 재생(안식처)의 기능을 하겠지만, 반대로 적대 관계로 구성되었을 경우에는 소멸의 기능을 한다. 가족 속에 사회적인 것이 구축되면서 가족과 사회로의 이동이 자유롭지 못한 민수와 영선의 불행은 당연한 결과로 분석된다. 민수는 사적 공간에 거주하면서 개인적 역할만을 담당하는 영선에게, 집을 꾸미는 장식품 이상의 의미를 부여하지 않는다. 또한 영선은 남편이 살 보람을 느끼는 곳이 공적 공간이라며 사적 공간인 가족 내부로 들어와 행복한 가정을 꾸려 나가자고 간청한다.

> 영선 : 진정이예요. 제 말을 들어줘요. 당신은 당신대로 바쁘게 돌아다니니까 살 보람을 느끼시겠지만, 난 정말 쓸쓸해서 미칠 것 같아요. 당신의 사랑이 필요해요. 여자란 남자의 애무없이는 사는 보람을 느끼지 못하는 거예요.

---

6) 박현숙, 「작가 후기」, 『여인』, 창조사, 1965, 329쪽.

(중략)

영선 : 그렇게까지 해달라는 것은 아녜요. 당신은 당신의 사업을 해야
　　　죠. 허지만 당신이 나에게 너무 무관심하니까 허전해서 못살겠
　　　어요. 그 허전한 구석으로 악마가 기어들어 올 것만 같아요.
　　　나 자신 무슨 일을 저지를런지 모를가봐 두려워요. 그러니까
　　　제발 저를 지켜 줘요. 네? 애원이예요.(168쪽)

위의 대사에서도 나타나듯이 영선은 '여성적인 나약함과 아내로서의 순
종성'이라는 특권을 누리며 남편에 의해서만이 자신의 행복이 유지된다고
생각한다. 부르주아 국가 내에서 여성들은 자립적인 '시민적 개인'이면서
도 오히려 가족적 존재로서의 '아내와 어머니'로 취급된다. '시민적 개인'
으로서의 여성은 법적 주체성을 부여받지만, '아내 또는 어머니'로서의 여
성은 자신의 남편에게 주체성을 양여하고 스스로 탈주체화된다.[7] 그렇기
때문에 정서·경제적으로 남편에게 의존하는 영선의 요구는 애원의 형태
에서 벗어날 수 없다.

A : 매일밤 정치상 교젬네 하고 어느 요정 어느 빠 등을 돌아다니다가
　　열두시안으로 돌아와 본적도 없을 뿐더러 여자가 몇 달에 한번씩
　　바뀐다니 이러구두 내가 외롭지 않겠어?(158쪽)

B : 정치란 사회를 깨끗이 하고 국민을 잘 먹구 잘 살게 만드는 게
　　목적이 아녜요? 그런데 그 근본이 되는 가족의 평화를 깨뜨리고
　　사회를 더럽히는 짓들을 골라가면서 하는 게 정친가요? 더구나
　　백성들이 낸 세금을 긁어서……(중략) 지도자입네 하면서 뒷구멍

---

7) 이종영, 『성적 지배와 그 양식들』, 새물결, 2001, 167쪽.

으로 부정한 잇권에만 눈이 벌개가지고 찾아 다니구, 양의 껍질
을 쓴 이리가 아니구 뭐예요?(171쪽)

결국 영선의 정치 행위 비판은 남편을 비판하기 위한 보조적인 수단에
그치고 있어 부패한 정치에 대한 올바른 비판의 기능을 담당하지 못한다.
이처럼 영선을 비롯한 박현숙 희곡에 나타나는 여성은 사랑을 하기보다는
받는 것에 익숙한 인물들이다. 여성들의 남성 의존성은 중·상류층의 여
성일 경우 더욱 심각하게 나타난다. 즉 작가에게 여성은 의존성, 미숙함
등을 의미한다. 자본주의 사회에서 남자만이 경제활동에 참여하고 여자는
단지 집안에서 가사노동만을 담당할 때, 남자만이 세계에서 주체의 자격
을 갖게 되고 여자는 탈주체화된다. 여성의 가사노동은 반복적인 것, 현상
유지적인 것, 누구나 할 수 있는 지루한 것이다. 가사노동은 여성에게 어떤
존재의 의미를 부여해주는 것도 아니고 여자의 개인적 발전을 가져오는
것도 아니며 여성의 생명 에너지를 전개시켜주는 것도 아니다. 남성은 세
계 속에서 자기 자신의 에너지를 전개시키면서 한 명의 주체로서 세계의
발전에 참여하는 데 반해 여성의 가사노동은 단지 주체인 남자의 활동을
뒷받침하는 보조적인 노동에 불과하다. 즉 여성의 가사 노동은 주체로서
의 남성의 활동을 뒷받침해주는 비주체적인 노동이다. 여성은 하나의 '비
(非)세계'로서의 가족 속으로 물러앉는 남자에게 세계와의 접촉을 일임한
다.[8]

이 작품은 가족을 등한시하는 남편과 이로 인해 밖으로만 도는 영선으
로 인해 가정의 주인이 부재한 상황이다. 부부가 부재한 집은 식모들의

---

8) 위의 책, 36쪽.

공간으로 형상화된다. 민수와 영선이 정치 활동과 취미 생활로 가정 밖에 상주하는 시간이 길어지면서 어린 아들과 두 식모만이 집을 지키기 때문이다.

> 芬伊 : 암 여부가 있겠소잉? (한숨을 쉬고) 어떻든 무슨 늠에 셈판인지
> 모를 것이구먼. 주인 어른은 주인 어른 대로 늦게야 돌아 오시
> 고, 또 마님은 마님대로 극장입네 동창횟네 하구 매일 나가시
> 지 않나, 게다가 순이 너까지 들썽 날썽거리니 나 원 영문을
> 모를 것이라고? 내가 도깨빗국을 끓여 먹이진 않았을 것인디.
> 順 : 아줌마두 참 세상을 모르셔. 부잣집은 어느 집이나 다 그렇잖아
> 요?
> 芬伊 : (역정을 내며) 뭐가 다 그렇다냐?
> 順 : 글쎄 요새 세상에 돈있는 집 마나님들이 왜 집에 들어 박혀 있겠
> 우? 따분하게.
> 芬伊 : 아니 그럼 그게 좋단 말이라냐?
> 順 : 글쎄 좋구 그르군 모르겠지만 그렇지 않아요? 도대체 할 일이
> 있어야죠 밥을 짓겠우? 빨래를 하겠소? 심심해서두 집에 못 박
> 혀 있을게 아녜요?
> 芬伊 : 그야 그렇지만 가정이란 그런게 아니드라고, 안 주인이 집에
> 있고 바깥 어른도 일찍 들어오셔야 살림하는 맛이 나는거여.
> 난 요새 같아선 집안이 되어 나갈지 걱정이어, 나 그래서 잠도
> 제대로 못 잔당께.(<항변>, 148~149쪽)

"도대체 할 일이 있어야죠 밥을 짓겠우? 빨래를 하겠소? 심심해서두 집에 못 박혀 있을 게 아녜요?"라는 식모 순(順)의 말처럼 주부의 역할 즉 살림과 양육을 2명의 식모에게 맡긴 영선의 가정 내 영역은 크게 축소된다. "난 요새 같아선 집안이 되어 나갈지 걱정이여, 나 그래서 잠도 제대

로 못 잔당께"에서처럼 가족의 해체 위기도 가족에게서가 아닌 식모 분이(苏伊)에 의해 이루어진다. 이로 인해 영선에게 남은 역할은 아내의 역할뿐인데 이마저 남편의 비협조로 불가능해지자 가정에서의 역할은 전무한 상태이다. 이러한 허탈감을 털어 내기 위해 영선이 선택한 것은 소비활동이다. 그녀에게 소비 활동은 남편에 대한 무언의 공격 행위이기 때문이다. 왜냐하면 여성은 남편과 애인을 경제적으로 착취함으로써 쾌락주의적인 자기 향락에 빠질 뿐만 아니라 무엇보다도 남성의 행위와 여성이 공적 영역에서 권력을 확보하지 못하는 데 대해 보복할 수 있기 때문이다.[9] 하지만 이러한 소비 활동이 남편에게 타격을 주지 못할 뿐 아니라 그녀의 허전한 마음을 달래는 구실조차 하지 못한다. 오히려 옛애인 상오[10]의 간절한 구혼은 남편의 긴장감을 유발시키지만, 영선에게 상오는 남편의 긴장감을 유발하는 도구 이상의 의미를 지니지 않는다는 점에서 또 다른 불행을 불러온다.

> 英善 : (갑자기 표정이 변하며) 아까두 말씀드렸잖아요? 전 행복한 가
> 정주부라구.
> 相午 : 감정을 속일필욘 없소 자기의 행복은 자기가 찾을 권리가 있
> 읍니다.
> 英善 : 우리 그인 국회의원이예요

---

9) 리타펠스키, 김영찬·심진경, 『근대성과 페미니즘』, 거름, 1998, 128쪽.
10) 이처럼 이 작품은 해체된 가정을 통해 사회를 비판하면서, 멜로 드라마적인 요소를 가미하고 있다. (영선과 상오는 애인 사이로 전쟁으로 인해 헤어지게 되었다. 이는 멜로드라마의 구조이다. 여주인공이 천재지변이나 피치 못할 사정이 생겨 사랑하는 남자와 생이별을 하고 다른 남자를 만나 결혼한다. 어느 날 갑자기 옛 애인이 나타나서 변함없는 사랑을 호소하고, 그 호소에 자신을 맡겨 버리고 싶지만 가족 때문에 비극적으로 헤어져야만 한다.)

相午 : 대통령이라도 마찬가지입니다. 영선씨는 지금 감옥속에 있는
       것입니다.
英善 : 주제 넘은 소리 하지 마세요
相午 : 왜 탈출하지 않습니까? 자유가 그립지 않습니까? 사랑이 그립
       지 않습니까?
英善 : 도대체 무슨 얘길 하는 거애요?
相午 : 권력이나 금전이 영선씨를 행복하게 하진 못할 것입니다.(16
       4~165쪽)

　　상오는 영선에게 불행한 가정 속에서 벗어나 자신과 함께 새로운 삶을
살자고 간청한다. 사랑만이 모든 갈등을 해소시킬 수 있다는 상오의 말에
영선은 행복하다는 말만을 되풀이한다. 영선에게 남편의 부와 명예는 혼
란한 사회에서 자신을 보호해주는 역할을 담당한다. 왜냐하면 여성은 가
정에서 현모양처로 충실한 삶을 살아갈 때만이 보호의 대상이 되기 때문
에 영선은 남편에 대해 적개심을 가지면서도 남편에게 의존한다. 그녀는
공적 영역 속에 편입되어 유혹의 대상으로 전락할 것을 두려워한다. 이는
친구 미정의 영향이 컸으리라 짐작된다. 가부장적 권력밖에 존재하는 미
정은 항상 윤리적으로 타락할 가능성을 지닌 존재로 형상화된다. 미정이
문학 박사 사모님에서 마담으로 계급 이동을 한 것은 생계유지 때문이다.

英善 : (말문을 돌리며) 그래 다방은 잘 되니?
美貞 : 잘 될게 뭐니? 하두 경쟁자가 많아서 돈많은 봉이나 하나 물어
       야 해먹지 하기 힘들어. 어디 그런 사람 없겠어?
英善 : (어이없게 웃으며) 네가 그런 소릴하게 됐으니……
美貞 : 별수 있니? 사람은 닥치는 대루 살게 마련인걸. (담배를 꺼내
       피운다.) 역시 전쟁이란 영화나 소설에서나 볼만한거지 우리

에겐 너무 잔인한 처형이었어.

英善 : 너야 아빠만 살아계셨던들 문학박사 사모님으로 얼마나 호강
을 하고 살았겠니? 정말 몸서리 처져. 그통에 세상은 될대루
되구 착한 사람두 많이 버리구.

美貞 : 그러니까 요새 사람들의 대부분이 하루를 어떻게 착실하게 사
느냐 하구 생각하기보다는 어떻게 하면 하루를 더 즐길 것이
냐에 마음을 쓰구 있으니 말할 것도 없지 뭐니?(154쪽)

생계를 위해 공적 영역에 편입된 전쟁 미망인 미정은 유혹의 주체이면
서 대상이 된다. "어떻게 하면 하루를 더 즐길 것이냐에 마음을 쓰구"와
같은 거침없는 화법을 구사하는 미정은 육체를 매개로 돈을 거래하는 가
부장제와 자본주의의 연관을 보여준다. 미정은 남편의 죽음으로 가부장제
질서 속에서 벗어난 삶을 살아가고 있지만 "돈 많은 봉이나 물어야"처럼
가부장제의 편입을 꿈꾼다. 이처럼 여성의 행복은 가부장제 속에서나 가
능하다고 생각하는 영선과 미정을 통해 작가의 보수적 세계관을 엿볼 수
있다.

<항변>은 사랑을 갈구하는 전업주부와 가부장적인 남편의 충돌로 해
체된 가족의 모습을 통해 당대 우리 사회의 한 단면을 드러내고 있는 작품
이다. 이 작품 속의 가족은 편안한 안식처의 기능을 하기보다는 가족 구성
원들을 위협하는 공간이다. 편안한 안식처로서의 가정을 이끌어나가야 할
부부가 서로에 대한 사랑 없이 자신들의 주장만을 하는 와중에 죄없이 희
생당하는 아들의 모습을 통해 당대 한국 사회의 부패한 정치를 비판하며
가족 문제 속에 사회 문제를 보려한 점에 의의가 있는 작품이다.

3. 가족 위계질서의 전복과 회복

1962년 조선일보 신춘문예 당선작인 <땅위에 서다>[11]는 무관심하게 살아가던 맞벌이 부부가 서로에게 무관심하던 삶을 반성하고 부부 관계를 회복시키기 위해 노력한다는 내용이다. 이 부부의 갈등 구조는 무대 공간에서 특징적으로 나타난다.

> 原則上 이 演劇에 裝置라고는 필요하지 않다. 다만 분위기가 필요할 뿐이다. 그러므로 舞臺는 李東根이 근무하고 있는 고층 빌딩 五층에 있는 도안실과 그의 아내 尹수姬가 다니는 「사롱」미용실 <그것은 어느 백화점 지하실에 자리잡고 있다>의 두 개의 이질적인 장소 설명만이 최소 한도로 필요하다.(<땅위에 서다>, 17쪽)

백화점과 미용실을 시각적으로 폐쇄된 공간으로 - 이 역시 사람들의 출입이 자유롭다는 특성을 감안한다면 개방된 공간이긴 하다 - 볼 때 이 작품의 무대는 부부의 갈등이 고층빌딩(5층)과 백화점(지하)를 통해 수직적으로 구조화되었다. 남편과 아내가 각각 5층과 지하에서 근무한다는 설정은 남성 위주 혹은 남성 상위를 나타내는 듯 하지만 이 부부의 주도권은 아내에게 있다. 아내의 주도로 살아가는 부부의 갈등은 폐쇄되고 수직적 공간에서 벗어나 수평적 공간이 거리에서 만남으로써 해소된다. 거리는 그 자체로 하나의 공간이면서 사회와 가정을 이어주는 공간으로 가능성을 암시하는 이중공간이다. 부부가 폐쇄된 공간에서 벗어나 열린 공간인 거리에서 만나게 됨으로써 화해할 수 있는 것이다.

---

11) 1962년 청포도극회가 명동예술극장에서 공연한 작품이다.

이 작품에서 '가족'은 일반적이고 전통적인 모습과는 상반된다. 한국 사회에서 일반적인 가족의 모습은 사회 활동을 담당하는 남편과 가사 활동을 하는 여성으로 이루어진다. 이에 비해 <땅위에 서다>의 주인공인 동근과 금희는 공적 영역에서 매달 40원씩의 동등한 임금을 받는 맞벌이 부부이다. 결혼 7년차인 그들은 각기 자기 나름의 공간과 시간 속에서 화장품회사 도안사와 미용사로 일하며 자신의 일을 충실히 수행해나간다.

> 東根 : ……(한숨을 쉬고 나서) 사실 내가 그림을 포기하고 화장품 회사에 취직을 하게된 것도 내 아내가 주선해서 였지요 미용사로 있노라니 자연히 화장품 장사와도 통하는 길이 있었나 봅니다. 아내와 나는 우선 오개년 계획으로 아담한 주택을 마련하리고 작정 했거든요 그리고 그 다음엔 애기를 이남일녀만 가지기로 했구……그런데 주택을 월부로 우선 마련 했지만 애기는 마음대로 안되는군요 (26∼27쪽)

위의 대사를 통해 가족이 독선적인 남편에 의해서만 꾸려지는 것이 아니라 아내와의 대화를 통해 좋은 방안을 찾아 나가는 평등한 부부의 모습을 살펴볼 수 있다. 취업주부의 가족은 (<항변>의 영선과 같은) 비취업주부의 가족에 비해 근대적인 관계를 맺어갈 여건이 마련되어 있는 편이다. 자의에서건 타의에서건 경제 활동을 하게 되면서 여성은 사회의 주도적 흐름에 관심을 갖고 정보를 교환하게 되며 그 과정에서 또한 시민으로서의 자신의 의무와 권리에 대한 인식을 키우게 된다. 그러나 이는 어디까지나 잠재적인 가능성이고, 여성의 경제력은 오히려 전통적인 가치관이 지배하는 상황에서는 남성의 권위에 대한 도전으로 간주되어 바람직한 부

부 관계를 맺는 데 있어 불리하게 작용함을 볼 수 있다.[12] 부부 생활을
지속하면서 근대적 사고를 하던 동근은 점점 전통적 가치관으로의 회복을
생각하게 된다. 따라서 동근은 경제적 능력을 가진 아내를 부담스러워한
다. 왜냐하면 자본주의 사회에서 가부장권은 즉 소유와 소득의 정도에 비
례하는 방식으로 재조정되기 때문에[13] 더 이상 남성이라는 이유 하나만으
로 가부장적인 권위를 사용할 수 없게 되었다. 오로지 경제적 능력의 유무
에 따라 지배와 굴종으로 나누어진다. 지배와 굴종의 구조는 무의식, 성,
사랑의 의식, 안락함의 연출, 존경의 표출 등과 같은 부부의 일상적인 상호
작용을 형성하는 모든 것에 확장되어 있다.[14] 그렇기 때문에 동근은 상실
한(축소된) 가부장권을 회복하기 위해 화가의 꿈을 포기하고 화장품 회사
의 도안사로 일하는 것이다.

>   미스柳 : (어린애 처럼 어리광을 부리며) 정말이지 전 이선생님의 심
>   리를 이해 못하겠어요
>   東根 : 왜? (하며 습관적으로 붓을 든다.)
>   미스柳 : 미술을 전공 하셨다면서 그림은 안 그리시구 밤낮 시시하게
>   이런 도안만 그리고 계시니 말이죠
>   東根 : (무표정하게) 시시하기야 매일반이지.(담배 연기를 내뿜고) 그
>   림을 그린다구 먹구 살수가 있어?
>   미스柳 : 그렇지만 부인께서는 일류 미용사로 수입이 많으시다던
>   데……

---

12) 조혜정, 『한국의 여성과 남성』, 문학과 지성사, 1988, 224쪽.
13) 한국가족학회, 「자본주의와 가부장제 가족」, 『현대가족과 사회 』, 교육과학사, 1994, 29
    쪽.
14) 미셸 바렛, 매리 매킨도시·김혜경 역, 『가족은 반사회적인가』, 여성사, 1994, 91쪽.

東根 : (조용하나 비꼬는 어조로) 아내가 벌어다 준 돈을 넙죽 받아
　　　먹고 사는게 행복이란 말이군.(<땅위에 서다>, 19쪽)

　동근은 양질의 삶을 위해 선택한 아내의 사회 활동을 이해하지 못한다.
금희 역시 삶의 의미를 잃어린 지 오래다. 이처럼 부부는 각각 예술과 현
실, 직장과 가정 사이에서 갈등한다. 이는 이 부부가 가정 내에서 함께
하는 시간이 부재하면서 가족 구성원들간의 친밀감이 존재하지 않기 때문
이다. 가족 그리고 그 거처로서의 집은 친밀함 그리고 내밀함의 공간이다.
가족에 대립하는 세계는 거리를 그 조직원리로 한다. 그러나 가족 내에서
의 거리감은 친밀함의 공간을 깨뜨리는 하나의 사건이다. 이 때의 거리감
이란 자기만의 세계가 있다는 것이다. 동근이 금희에게 거리감을 느꼈다
면 그것은 금희가 공유된 '세계'로부터, 공유된 내면성으로부터 떨어져 나
갔기 때문이다. 즉 내밀한 소통으로부터 거리가 생겼다는 것이다. 거리감
이란 곧 타자성의 드러남이다. 아내에게서 거리감이 느껴진다는 것은 아
내가 타자처럼 느껴진다는 것이다. 그리고 이러한 거리감이 하나의 '사건'
을 구성한다는 것은 사건적이 아닌 정상적인 상태에서 아내는 '타자'가
아닌 것으로 느끼게 하는 메커니즘이 가족 내에 존재하는 것이다.15)

　　동근 : 하늘과 땅 사이에 내가 설 곳이 바로 여기구나. 바로 오층과
　　　　　 지하실 사이. 빌어먹을, 사내는 공중에 둥둥 떠있고 여편네는
　　　　　 땅 밑에서 두더지 생활하고, 흥! 이것도 산다는 건가? 퇴-(하며
　　　　　 침 뱉는 순간)(31쪽)

---

15) 이종영, 앞의 책, 31~32쪽.

동근은 금희에게 사랑을 제공하는 동시에 금희로부터 사랑을 제공받으려 한다. 그러나 사랑을 제공하거나 제공받지 못하는 상황에 처한 동근은 금희에게 거리감을 느끼게 되고 거리감으로 인해 표출된 타자성이 극의 긴장을 촉발시키게 된다. 산업화의 추진으로 핵가족화가 두드러지며 대다수의 중산층 가족에서는 남편의 '도구적' 역할과 아내의 '정서적' 역할 분담 현상, 그리고 '경제적 지주인 남편과 그의 사랑받는 아내'라는 새로운 형태의 부창부수의 관계가 주도적 현상으로 나타나고 있다.16) 동근은 금희가 공적인 세계에 뛰어들면서 '정서적 역할'을 소홀히 하게 되면서 가장으로서의 지위가 위협받는다고 생각한다. 사회 활동의 기반을 확실하게 굳힌 금희에 대한 동근의 컴플렉스는 소외의식과 불만으로 표출된다. 산업 사회의 문제에 시달린 이들의 아주 '자연스런' 보금자리는 혈연적 가족의 틀이며, 바로 그 안에서 불안과 갈등 그리고 소외로 휩싸였던 피곤의 삶의 균형감을 회복하게 되는 것이다. 가족적 공동체라는 문화적 자원에로의 복귀 또는 그것의 동원이 사회적 긴장의 사회적 치유 과정을 구성하고 있는 셈이다.17) 동근은 자신의 가정이 사회적 긴장을 치유하는 곳으로의 역할을 하지 못하는 이유가 금희에게 있다고 생각한다. 금희 또한 물질적인 가치를 쫓아 정신적인 가치의 소중함을 잃어버리고 살았던 지난 날을 생각하며 직장을 그만두겠다고 한다.

　　東根 : (정답게 끌어 안으며) 우린 행복해질 수 있어. 두 사람이 살기
　　　　　위해서 각각 직장을 가졌던 동안에 우린 더 중요한 것을 잃어

---

16) 조혜정, 앞의 책, 223쪽.
17) 박영신, 『역사와 사회 변동』, 한국사회학연구소, 1990, 282~283쪽.

버리고 있었던 것 같소

今姬 : (소녀처럼 머리를 끄덕거리며) 네. 그러니까 내일부턴 제가 집
　　　을 지키겠어요.

東根 : 그대신 나는 직장에 나갔다 일찍 돌아오구.

(중략)

東根 : 지금까지처럼 각각 하늘과 땅속에서 숨쉬기는 싫어. 땅위에
　　　서서 살고 싶어.

今姬 : 저두요.(39쪽)

　이처럼 사적인 영역에서 공적인 영역으로 이동했던 금희는 다시금 사적
인 영역으로의 이동을 시도한다. 작가는 동근에게 가장의 역할을 수행할
수 있는 경제적인 능력을 부여하고 금희를 가장의 권위 내로 편입시킴으
로써 보수적 가족 이데올로기에서 벗어나지 못하고 있다. 작가는 금희를
통해 취업 여성의 주체적인 여성상을 그려냈지만 금희 스스로가 주체의
위치를 포기하도록 만듦으로써 전복되었던 가족 위계 질서를 회복시키려
는 보수적 이데올로기를 노출시킨다.

今姬 : 호호……내년 봄에는 번지 좋은 곳으루 옮기세요 한창 정도면
　　　된다니까……

金마담 : 나도 그런 생각은 있었지만 글쎄 우리집 아빠의 사업이 그대
　　　로만 되었던들 벌써 했을텐데……어휴 정말이지 세상이란
　　　억지로 되는 일이라곤 없나봐.

今姬 : 그래요 저두 여러가지 꿈을 가지고 있지만 뭣하나 되는게 없
　　　어요

金마담 : 윤마담이야 나보다 났지. 아직 젊겠다, 식구 없겠다, 기술
　　　있겠다, 여후, 말 말우. 글쎄 우린 식구가 열이예요 열……

그것도 딸만 여덟이니……원 무슨 팔선녀를 낳겠다고나 했
길래……

今姬 : 허지만 아주머님두 아직 나이가 있으시지 않아요? 아들을 하나
낳을 테지요

金마담 : (손을 살례 살례 저으며) 어휴 정말 이젠 아들도 딸도 다
싫어요 목구멍 하나가 어디예요? 글쎄 내가 이 미장원이라
두 하나 장만 했기에 망정이지 아빠만 믿고 있었다간 열식
구가 바가질 찰번 했지 뭐예요? 없는 돈에 무슨 국회의원이
된다구, (27~28쪽)

　　<항변>의 영선보다 이 작품의 금희가 더 주체적인 이유는 금희가 아
내로서만 위치할 뿐, 어머니로서의 위치를 확보하지 못했기 때문이다.
<항변>의 영선이나 이 작품의 김마담은 아내와 어머니의 역할을 담당해
야 하기 때문에 남편이나 다른 가족들을 돕는 보조적인 인물에 불과하다.
사업에 실패한 남편을 대신해 많은 자녀들을 키우며 가정을 이끌어나가는
김마담은 타자화된 인물들이다. 이에 비해 미혼인 화장품회사 여직원은
주체적인 삶을 살아가는 인물이다. 성년 여성들은 미혼일 때에만 주체화
되고, 결혼 생활 속에서는 타자화된 인물들 일뿐이다. 여자는 결혼으로 인
해 더 이상 자립적 개인이 아니라 '아내와 어머니'가 된다. 그녀는 이제
가족이라는 사적 공간에 소속된다. 그리고 그녀가 그러한 사적 공간에 소
속되는 한에서 그녀는 시민적 주체성을 가질 필요가 없다. 왜냐하면 시민
적 주체성은 공적 공간의 속성이기 때문이다.[18]
　　이처럼 스스로 주체적인 위치를 포기하고 타자화된 금희로 인해 이 부

----

18) 이종영, 앞의 책, 168쪽.

부의 삶은 사회문제로 확장되지 못하고, 어느 부부의 문제로 한정된다. 부부의 문제가 한 특정한 가족 문제로 한정되는 이와 같은 이데올로기는 이 작품의 사회적 공공성을 축소하는 문제를 가진다. 남편과 아내의 영역이 확실하게 공/사로 구분되어야 한다는 작가의 보수적인 이데올로기는 남성의 지배/여성의 순응이라는 전통적인 가족 이데올로기를 재생산하는 것 이상의 의미를 지니지 않는다.

더불어 1959년과 1962년 발표된 <항변>과 <땅위에 서다>는 중・상류층 가정의 가족 이기주의를 다루고 있어 이를 사회전반의 문제로 확장시키기에는 다소 무리가 따른다. 6.25전쟁 이후의 한국 사회가 부부 관계의 불평등에 관한 논할 만큼 경제적・사회적 기반이 마련되었는가의 여부가 의문이기 때문이다. 동시대 활동했던 남성 작가들이 전쟁으로 인한 가족 구성원의 죽음이나 가난으로 해체된 가족 문제를 다루었다면, 박현숙은 상류층 부부 관계를 다룬 이 두 작품을 통해 당대 사회의 보편성보다는 특수적인 가족・사회사에 초점을 두고 있는 것으로 파악할 수 있다.

4. 훼손된 여성성에 대한 가부장적 시각

1963년『소인극17인선집』에 발표된 <언덕으로 가는 골목길>은 궁핍하고 피폐한 사회 속에서의 가족애를 다룬 작품이다. 이 작품은 서울의 어느 무허가 판자촌을 중심으로 전개된다. 1960년 당시 농민의 60-70% 정도가 1정보 미만의 토지를 경작하는 빈농이었다. 이들은 자본축적이 급속하게 진행되자 대량으로 탈농하여 저임금 노동자화하거나 도시 빈민층을 형성하였다.[19] 1960∼66년간 서울 인구 증가의 91%가 순유입에 의한

것이다. 도시 빈민화한 농민들은 유휴 국공유지나 하천부지, 산기슭에 무허가촌을 형성했다.[20]

> 언덕을 올라온 막바지 골목길을 가운데 두고 왼쪽에 영란네 집이 있
> 고 오른쪽에 큰 바위에 의지해서 철수네 판자집이 자리 잡고 있다. 부엌
> 이 오른쪽에 붙어 있고 방이 두 칸 딸려 있는 영란네 집도 그저 흙으로
> 벽을 쌓았을 뿐이지 판자집이나 다름없다. 울타리는 없고 기어 올라간
> 언덕배기에 지은 집이기 때문에 뒤에도 역시 같은 구조의 집들이 형형
> 색색으로 비탈에 여기저기 붙어 있다. 계딱지만한 뜰에 장독이니 뭐니
> 하는 보잘것없는 것들이 놓여 있다.(<언덕으로 가는 골목길>, 179쪽)

작품의 시간적인 배경인 여름은 숨막히도록 답답한 존재의 모순된 시간
으로 부조리와 불안, 소외, 고독, 허무, 저항의 '은유'가 된다. 이러한 시·
공간 설정은 이 작품을 더욱 사실적으로 형상화하는 데 기여한다. 1960년
대 이후 박정희 정권의 경제 개발 정책은 노동자들의 생활에 큰 변화를
가져왔다. 우선 1·2차 5개년 계획 기간(1962~1971)을 통해 급속히 진행
된 농민층의 분해, 급증한 이농민의 저임금 노동력화로 말미암아 광공업
분야의 노동 인구가 증가했다. 경제성장 과정을 통해 농촌에서의 이농인
구가 제조업 분야의 값싼 노동력으로 수용됨으로써 노동자들의 생활 수준
은 저하되었다. 경제성장기에 있어서의 피고용자 보수의 구성비를 보면
1959년에는 38.7%였으나 해마다 떨어져서 1964년에는 28.8%로 내려갔
다가 1968년에야 겨우 1959년 수준으로 올라갔다.

---

19) 서울과학연구소, 『한국에서의 자본주의 발전』, 새길, 1991, 191~192쪽.
20) 한국정신문화연구원 편, 『1960년대 사회변화연구』 9, 백산서당, 1999, 84쪽.

1960년대에 있어서의 제조업 분야 노동자의 평균 임금은 도시가계 소비 지출의 총액에 미치지 못함은 물론 주거비·광열비·피복비·잡비를 제외한 순 음식물비에도 미달했다. 뿐만 아니라 노동 조건도 향상되지 못하여 1969년의 부녀노동자의 경우 6시간 노동이 전체의 13.7%, 8시간이 17.9%, 10시간이 17.9%, 12시간이 20.9%, 13시간이 15.2%, 17시간이 0.4%여서 평균 노동시간은 11.1시간이었다.21) 열악한 노동자의 근무 조건 속에서 상대적으로 여성의 근무 환경은 남성보다 더욱 더 열악할 수밖에 없었다. 그럼에도 불구하고 6.25전쟁으로 가장이 부재하거나 그의 역할이 축소되면서 여성들은 가장 역할을 수행해야만 했다. 이 시기 노동시장에 참여하는 여성의 대다수는 미혼녀이거나 전쟁 미망인으로 이들 대다수가 식모나 서비스직에 근무했다.22) 여성에게 주어지는 일은 남성의 시중을 드는 일이나 청소나 빨래 등의 허드렛일로, 비전문적인 일이었다. 그렇기 때문에 어머니의 수입으로 가족의 생계를 꾸려나가는 일은 불가능했다.

> 영란 : 너 지금 네 정신에서 하는 소리냐? 너 학교 보내려구 모두 고생
>   을 하구 있는데, 한다는 소리가……(회상에 잠기며) 그야 아버
>   님만 돌아 가시질 않았다면야 무슨 걱정이 있겠니. 누나두 이
>   런 천한 직장엔 안 나갈거야.(형일 다시보며) 그러나 할 수 없
>   지 않니. 어머니 일삯만 가지군 살아나갈 수 없는줄 너두 알지
>   않아?
> 형일 : 그만……(울음을 참으며) 학교를 그만둔다니까……

---

21) 강만길, 『한국현대사』, 창작과 비평사, 1984, 286~287쪽.
22) 박현숙의 희곡에서 여성들의 직업은 주로 주부, 미용사, 여급 등으로 한정된다. 이처럼 등장인물이 직업의 유형적인 틀에서 벗어나지 못하기 때문에 그의 희곡이 다룰 수 있는 주제나 소재의 폭이 넓지 못하다.

영란 : 네가 그만둔다구 하면 그만일 줄 아니?

형일 : (화를 내며) 그만둔다면 그만이지 뭐야?

영란 : (무언가 결심한 듯) 너 누나가 벌어 온 돈으로 공부하기 싫다는
　　　거지?

형일 : 싫어.(187쪽)

　가족의 생계와 학비 마련은 여성 가장인 어머니의 품삯으로는 불가능에
가까운 일이었다. 학교의 장학금 감면 혜택이 12%[23])에 불과했던 이 시기
공교육은 순전히 가정의 몫이었기 때문에 영란은 동생을 공부시키기 위해
술집 여급으로 취직한다. 영란은 술집 여급이 공장 노동자나 일용직 잡부
보다 높은 임금을 받는다는 이유로 일을 지속한다. 이 때부터 가장 역할은
(사망한) 아버지→ (무능력한) 어머니→영란에게로 이양된다. 가장 역할이
부여된 순간 영란은 가족들을 가부장적인 권위로 억압한다. 한편 집안의
유일한 남자로서 가장노릇을 해야겠다는 책임감은 모범생이던 형일을 반
항적인 학생으로 변모시킨다. 형일은 학교를 결석하며 방황하다가 영란의
술집 손님을 폭행한다. 영란은 가장이 되고자 하는 형일의 욕망을 깨닫게
된 순간 가장의 역할을 이양시킨다.

　이 과정에서 영란은 이중적인 고통을 겪는다. 이는 성적 능욕을 당한
것은 여성의 치욕이라는 유교적 도덕관에 기인한 것이다. 그녀는 ‘경제적
안정’과 ‘성모랄’사이에서 갈등하다가 결국 ‘성모랄’을 선택한다. 여성의
섹슈얼리티는 남성의 가장 기본적인 권리와 재산이며 그것을 침해하는 것
은 당사자 여성에 대한 능욕만이 아니라 그 이상으로 능욕당한 여성이 속
하는 남성집단에 대한 최대의 모욕이 된다는 가부장제 논리이다.[24] 가부

---

23) 조선일보, 1962.9.14.

장제 사회에서는 강제성의 유무를 묻지 않고 '술집 여급'이라는 영란의 직업은 영란과 영란의 가족에게 오명을 남기는 일이었다.

> 아저씨 : (밥을 먹으며) 쓸데 없는 소리마라, 넌 이작도 옆집 영란일 좋아하는 모양인데, 아예 생각두 마라. (머리를 설레설레 저으며) 망한다, 망해. (손으로 흉내를 내며) 아 그 꼴이 뭐니? 머리는 새둥우리 모양 올리구 그 새빨간 입술, 그 눈매……에이(징그럽다는 듯) 아마 이북에 계신 너의 어머니가 오셨대두 절대 못하게 할게다.(183~184쪽)

철수 아버지와 형일, 철수 등은 가족을 위해 희생하는 영란을 동정하면서도 비난하는 이중성을 가진다. 이들의 이러한 시각은 사회 전반의 시각이라 할 수 있다. 전후 문학에서 창녀의 표상은 전쟁으로 인한 상실의 체험을 극화시키는 동시에 이에 대한 상상적 보상물로 기능한다는 점을 강조할 필요가 있다. 즉 어머니와 창녀의 표상은 매우 상반된 방식으로 전쟁에 대한 복합 감정을 미학화된 상상적 방식으로 배설하고 해소하고자 하는 심리적 강박의 산물인 것이다. 이러한 대리 배설의 욕망은 창녀의 표상에서는 직접적인 배설의 욕망으로, 어머니의 표상에서는 이상적인 승화의 기제로 나타나며 훼손된 누이의 표상에서는 부양의 욕망으로 치환된다. 창녀의 표상이 훼손된 누이의 형태로 드러나는 것은 주로 생활의 어려움으로 인해 '창녀'로 전락한 누이의 이미지 때문이다. 훼손된 누이는 나의 상실과 등가물이기도 하지만 나와 완전히 동일시되지 않는 구원의 대상이기도 하다. 중요한 것은 이러한 상실의 이미지가 '훼손된 누이'의 이미지

---

24) 우에노 치즈코·이선이 역, 『내셔널리즘과 젠더』, 박종철출판사, 1998, 106쪽.

로 표상되는 상실 의식 속에서는 여전히 살해/구원이라는 역설적인 욕망이 착종되어 존재한다는 점이다.[25]

> 철수 : 그야 다르지. 그건 형제간의 사랑이니까. 고귀한 희생이야.
> 형일 : 아녜요. 저는 제가 잘되기 위해서 누나를 괴롭히고 싶지 않아
> 요. 허지만 그것두 이 근래에 와서야 알게 됐어요. 전에는 그저
> 누나가 그런 직장엘 나가는 것이 밉기만 했어요. 그런데 요즘
> 엔 저 때문에 할 수 없이 그런 직장엘 나가는 줄 알면서두 미움
> 이 사라지질 않아요.
> 철수 : 글쎄 그런 심정이 생기는 것두 무리는 아니야.
> 형일 : 제가 누나를 그렇게 미워하는 줄 알면 형님두 저를 미워할 게
> 구……(190쪽)

훼손된 누이에게 가장의 역할을 부여할 수 없다는 형일은 훼손된 여인에 대한 사회적 편견을 잘 드러내는 인물이다. 그는 여성의 순결을 강요하는 남성의 폭력적 사고를 잘 드러내는 인물이다. 형일은 타자인 여성, 그것도 훼손된 누이에게 가장의 역할을 맡길 수 없을 뿐더러 누이를 보호하지 못했다는 죄책감에 시달린다. '추업(醜業)'에 종사하는 여성은 존재 자체가 더럽혀졌다고 생각하는 것이다. '매춘'패러다임은 본인의 '의사'를 문제시한다는 점에서 여성의 자기 결정권을 인정하고 있는 것처럼 보이지만 사실은 '매춘부'와 그 밖의 여성 사이를 나누는 '성의 이중기준'을 떠받친다는 점에서 가부장제 코드의 변이라고 할 수 있다.[26]

앞서 두 작품들이 당대의 경제적 상황보다는 중산층의 부부의 정신적인

---

25) 권명아, 앞의 책, 57~58쪽.
26) 우에노 치즈코·이선이, 앞의 책, 119쪽.

공허감에 초점이 맞추어졌다면 이 작품은 훼손된 여성성으로 인한 가족 구성원, 특히 오누이의 갈등을 구체적이고 사실적으로 표현한 작품이라 할 수 있다.

5. 결론

박현숙 초기 희곡에서 가족 구성원이 갈등을 초래한 작품인 <항변>, <땅위에 서다>는 아내가 남편에게 저항하거나 아내와 남편의 위치가 바뀌었지만 여성 스스로가 남편에게 순종하거나 뒤바뀐 위치를 회복시킨다. 이는 작가의 보수적인 가족 이데올로기의 영향이다. 이 두 작품이 부부 갈등에 초점이 맞추어졌다면, 가장이 부재한 <언덕으로 올라가는 골목 길>에서의 갈등의 원인은 경제적 궁핍으로 인한 훼손된 여성성이다. 이는 곧 사회의 불안과도 밀접한 연관을 맺고 있다. 불안한 사회에 일자리를 찾지 못한 여성들은 자신의 몸을 이용해 사회 활동을 하는데 이 작품은 훼손된 누이를 순결한 누이로 바꾸기 위한 남동생의 반발로 오누이가 갈등한다는 전개과정을 거친다.

<항변>에서 작가는 가족 해체의 원인이 폭력적인 가부장권을 행사하는 남편에게 있다고 본다. 사회 전반적인 상황으로 인한 여성의 권익 신장이라는 부분도 있겠지만 이보다는 무책임한 남성에게 책임을 묻고 있는 듯하다. <땅위에 서다>는 예술활동을 하느라 무능력한 남편이 자신의 꿈을 포기하면서까지 남성의 권위를 찾으려 노력한 작품이다. 이 두 작품은 박현숙 희곡에 나타나는 대표적인 두 가지 남성상을 압축해 놓았다. 이를 결정짓는 기준은 경제적 능력이다. 남성은 경제적 능력의 유무에 따

라 강압적이거나 나약한 인물로 묘사된다. 이에 비해 <언덕으로 가는 골목길>에서의 형일과 철수와 철수의 아버지는 영란을 동정하면서도 비난하는 양면성을 가진 인물들이다. 이들은 경제적으로는 궁핍하지만 도덕적 삶을 살아가고자 하는 인물들이다.

이러한 갈등은 등장 인물들이 공간의 개방과 폐쇄에 따라 상이한 결말을 맞이하게 된다. 영선이 공·사의 영역에서 자유롭게 이동하며 가족애를 찾으려 한 <땅위에 서다>와 <언덕으로 올라가는 골목길>이 해피엔딩의 구조를 보이고 있다면 <항변>은 공적인 영역에 속하지 않은 영선과 사적 영역에 속하지 않은 남편과의 의사소통 공간이 부재함으로 인해 아들을 잃게 되는 비극적 구조를 띠고 있다.

작가는 이 세 작품들을 통해 도덕의 붕괴, 경제적 궁핍, 강력한 가부장제 등의 가족 문제를 다루었다. 남성의 공간이나 위치의 이동없이 여성의 순종과 인내만을 강요한다는 점이 이 작품들의 문제점이다. 이를 통해 박현숙이 여성을 중심으로 극을 이끌어 나가면서도 남성의 시각으로 여성을 바라본다는 한계를 파악할 수 있었다.

참고문헌

기본자료

박현숙, 『여인』, 창조사, 1965.

저서

강만길, 『한국현대사』, 창작과 비평사, 1984.

권명아, 『가족이야기는 어떻게 만들어지는가』, 책세상, 2000.

미셸 바렛, 매리 매킨도시 · 김혜경 역, 『가족은 반사회적인가』, 여성사, 1994.

리타 펠스키 · 김영찬 외, 『근대성과 페미니즘』, 거름, 1998.

서울사회과학연구소, 『한국에서의 자본주의 발전』, 새길, 1991.

박영신, 『역사와 사회 변동』, 한국사회학연구소, 1990.

박현숙, <생명의 전화를 받습니다>, 『여자의 성』, 대한, 1996.

─── , 「작가 후기」, 『여인』, 창조사, 1965.

우에노 치즈코 · 이선이, 『내셔널리즘과 젠더』, 박종철출판사, 1988.

이종영, 『성적지배와 그 양식들』, 새물결, 2001.

조선일보, 1962.9.14.

조혜정, 『한국의 여성과 남성』, 문학과 지성사, 1988.

한국가족학회, 「자본주의와 가부장제 가족」, 『현대가족과 사회』, 교육과학사,
         1994.

한국정신문화연구원 편, 『1960년대 사회변화연구』 9, 백산서당, 1999.

무대 공간 활용의 특성

윤일수

1. 서론

박현숙은 제1세대 여성극작가로 가정과 사랑에 관심을 갖고 꾸준히 창작활동을 해왔다. 특히 봉건잔재에서 벗어나지 못한 부부나 남녀간의 사랑이 빚는 애증을 그렸으며, 결말은 항상 휴머니즘적이며 사회통념상 건전한 상식을 강조하고 있다.[1] 여성과 사랑이라는 소재와 도덕성을 강조하는 결말 처리로 인하여 그의 작품은 대개 통속적인 멜로드라마의 형태를 띠고 있다.[2] 그 결과 앞서 이루어진 많은 연구들이 멜로드라마의 구조에 대한 접근이나[3] 주제적인 측면에서 치중되는 경향이 있었다.[4]

희곡작품은 공연되어야 비로소 완성되는 장르기 때문에, 공연여부는 매

---

1) 이미원, 「박현숙 희곡 연구」, 『한국연극학』 11집, 한국연극학회, 1998, 114쪽.
2) 유민영, 「박현숙론」, 『박현숙문학전집』, 늘봄. 2001, 224쪽.
3) 윤석진, 「1960년대 한국 희곡에 나타난 멜로드라마적 경향 연구-박현숙의 작품을 중심으로-」, 『한국연극학』 10집, 한국연극학회, 1998.
4) 곽노홍, 「비극적 결말구조와 휴머니티」, 『월간문학』, 월간문학사, 1999./김경옥, 「앙가쥬망의 작가 박현숙, 그 생애와 작품세계」, 『한국현역극작가론』 I, 예니, 1984./ 김일영, 「가족질서 회복을 위해 기도드리는 어머니의 염원」, 『한국예술총집』, 대한민국예술원, 2000./ 유민영, 「박현숙론」, 『박현숙문학전집』 1권, 늘봄출판사, 2001./ 이미원, 「박현숙 희곡 연구」, 『한국연극학』 11집, 한국연극학회, 1998.

우 중요하다. 작품이 무대에 올리기 적합한 형태인가, 아닌가를 판단하는 척도가 되기 때문이다. 이러한 측면에서 볼 때, 박현숙의 작품은 이미 여러 차례 공연된 바 있으므로 그의 작품들은 공연에 적합한 희곡이라고 할 수 있다. 이것은 박현숙의 무대경험에서 얻어진 결과라고 볼 수 있다.

박현숙은 1948년 중앙대학교내 연극경연대회에서 김진수의 <코스모스>에 '준수' 역으로 출연하여 총장상을 받았으며, 그해 셰익스피어의 <햄릿>이 한국에서 초연 될 때, '오필리아'역으로 출연했다. 1949년 제1회 전국남녀대학연극경연대회에서 존 밀린톤 싱그의 <계곡의 그림자>에서 '로라' 역으로 출연하여 개인연기상을 받았다. 1952년 대구문화극장에서 공연된 마르셀 바뇰의 <마리우스>에 '화니'역으로 출연했으며, 간호사 시절, 개원 축제 때에 직접 쓴 <한 많은 사람들>의 연출을 맡고 직접 출연하기도 했다. 뿐만 아니라 1956년 차범석·조동화·이두현·김경옥 등과 '제작극회' 창단 멤버가 되어 활동했다. 결혼 후 외부활동을 일체중지하고 혼자 할 수 있는 작업을 연구하다 연극으로 익숙해진 무대상황과 배우들의 분위기 흐름을 잘 알고 있기 때문에 희곡을 쓰게 된다.[5] 그 결과 1960년 <항변>으로 조선일보 신춘문예에 입선, 1961년 <사랑을 찾아서>로 조선일보 신춘문예에 가작입선, 1962년 <땅위에 서다>가 조선일보 신춘문예에 당선했다. 이처럼 현장 경험을 바탕으로 창작활동을 시작한 박현숙이기에 무대의 공간 사용에 관해서 꿰뚫고 있다고 보아야 할 것이다.

따라서 본고에서는 희곡의 공연가능성에 초점을 맞추어, 희곡을 무대화했을 경우의 무대사용방식이 어떻게 나타나는가를 살펴보고자 한다. 본 연구는 공연희곡 <사랑을 찾아서>(1960), <땅위에 서다>(1962), <방관

---

5) 박현숙, 『나의 독백은 끝나지 않았다』, 혜화당, 1963, 67쪽.

자>(1964), <여인>(1965), <빛은 멀어도>(1972), <가면무도
회>(1975), <여자의 성>(1989), <조국의 어머니>(1991), <생명의 전
화를 받습니다>(1995), <태양은 다시 뜨리>(1998) 등의 열 작품을 무대
공간의 사용방식에 따라 세 시기로 나누어 살펴보고자 한다.

2. 무대공간의 사용방식

2.1. 무대배경의 상징화

박현숙의 초기 희곡은 여성작가답게, 사랑과 가정이 주요 관심사였다.
그 중에서 봉건 잔재에서 벗어나지 못한 부부나 남녀간의 사랑이 빚는 애
증을 통해 가정을 그렸으며, 결말은 늘 휴머니즘적이며 사회 통념상의 건
전한 상식을 강조한다.[6] 여기에 해당하는 공연희곡은 <사랑을 찾아
서>·<땅위에 서다>·<방관자>·<여인> 등이 있다.

2.1.1. 〈사랑을 찾아서: 일명 女囚()(1960)

<사랑을 찾아서>는 정애리의 간첩혐의 사건을 다룬 재판극이다. 따라
서 법정에서 재판을 진행하는 과정이 주를 이룬다. 이 작품의 공간적 배경
은 ①법정→ ②민규네→ ③법정→ ④민규네→ ⑤법정→ ⑥북한→ ⑦법정
순으로 변한다. 이러한 공간 변화는 주인공 정애리가 사랑의 대상이 누구
인지 인식하고, 찾아가는 과정이다. 즉, 법정에서 재판이 진행되는 과정에
과거의 상황으로 돌아가 그 사건을 객관화시켜 봄으로써 진실을 찾아가는

---

6) 이미원, 앞의 논문, 114쪽.

작업이다.

<사랑을 찾아서>가 조선일보 신춘문예 가작으로 입선하여 1960년 1월 13일부터 28일까지 조선일보에 연재될 당시 제목은 <여수(女囚)>이다. 제8회 제작극회 정기공연작으로 선정되어 오사랑이 연출을 맡아 1960년 3월 16일부터 20일까지 원각사에서 공연되면서 <사랑을 찾아서>로 개명되었다. 그런데 <사랑의 찾아서>의 무대지시문은 보편적인 무대공간의 사용방식에서 크게 벗어나 있다. 이것은 박현숙의 오랫동안의 화려한 현장경험 경력으로 미루어보아, 무대공간의 사용을 몰라서라고 보기는 어렵다. 따라서 작가의 특별한 의도에서 이루어졌다고 볼 수밖에 없다.

물론 대본을 바탕으로 무대를 시각화하는 사람은 연출가다. 그러나 연출가도 극작가가 쓴 대본을 바탕으로 무대화 작업을 하기 때문에, 극작가의 창작의도가 연출가의 무대화 작업에 큰 영향을 미치는 것이 일반적이다. 따라서 대본에 설정되어 있는 무대의 공간사용이 어떤 의미를 지니는지 살펴보기 위해 연출가들이 통념적으로 사용하는 무대의 공간사용 방법에 맞추어 살펴보고자 한다.

연출가는 무대의 시각화를 위해서 무대공간을 분할하여 사용한다. 무대공간의 영역에 따라서 그곳에서 연출되는 장면의 분위기가 다르기 때문이다. 연출가들은 배우들의 무대배치를 수월하게 하거나 특정한 분위기를 나타내기 위해서 통념적으로 무대공간을 6·9·15등분한다.[7] 아래는 넴즈(H. Nelms)가 무대 공간을 여섯 등분으로 도식화했을 때 각 무대영역이[8] 지니는 분위기이다.

---

7) 민병욱, 『연극 이해의 길』, 삼영사, 2001, 119-120쪽 참조.
8) 무대영역이란 무대의 각 부분마다 나름대로의 명칭이다. 관객 쪽에 가까운 쪽을 아랫무대

UL : 부드럽고 약하며 거리감이 있다. 비사실적이거나 중요하지 않은 장면에 사용된다. 공포의 장면, 유령의 출현 장면, 초자연적이거나 배경적인 장면에 효과적이다.

DL : 공식적이며 덜 친근한 분위기를 드러낸다. 질투의 장면, 비밀스러운 사건과 음모의 장면, 수치스러운 사건의 장면, 간혹 부수적인 사랑의 장면에 사용된다.

UR : UL보다는 조금 강하다. 부드럽고 약하며 거리감이 있다. 비사실적이거나 중요하지 않는 장면에 사용된다. 비사실적인 효과를 주는 작은 장면에 사용된다.

DR : 친근하고 따뜻하며 사사로움을 표현한다. 사랑장면, 사적인 부름 장면, 고백장면에 적합하며, 타인들을 관찰하는 한 등장인물이거나 긴 해설 장면에도 효율적이다.

UC : 매우 강렬함, 당당함 그리고 초연함, 우월함, 고상함 및 안정감의 분위기를 드러낸다. 공식적이고 낭만적인 사랑의 장면, 통치장면, 재판장면, 왕정의 장면에 효과적이며, 무대 하단으로 이동할 중요 장면을 시작하기에 적합하다.

DC : 강렬하고 거칠고 딱딱하며 힘이 있음을 표현한다. 주동세력과 반동세력 간의 대립 장면, 언쟁장면, 클라이막스 장면으로 사용된다.[9)]

(dawnstage), 관객과 먼쪽을 윗무대(upstage)라고 한다. 오른쪽과 왼쪽의 구분은 관객이 아니라 배우를 기준으로 한 것이다. 관객의 눈에 보이지 않는 부분은 모두 무대 밖 (offstage)이라고 한다. 작품에 참여한 모든 사람이 그러한 구분 방식을 이용해 무대의 각 영역을 정확히 지적할 수 있다. 위의 책, 122쪽.

9) 위의 책, 123쪽.

위에서 알 수 있듯이 넴즈(H. Nelms)의 무대 공간분할과 그것이 가지는 의미에 준한다면, <사랑을 위하여>의 무대는 중앙에 법정이 위치하고 그것을 중심으로 좌우에 북한 남천 내무서와 서울의 민규네 응접실이 위치하는 것이 통념적인 무대의 공간사용 방식이다. 그런데 작가는 무대의 공간사용을 전혀 다른 형태로 지시하고 있다.

> 상징적인 무대로서 도구들도 간단히 꾸며져야 한다. 이것은 현실의 부조화를 설명하는 것이기 때문이다. 무대 오른쪽은 법정으로 되어 있고 중앙이 민규네 응접실 겸 서재다. 왼쪽은 북한 괴뢰의 내무서 내부의 일면을 보여주면 된다. 연극은 각각 조명에 의하여 진행되게 한다.(사랑을 찾아서: 전집1권-42쪽)

지문에 명시된 무대의 공간사용에 관한 작가의 지시에 따라 작품의 극중장소를 무대 위에 배치하면 다음과 같다.

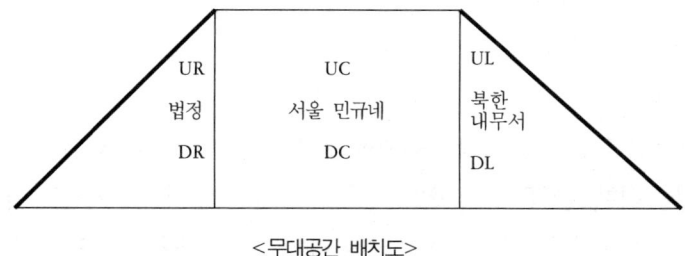

<무대공간 배치도>

먼저, 법원이 위치한 오른쪽 무대는 사랑 장면이나 사적인 관계가 많이 행해지는 친근하고 따뜻하며 사사로움을 표현하는 장면에 주로 사용되는

무대이다.[10] 그러한 장소에 작가는 법정을 배치해 놓았다. 실제로 법정에서는 정애리가 그동안 감추어왔던 박민규와 김영식에 대한 사랑의 감정이 재판과정에서 명료하게 드러난다. <사랑을 찾아서>에서 법정이 무대의 오른쪽에 놓일 수밖에 없었던 이유는 등장인물의 구성과 역할에서 더욱 명료해진다.

> 법정 쪽으로 조명이 들어온다. 가운데 재판장, 그 좌우로 배심판사가 앉아 있다. 하단 오른쪽에 변호사. 왼쪽에 피고인 정애리가 고개를 숙이고 돌처럼 앉아 있다. 조명이 서류를 넘기는 재판장의 손으로부터 밝아져서 법정 쪽만 환해지고 다른 장면들은 모두 어둠이 깔리도록 해야 한다.(사랑을 찾아서: 1-42)

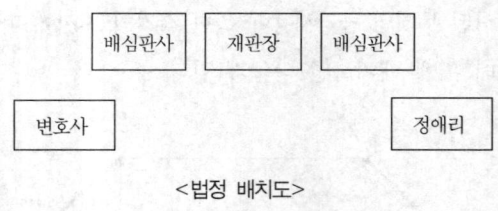

<법정 배치도>

이상은 작품의 법정 장면에 관한 무대 지시어이다. 정애리의 간첩혐의 사건에 관한 재판은 국가 보안에 관한 중요한 재판이므로 재판장 이외에도 배석판사가 두 명 참석한다. 형사재판 과정은 다음과 같이 진행된다.

---

10) 그 외에 타인들을 관찰하는 한 등장인물이거나 긴 해설 장면에도 효율적이다. 지금 현재 법정에서 재판이 진행되고 있는 상황에서 과거의 사건을 보여준다는 점에서 이런 의미로도 해석 가능하다. 그러나 이 작품에서는 법정이 관찰하는 장소로서만 쓰이는 것이 아니라, 정애리가 자신이 사랑하는 대상이 무엇인지 명확하게 인식해 가는 과정이 진행되는 중요한 장소이므로 무대의 중앙에 위치하는 것이 더 합당하다.

① 검사가 피고인의 인적사항을 낭독하고, 그 사람이 맞는지를 보는 인정심문을 한다.

② 검사가 피고가 저지른 범죄행위의 요지를 낭독하는 모두진술을 한다.

③ 재판장이 피고에게 진술거부권이 있음을 알린다.

④ 검사와 변호사가 피고인을 사이에 놓고 각각의 입장에서 유리한 질문을 하는 과정인 피고인 심문을 한다.

⑤ 재판장에게 검사와 변호사가 피고인 심문과정에 나온 각종 증거의 증거를 대는 증거조사를 한다.

⑥ 보통 법정 최고형을 요구하는 검사의 의견진술을 한다.

⑦ 변호사가 재판장에게 피고의 선처를 요구하는 마지막 변론을 의견진술한다.

⑧ 피고인이 자신의 억울함을 호소하고 선처를 바란다는 내용을 담은 의견진술을 한다.

⑨ 재판장이 변론이 종결했음을 선언하는 변론을 종결한다.

⑩ 재판장이 며칠후 판결을 선고한다.

사건을 진행시키는 과정에 검사와 변호사에 의해 피고인 심문이 진행된다. 그런데 <사랑을 찾아서>에서는 검사가 아예 등장하지도 않고, 검사가 담당해야할 피고인 심문을 재판장이 전담한다. 재판장은 법정에서 중립적인 입장에서 검사와 변호사의 피고인 심문을 들은 후, 배심판사와 함께 공정한 판결을 내려야 한다. 그런 역할을 담당할 재판장이 <사랑을 찾아서>에서는 피고인에게 죄가 있다고 주장하는 검사의 역할을 담당한다. 이것으로 미루어 보아, 이 재판은 정애리를 심문하기도 전에 정애리가 간첩이라 단정지어 놓은 상태에서 진행된다.

이 작품이 1961년 조선일보 신춘문예에서 가작으로 당선됐고, 바로 그해 제작극회에 의해 원각사에서 공연되었다. 이러한 정황으로 미루어 보아, 작가가 법정의 모습을 몰라서 저지른 잘못이라고 보기는 어렵다. 뿐만 아니라, 작가는 1965년부터 1995년까지 30년에 이르는 기간동안 서울가정법원 가사조정위원으로 활동했기 때문에 법정의 모습에 익숙하다고 볼 수 있다. 따라서 작품에 나타나는 이러한 양상은 작가의 특별한 의도에서 이루어졌다고 볼 수밖에 없다.

뿐만 아니라, 법정이 사건 진행의 주공간으로 설정되어 있는 것은 전쟁의 소용돌이 속에서 사랑을 찾아나선 한 여인의 간첩 혐의에 대해 어떤 판단을 내리고자 하는 의도의 반영이다. 그것은 무대 중앙의 공간을 상징하는 민규의 결정적인 증언에 의해 애리의 간첩 혐의가 벗겨지는 것으로 드러난다. '중앙'이란 '핵심', '중립', '안정' 등을 의미한다. 무대의 중앙에 위치한 주인물이 대학교수인 민규라는 설정은 민규라는 등장인물의 상징성을 내포한다. 즉 대학교수 민규는 증인으로 출석해서 '제 모든 것을 걸고 보증하겠습니다'라고 애리를 변론한다. 대학교수는 당시 사회의 공인된 계층이다. 이러한 인물의 의한 변론은 자유민주주의 남한 사회의 포용력을 보여주기에 부족함이 없다. 따라서 민규의 증언이 재판장의 판결에 결정적인 영향을 끼칠 것이라 짐작하는 것은 어려운 일이 아니다.[11]

애리의 비극적인 운명이 심화되는 또다른 공간인 '북한 내무서'는 영식과의 사랑과 갈등이 시작되는 곳이기도 하다. 그러나 애리를 남파시키라는 당의 명령을 받고 당황하는 영식은 그곳이 그들의 사랑을 지켜주기에

---

11) 윤석진, 앞의 논문, 82쪽.

는 역부족인 공간임을 깨닫는다. 영식과 애리는 북한에서의 사랑이 결국 맺어질 수 없음을 인식한다. 이처럼 북한 내무서는 이념과 현실, 사랑의 삼각구도 속에서 이념의 메마름을 비판하는 공간이다. 그러나 영식과 애리의 절망적인 사랑을 표면으로 내세우면서 텍스트의 비극적인 분위기를 심화시키는 공간으로 드러남으로써 동족상잔의 전쟁을 치른 관객의 정서적 공감을 이끌어내는 기능을 한다.[12] 이러한 무대공간의 설정으로 등장인물과 무대가 밀접한 관련을 맺으면서 텍스트의 비극적 정서를 환기시키는 기능을 한다.

이 작품은 분단희곡으로도 주목된다. 주인공의 파란만장한 생애를 통해서 굴절된 현대사가 드러남은 물론, 이데올로기에 접근하는 태도에도 변화를 보여준다. 즉, 50년대식의 반공흑백논리가 아니라, 이데올로기의 무위를 간접적으로 나타내고 있다. 주인공의 월남과 월북은 이데올로기와는 전혀 무관하다. 뿐만 아니라 주인공을 사랑했던 공산당원 영식의 자기희생적인 사랑은 공산당이 아닌 첫 연인 민규의 사랑보다 훨씬 강하다. 즉 공산당도 인간적인 감정을 지닌 사람으로는 희곡사상 처음으로 그려졌다고 해도 과언이 아니다.[13]

2.1.2. 〈땅위에 서다〉(일명: 땅위에서)

<땅위에 서다>는 서로에게 무관심하던 맞벌이 부부가 사랑을 확인하고 삶의 의욕을 되찾게 된다는 내용이다. 남편과 아내의 직장을 고층빌딩과 지하로 대조시키고, 그 곳을 정신문화와 물질문화를 대변하는 것으로

---

12) 위의 논문, 83쪽.
13) 이미원, 앞의 논문, 117쪽.

상징화시키고 있다.

　<땅위에 서다>는 1962년 조선일보 신춘문예 당선작으로, 그해 청포도 극회에 의해 명동예술극장에서 공연되었다. 그리고 2001년 무천극예술학회 주최로 열린 박현숙 연극제에서 6월 2일과 3일 양일동안 씨어터 연인에서 무대에 올려졌다. 신현달이 연출을 맡았으며, 대구극단 힘멜에 의해 이루어졌다.

　　원칙상 이 연극에 장치라고는 필요하지 않다. 다만 분위기가 필요할 뿐이다. 그러므로 무대는 이동근이 근무하고 있는 고층빌딩 5층에 있는 도안실과 그의 아내 윤금희가 다니는 살롱미용실(그것은 백화점 지하실에 자리잡고 있다)의 두 개의 이질적인 장소 설명만이 최소한도로 필요하다.
　　먼저 이동근의 방은 지그재그형으로 뻗어 올라가는 층계 위에 자리잡고 있다. <…>이와 대조적으로 윤금희가 근무하는 살롱미용실은 두꺼운 콘크리트의 천정을 무겁게 머리에 이고 있다. 출입문은 1층으로 올라가는 계단 위에 있다. (땅위에 서다: 1-75)

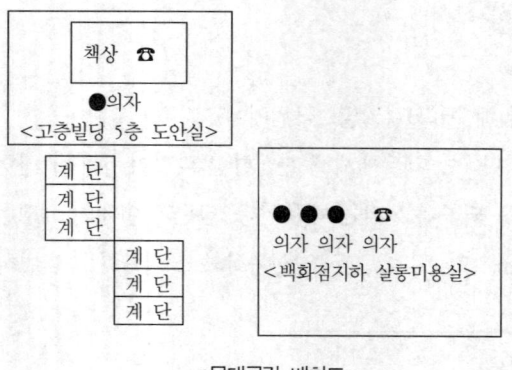

<무대공간 배치도>

남편 이동근은 생계를 위해 화장품 회사의 도안사로 일하는 화가이고, 아내 윤금희는 미용사이다. 이 작품에서 미용사는 물질문화의 상징으로 그려져 있고, 반면 화가는 정신문화의 상징으로 그려져 있다. 그러나 정신문화를 상징하는 동근마저 물질문화인 상업적 광고도안을 그릴 수밖에 없다는 설정은 1960년대 시대상황을 담고 있다. 1960년대에서 2000년대라는 긴 시간의 간극에도 불구하고 자신의 꿈 대신 현실을 쫓을 수밖에 없는 현 시대상을 그대로 시사하고 있다는 점에서 의미가 있다.[14]

이 작품에서 작가는 바람직한 삶을 '땅위에 선다'는 것으로 표현하고 있다. 이동근은 하늘에서 눈이 내리는 것을 보고, 항상 공중에 떠있는 자신을 땅위로 내려야 함을 깨닫고, 항상 땅속에 묻혀있는 아내도 땅 위로 올려야 함을 깨닫는다. 땅 위에 선다는 것은 하늘에서 생활하는 새나 지하에서 생활하는 두더지의 삶이 아닌 사람답게 살아가는 것을 의미한다. 그 첫 시도는 남편이 귀가가 늦은 아내를 마중나가는 것으로 이루어진다.

> 방안에는 제도용 책상과 의자, 그리고 전화만 한 대 보일 뿐 그밖의 모든 소도구는 없고 동작과 표정으로 그 소재를 알리면 된다.<…> 방안에는 몇 개의 미용의자와 역시 전화만 보이고 그밖에는 모든 소도구는 없다. 윤금희와 미용사들이 하는 손짓과 몸짓으로 설명되어야 한다. (땅위에 서다: 1-75)

사면의 기둥만으로 이루어져 있는 이동근의 도안실에는 책상과 의자, 전화를 제외한 집기는 안 보인다. 윤금희의 미용실도 마찬가지다. 소도구

---

14) 이강렬, 「사랑과 포용으로 승화된 가족극-박현숙 연극제에 부쳐」, 『월간문학』, 2001. 5월호. (전집3권), 241쪽.

조차 없이 윤금희와 미용사들은 손짓과 몸짓만으로 일하는 모습을 연기한다. 이것은 손튼 와일더(1897-1975)의 <우리 마을(our town)>에서 보여지던 방식이다. 손튼 와일더는 몇 개의 연습용 대·소도구로 빈 무대에서 공연되어야 한다고 명시했다. 이 작품의 주제는 가장 평범한 순간에 있어서도 인생살이의 최상의 가치에 관한 것이다.[15] 즉, 물질적인 풍요보다 사랑이 넘치는 가정의 중요성을 강조하고 있다. 박현숙은 일찍부터 연극의 사회 기능과 함께 대중화를 목표로 했다. 그는 소수 귀족 취미로 연극을 즐기는 것을 경계하고 동시에 거부했다. 많은 사람이 보고서 사회개선에 이바지해야 한다는 것이다.[16] 이러한 작가의 의지는 작품 내에서 극장주의를 통해 표출되고 있다.

2.1.3. 〈방관자〉

<방관자>는 혜미의 갑작스런 사인(死因)을 밝혀가는 과정을 그린 이야기이다. 극중 장소는 모두 태수의 응접실로 설정되어 있다. 비록 극중 사건이 같은 장소에서 일어난다 하더라도, 같은 시간에 일어나는 것은 아니다. 현재→ 과거→ 현재로 돌아오는 구조로 이루어 있다. 이와 같은 시간 여행은 작가의 특별한 의도에서 이루어졌다.

태수의 응접실에서 진행되는 사건은 현재→과거→현재의 형태로 이루어져 있다. 현재 선영과 태수 사이에 빚어진 불화의 이유를 찾기 위해 과거로 거슬러가는 형태로 이루어져 있다. 과거로 거슬러 올라가 혜미와 태수와의 관계에 비추어 봄으로써, 현재의 상태를 진단할 수 있기 때문이다.

---

15) 버나드 휴이드(1988), 『현대연극의 사조』, 정진수 옮김, 기린원, 138쪽.
16) 유민영, 앞의 논문(2001), 224쪽.

그 결과는 비관적이다. 따라서 현재로 돌아온 선영과 태호, 옥경이 집을 나가는 것으로 극은 마무리 된다.

1964년 창작된 <방관자>는 <나는 방관자가 아니다>라는 제목으로 1964년 서울대 연극부가 문리대 강당에서 공연한 바 있다. 뿐만 아니라 1980년에는 <방관자>라는 제목으로 극단 두레박이 관악구민회관에서 공연하였다. 이러한 작품의 공연 경력이나 작가의 무대경험으로 미루어 보아, 대본에 지시된 무대공간의 사용 및 소품의 사용은 현실적이라고 볼 수 있다.

아래는 <방관자>의 무대지시문과 그것의 무대도면이다.

> 주택가에 있는 중류 이상의 응접실. 한 가운데 묵직하게 소파가 놓여 있고 그 곳을 중심으로 하여 나지막한 탁자와 몇 개의 의자가 자리잡고 있다. 가구류는 대체로 값나가는 것이지만 방 한 모퉁이에 뚜껑이 덮인 채 침묵을 지키고 있는 피아노와 더불어 어딘지 모르게 생활과 밀착되어 있지 못한 느낌을 준다. 정면 벽에 커다란 창문이 있는데 그 밖으로 주택가의 지붕들과 가로등이 달린 전주가 보인다.
> 커튼 빛깔은 차다. 방의 꾸밈은 아무래도 좋다. 사건에 직접 관계되는 것이란 별로 없으며 왼쪽은 내실. 오른쪽은 현관으로 나가는 문인데 문이 열리면 이층으로 올라가는 층계가 보인다.(방관자: 전집1-96)

무대지시문에 따르면, 태수 집은 값나가는 가구들로 꾸며진 중상류층이다. 그러나 차가운 빛깔의 커튼이 그다지 화목하지 못한 가정임을 말해준다. 정면 벽의 커다란 창문은 개방적인 집안 분위기를 알려준다. 극이 진행되는 과정에서 이러한 무대장치가 실제로 극중 분위기를 그대로 드러내주고 있음을 확인할 수 있다. 이집 주인인 태수와 선영 부부는 냉랭한 관계로 설정되어 있다. 또한 태수는 가정을 돌보지 않고, 바깥으로 나돌며 외도가 잦고, 이것에 반감을 가진 선영도 댄스교습을 받으며, 바깥으로 나돌고 있다. 이처럼 무대 장치만으로도 극의 흐름을 파악할 수 있다.

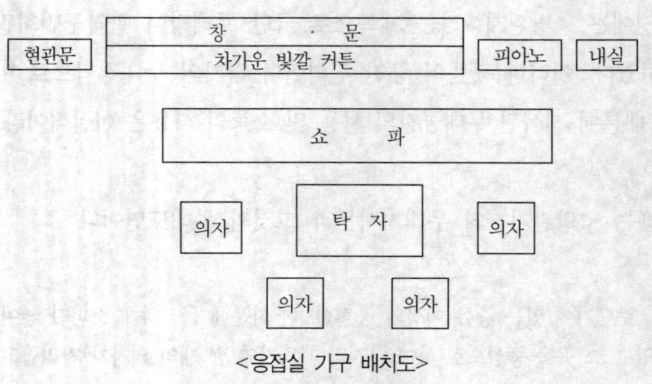

<응접실 가구 배치도>

특히, 이 작품에서 주의를 끄는 것은 피아노로 '어딘지 모르게 생활과 밀착되어 있지 못한 느낌'을 준다. 피아노가 놓여진 위치는 구체적으로 제시되지 않고, '방 한 모퉁이'로만 제시되어 있다. 문제의 피아노는 태수의 이기적이면서도 편협한 사고 때문에 죽은 혜미의 것이다. 따라서 죽은 혜미를 상징하는 피아노는 무대의 왼쪽 뒤쪽(UL)에 놓이는 것이 마땅하다. 공포나 유령출현 장면과 같이 초자연적 배경 장면을 표현하는 데 효과적인 장소이기 때문이다.

이처럼 창문이나 피아노는 이 작품에서 사건전개양상을 상징적으로 보여주는 소품이다. 그러나 지문에 명시되어 있듯이 창문이나 피아노 뿐만 아니라, 그 외의 모든 소품들은 '사건에 직접 관계되는 것이란 별로 없다'.

단지 방관자적인 태도로 사건의 추이를 지켜보고 있을 뿐이다. 이처럼 작가는 무대공간이 사건전개에 활용되는 정도를 통해서도 작품의 주제를 드러내고 있음을 알 수 있다.

2.1.4. 〈여인〉

<여인>은 섬처녀 옥희의 험난한 사랑의 행로를 그린 작품이다. 극중 배경은 ①검산도 용바위→ ②서울 철호집→ ③성초의 판자집→ ④검산도 특수고아원 순으로 장소가 변한다. 이러한 장소의 변화는 주인공 옥희의 움직에 따른 장소의 변화이다. 옥희가 거쳐가는 장소들은 검산도의 역사와 상통하는 면이 있다. 이러한 공간설정과 공간변화과정으로 미루어보아, <여인>은 멜로드라마의 형식을 빌어, 한국의 근대에 빚어진 국토유린의 아픈 역사를 표현하고자 했음을 알 수 있다.

1965년 발표된 <여인>은 제작극회 제14회 정기공연 작품으로 채택되어 1970년 4월 24일부터 4일간 국립극장에서 <너를 어떻게 하랴>라는 제목으로 공연되었다. 따라서 작품에 제시된 무대공간의 사용은 현실성이 있다고 볼 수 있다. 4막으로 구성된 <여인>의 각막별 극중장소와 뒷배경은 다음과 같다.

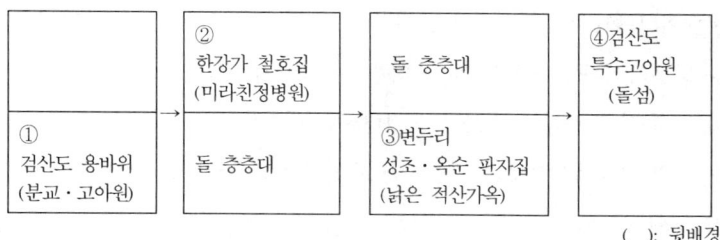

( ): 뒷배경

<무대공간 배치도>

<여인>의 극중장소는 ①검산도 용바위→ ②한강가에 있는 민규집→ ③변두리에 있는 성초·옥순의 판자집→ ④검산도 특수고아원 순으로 변한다. 극중장소는 검산도의 용바위와 특수고아원, 철호의 집과 성초의 집이 서로 대비를 이루고 있다. 무대공간에서 아래에 위치한 용바위와 성초의 판자집은 주어진 현실상황이고, 무대공간에서 위에 위치한 철호집과 특수고아원은 이상화된 상황이다. 먼저, ①④의 경우를 살펴보면 다음과 같다. 옥희가 결혼문제로 고민하던 검산도의 용바위에서 뒷배경으로 보이던 곳이 그녀가 일생을 바쳐 일할 특수고아원이다. 그녀가 특수고아원에서 일하게 된 것은 돌섬에서 철호와 하룻밤을 보낸 때문이다. ②③의 경우를 살펴보면 다음과 같다. 옥희와 성초는 서로 사랑하는 사이지만, 결혼하지 못한다. 옥희와 철호, 두 집안의 처지가 너무 다르기 때문이다. 이것은 옥희가 머무는 변두리에 있는 판자집의 뒷배경이 적산가옥으로 표현하고, 철호가 한강가에 있는 집의 뒷배경으로 미라 친정병원으로 표현하고 있다. 이처럼 극중장소가 위치한 지점과 뒷배경만으로도 사건의 진행과정을 알 수 있다.

　<여인>에서 옥희가 전통적인 여성상에서 벗어나는 것은 개인적인 사랑을 택하기 보다는, 더 큰 사랑으로 고아원을 택했기 때문이다. 그 선택은 철호의 불합리한 남성가치에 대한 옥희의 자아인식에서 비롯되었다기보다 남성가치가 요구하는 보다 나은 여성의 자기희생 요구에 순응한 것이다.[17] 옥희가 사랑하는 사람과 사랑하는 아이와 함께 살면서 고아들을 돌보는 일을 병행함으로써 개인적인 행복과 사회적인 자아실현의 만족을 함께 누릴 수 있는 긍정적인 삶을 왜 선택되지 않는지 의문이다.[18]

---

17) 이미원, 앞의 논문, 119쪽.

2.2. 무대소품의 대표화

박현숙의 중후반기 희곡에는 사회적 분노가 나타난다. 이것은 그가 잠시 정치에 관심을 보였던 경력이라든지 가정법원에서 조정위원으로 오랫동안 활동했었던 것과 연결시켜 생각해 볼 수 있다. 여기에 속하는 공연희곡으로는 <빛은 멀어도>와 <가면무도회>가 있다.

2.2.1. 〈빛은 멀어도〉

<빛은 멀어도>는 유복한 집안의 윤수진과 전쟁고아 신영준의 사랑이 부모의 극심한 반대로 인하여 비극적으로 끝난다는 내용이다.

1972년 창작된 <빛은 멀어도>(4막 5장)는 1977년 9월 23일부터 28일까지 극단 성좌(星座)의 제14회 정기공연작품으로 선정되어 김학천 연출로 세실극장에서 공연되었으며, 제1회 대한민국연극제에 참가한다. 이러한 이력으로 미루어보아 작품에 제시된 무대공간의 사용은 현실성이 있다고 볼 수 있다. 4막으로 구성된 <빛은 멀어도>의 각막별 극중장소에 대한 묘사는 다음과 같다

> 제1막: <…> 방 한가운데를 세로 갈라 왼쪽은 제작실로 되어 있으며, 조각품들이 무질서하게 놓여 있다. 그 무질서하다는 건 결코 주인의 성격이 그래서가 아니라 화실이나 제작실은 통례적인 것이기 때문이다.<…>(빛은 멀어도: 3-8)

> 제2막: 무대는 전막과 같은 장소인 수진의 방이지만, 제작실은 간략한 취사실로 꾸며지고 모든 분위기가 살림방 같은 냄새를 풍긴다.

---

18) 유진월, 한국희곡의 여성주의비평적 연구, 경희대 국문과 박사논문, 1996, 216쪽.

<…>(빛은 멀어도: 3-31)

제3막: 무대는 전막과 같음. 가구, 집기 등 조금도 달라지지 않았으나 구색에 맞지 않게 여기저기 갖가지 꽃병이 놓여있고, 봄꽃들이 한아름씩 되는대로 꽂혀 있다.<…> 전면 노란색바탕에 빨간 줄이 빗겨져 나간 그림이 한 폭 정면으로 보이는 곳에 놓여 있다.(빛은 멀어도: 3-50)

제4막: 무대는 제1막과 2막을 절충해 넣은 것 같음. 거실과 침실은 제2막과 같으며 아틀리에는 제1막과 같음. (빛은 멀어도: 3-70)

이상의 무대지시문을 도식화하면 다음과 같다.

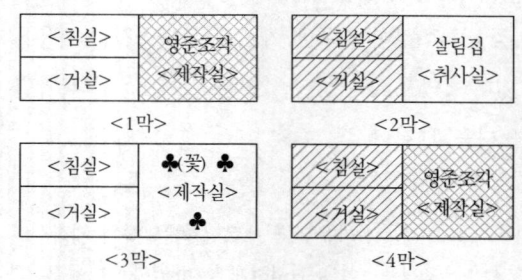

<무대공간 배치도>

작가는 처음에 <빛은 멀어도>의 표제를 <미완(未完)의 각상(刻像)>, <소상(塑像)>이라고 붙였다고 한다.[19] 이것으로 보아 영준의 조각이 작

―――――――――――――

19) 김일영, 앞의 논문, 127쪽.

품에서 중요한 의미를 가지고 있음을 알 수 있다. 무대공간 배치도에 나타나듯이 1막과 4막의 제작실이 동일한 모습이며, 2막과 4막의 침실과 거실이 동일한 모습이다. 1막의 제작실에는 결혼 전 수진이 빚은 영준의 조각이 놓여있고, 2막의 제작실에는 수진이 영준과 결혼한 상태이므로 조각대신 영준이 살고 있다. 3막의 제작실에는 영준의 존재로 상징화되는 꽃이 등장한다. 수진의 부모에게 복수를 하려던 영준과 유라로 인하여 정신이 상자가 된 수진이 환상속의 영준과 사랑을 나누고 있다. 4막의 제작실에는 하반신이 마비된 수진이 또다시 영준의 조각을 빚고 있다. 즉, 수지의 제작실에는 항상 영준이 존재하는데, 극중 상황에 따라 영준의 모습이 각기 다른 형태로 상징화되고 있음을 알 수 있다. 2막과 4막의 침실과 거실이 같은 형태로 나타나는 것은 수진을 사랑함에도 불구하고, 외부사정으로 인하여 부재중인 영준을 상징한다.

2.2.2. 〈가면무도회〉

〈가면무도회〉는 권태기를 맞은 부부가 외도를 하는데, 알고 보니 그 상대가 자기의 배우자이다. 이 작품에서 작가의 여권의식에 대한 인식이 상당히 진보적으로 바뀌었다. 소극적으로 남편을 원망만 하던 부인은 자신도 즐기기로 작정하고 실제로 실천에 옮긴다. 작가는 여성의 위치를 남성과 대등하게 그리고 있다.[20]

1975년 창작된 〈가면무도회〉는 2001년 무천극예술학회 주최로 열린 박현숙 연극제에서 공연되었다. 정철이 연출을 맡아서 광주극단 시민에 의해 5월 5일과 6일 양일동안 광주문예회관 소극장에서 공연되었으며, 5

---

20) 이미원, 앞의 논문, 122쪽.

월 12일과 13일 양일동안 대구에 있는 씨어터 연인에서 공연되었다. 실제 공연된 바 있으므로 무대지시문은 현실적이라 할 수 있다. <빛은 멀어도>에서 부부가 상대를 평가하는 것을 도식화하면 다음과 같다.

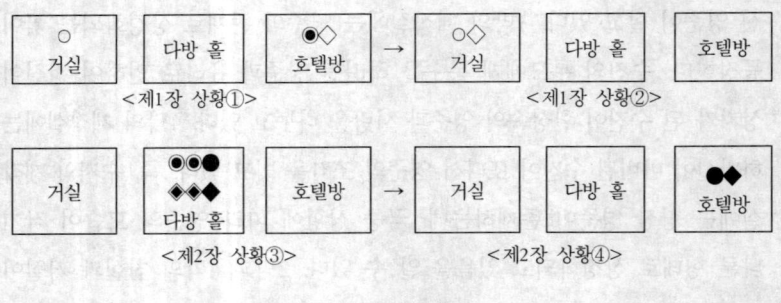

<무대 공간 배치도>

○(惡아내) ●(好아내) ◉(好외간여)
◇(惡남편) ◆(好남편) ◈(好외간남)

이상과 같이 제1장에서 남편과 아내는 서로 상대에게 매력을 느끼지 못하고 외도를 하거나, 외도를 꿈꾸고 있다. 제2장에서 남편과 아내가 외도 상대로 고른 사람은 자신들의 배우자이다. 상황①과 상황②와 같이 가정에서는 각자 배우자에게 최악의 평가를 내리지만, 상황③과 상황④와 같이 외부에서 자신의 배우자를 익명의 상태로 만나게 되면 최상의 평가를 내린다. 이처럼 무대공간에 따라 배우자에 대한 평가가 달라지는 것을 통하여 부부간의 진정한 사랑이 필요함을 강조하고 있다. 이러한 작가의 주제의식은 배우들의 연기를 통해 형상화되어 나타나고 있다.

층계를 올라오는 세 남자도 가면을 쓰고 나타난다. 두 편 즉, 여자쪽

과 남자쪽이 서로 한참동안 쳐다본다. 여기서부터 잠깐동안 판토마임이
다. 옥마담이 세 남자에게 앉으라고 권한다. 세 남자, 앉는다. 마치 벙어
리들 같다.<…>세 쌍은 서로 부둥켜안고 춤을 추기 시작한다. 삼바,
차차차, 트위스트 그리고 마침내 고고로 변한다. 이쯤되면 밖에서 나던
소음은 전혀 들리지 않고 옥마담이 자주 갈아 끼우는 레코드에서 요란
한 음악소리만 가득 차고, 또 옥마담이 조명을 울긋불긋하게 켜놓아서
흡사 댄스홀과 같다. 춤이 한참 무르익어간다.(가면무도회: 전집3-110)

　　어둠속에서 엎치락뒤치락 괴상한 율동이 지속된다. 그것은 가면을 찾
　는 것 같은 아내의 몸짓과 남편의 흥분이 고조된 상태의 이상야릇한
　움직임이다.(가면무도회: 전집3-119)

　세 남자와 세 여자가 벌이는 무언의 이상야릇한 몸짓은 이 작품이 가지
고 있는 극장주의적인 성격을 드러내준다. 알렉산더 타이노프가 그의 연
극에서 대사의 반은 노래하는 것 같이 처리하고, 동작은 반(半) 무용적으
로 처리한 것과 상통한다. 타이노프는 이러한 방법의 도입으로 공연의 사
생적(寫生的) 내지는 설명적인 요소 대신에 극장성을 중요시했다.[21] 이러
한 극장주의는 연극의 사회기능과 함께 대중화를 목표로 하는데, 박현숙
의 연극관도 상통하는 면이 있다. 박현숙은 소수 귀족 취미로 연극을 즐기
는 것을 경계하고 동시에 거부했다. 많은 사람이 보고서 사회개선에 이바
지해야 한다는 것이다.[22] 그는 반평생동안 서울가정법원 가사조정위원을
맡아 일하면서 자신의 탁월한 식견과 풍부한 경험을 바탕으로 이해 당사
자간의 화해를 기함으로 연극을 사회화에 크게 이바지 했다.

---

21) 버나드 휴이드, 『현대연극의 사조』, 정진수 옮김, 기린원. 1988, 122쪽.
22) 유민영, 앞의 논문(2001), 224쪽.

2.3. 무대공간의 고정화

박현숙이 자란 시대가 온갖 통제와 부조리와 전란의 소용돌이 속에서 인간혼이 짓밟히고 그런 모든 비리에 도전해야만, 그리고 저항해야만 생존할 수 있는 시대의 연속이었다. 연극이란 본질적으로 사회의 불의나 모순에 대해 저항하고 개혁하려는 시도에서 나온다. 박현숙이 자기 인생의 업으로서 연극을 택한 것이 그런 사회의 여러가지 불의와 모순을 척결하고자 했기 때문이라고 한다. 그런 까닭에 후기작품에는 사회나 가정, 인생 자체에 대한 비판의식이 거의 모든 작품에 나타난다.[23] 여기에 속하는 공연희곡은 <여자의 성>, <조국의 어머니>, <생명의 전화를 받습니다>, <태양은 다시 드리> 등이 있다.

2.3.1. 〈여자의 성〉

<여자의 성>은 박현숙 희곡의 오랜 주제였던 가정지상주의를 담고 있다. 천수는 옛 애인 다미와 사랑에 빠져 임신한 아내를 버리려고 하나, 사기를 당한 다미의 자살로 사건이 종결된다.

1989년 창작된 <여자의 성>은 충북 청주 신세대주부극단 창단공연작품으로 선정되어 1999년 7월 12일 너름새극장에서 공연되었으며, 7월 14일에는 제3회 전국주부연극제에 참가하여 여의도 굿모닝홀에서 공연되었다. 그리고 2001년 박현숙 연극제에서 공연되기도 했다. 김대현이 연출을 맡아, 서울극단 창작마을에 의해 5월 4일부터 13일까지 명동창고극장에서

---

23) 김경옥, 「앙가주망의 작가 박현숙」, 『한국현역작가론』 I, 한국연극평론가협회편, 1984. (전집5:161)

공연되었으며, 대구에 있는 씨어터 연인에서 5월 19일과 20일 양일동안 공연되었다. 수차례 공연된 작품이므로 무대화하기에 적합하다고 할 수 있다. 그런데 <여자의 성>은 며칠간이라는 제한된 시간과 천수네 응접실이라는 고정된 무대공간에서 시간이 진행된다. 따라서 이 작품은 앞선 시기의 작품들에 비해 무대공간이나 소품에 의존하는 바가 적다고 할 수 있다.

<여자의 성>은 작가가 애용하는 가정수호라는 결말로 인하여 갑자기 독일인 사기가 등장하는 등 이야기가 작위적이고 우연이라는 지적을 많이 받는다. 그로 인해 가정수호라는 작품의 주제가 자연스럽게 드러나기 보다는 강요된 느낌이 있다. 이는 작가의 작품 전반에 걸쳐서 종종 나타나는 단점이다.[24] 뿐만 아니라, 천수가 아내에게 분명하게 잘못을 뉘우치지 않은 상황에서 재결합을 암시하며 끝난 결말은 여성의 존재를 남성주의의 시각에서 바라본 것이다. 더구나 천수가 거론한 어머니의 과거라는 것도 38선으로 인하여 전남편과 헤어지게 되어 재혼한 것이다. 이것은 여성의 재혼을 금기시하는 전근대적 사고로 배척되어야 할 것이다. 이처럼 시대에 뒤떨어지는 천수를 통해, 시대의 변화에 부응하지 못하고 과거에 머물고 있는 한국남성을 비판하고 있다.

2.3.2. 〈조국의 어머니〉

<조국의 어머니>는 해방에서부터 4·19까지 15년 동안 혼란과 분단, 동족상잔과 가난 등 고통의 세월을 드넓은 가슴으로 감싸안는 한 어머니의 이야기이다. 그는 이 작품과 관련하여 '사상과 이념 때문에 희생양이 되어버린 두 아들, 성폭행으로 죽음을 각오했던 딸, 그러나 어머니의 슬기

---

24) 이미원, 앞의 논문, 128쪽.

로움 때문에 희망을 찾는 일 등 상처들을 사랑으로 감싸안는 어머니의 삶을 담아본 것'이라고 쓰고 있다. 식민지시대부터 민족해방, 분단, 동족상잔 그리고 최근의 도덕 불감증 사회를 거치면서 숫한 아픔과 곤비로 인한 응어리진 어머니상을 동정어린 눈으로 감싸안고 있다.[25]

1991년 창작된 <조국의 어머니>는 2001년 박현숙 연극제에서 공연되었다. 경산극단 대경사람들에 의해 5월 1일부터 10일까지 장진호 연출로 대구에 있는 씨어터 연인에서 공연되었다. 실제공연을 통해 무대화에 적합한 작품임이 확인할 수 있었다. 2막 10장으로 이루어진 <조국의 어머니>는 1막(6장)이 1948년부터 1950년 6·25까지의 시기이고, 2막(4장)은 1953년 휴전부터 1960년 4·19까지의 시기이다. 십여년이란 긴 시간을 다루고 있으나, 무대배경은 일부 회상 장면을 제외하고 서울 변두리에 자리잡은 박찬우·오산월 부부의 집으로 한정되어 있다. 따라서 무대공간 자체가 사건전개에 미치는 영향은 미미하다고 볼 수 있다.

작품에 삽입된 두 번의 회상장면 중, 첫번째 회상 장면은 6·25때이고, 두 번째 회상장면은 4·19 때이다.

> 배병태 뭐야, 이 새끼가? 너희 둘을 살려서는 못 뗄 터이니까. (책상
> 서랍에서 권총을 꺼내 겨냥한다) 자, 이래도 혼자 썩 못나가
> 겠니?
> 박세영 그래, 쏠테면 쏴라, 어서 쏴 봐라!
> 배병태 네 발로 못 나가겠다면 내가 널 혼자 보내주마.<…>
> 배병태 (간신히 몸을 일으키며) 세영아, 용서해라. 이것이 우리들의
> 비극이요 운명이 아니겠니. (숨을 몰아쉬며) 결국 이것이 우

---

25) 유민영, 「문화예술계의 온후한 대모」, 『여자의 성』 賀書. 1996. (전집4-238).

정을 저버린 죗값이겠지.(숨을 거둔다) (조국의 어머니:
4-102~103)

공하수 설마, 우리 학원 지하 비밀 아지트까진 정애가 눈치 못챘을
        테지. 어디 두고보자. 네 년을 꼭 내 앞에 굴복시키겠다. 내가
        널 버릴 순 있어도 넌 날…… 만약 끝까지 고집부리면 쑥밭
        을 만들테다. <…> 꼭 그 자식을 따라 붙으라고 집 주변에
        서부터 데모 군중 속에 기어 있을 때 적중시키라고. 그래서
        이번 기회에 아주 못쓰게 만드는 거야. 그렇게 고통을 부면
        제 년이 손 들터이니까, 알았지? 그 집에선 그 애가 대들보니
        까 애초에 대들보를 못 쓰게 만드는 거야. (조국의 어머니:
        4-115)

두 회상장면 모두 나라에 큰 일이 일어났을 때이다. 6·25때는 큰아들
세영이가 숙희 때문에 배병태에게 죽임을 당하고, 4·19 때는 둘째아들
세완이가 동생 정애 때문에 공하수에게 당하여 죽음 직전까지 간다. 이
작품의 전편에 걸쳐 일관되게 나타나는 박찬우 오산월 부부의 조국애가
나라의 장래를 책임져야할 배병태나 공하수와 같은 젊은이들에게는 나타
나지 않는다. 그들은 기껏 여자의 꽁무니나 따라다니다 친구들 해치는 일
만 자행한다. 이와 같이 작가는 배병태와 공하수와 같은 인물을 등장시켜
나라의 장래를 걱정하지 않는 젊은이들을 비판함으로써, 조국의 어머니의
존재를 더욱 부각시키고 있음을 알 수 있다.

2.3.3. 〈생명의 전화를 받습니다〉

모노드라마 <생명의 전화를 받습니다>는 30년간 가정법원 가사조정
위원을 지낸 박진숙이 '생명의 전화'사무실을 개소하여 고향언니 선숙, 아

들, 딸, 대학동창 김애숙 등으로부터 전화를 받고 그들의 문제를 상담해주는 내용이다.

1995년 창작된 <생명의 전화를 받습니다>는 2001년 박현숙 연극제에서 공연되었다. 김종대 연출, 성광옥 열연으로 대구극단 여명에 의해 5월 15일부터 17일까지 씨어터 연인에서 공연되었다. 모노드라마란 작품의 특성으로 보나, 상담소에서 상담원이 전화상담을 한다는 내용으로 보나, 이 작품은 무대배경의 변화가 불필요하다. 따라서 무대공간이 작품전개에 중요한 역할을 하지 않음을 알 수 있다.

<생명의 전화를 받습니다>는 주인공 박진숙을 통해 가족과 가정의 문제를 역설적으로 제시해주고 있다. 이 작품은 지금까지 제기되어온 여러 가정사의 일들을 확대보다는 해결방안을 하나씩 안겨준다는데 특징이 있다. 그것도 가정법원 가사조정위원이 갈등의 해결사로 등장한다. 이 여인을 통해 작가는 문제를 제기하고 그것으로 적대시해 버린 지금까지의 가정문제를 양보와 인내로 은유적으로 해결의 실마리를 만들어간다.[26] 이처럼 박현숙은 인생이나 세상을 직설적인 이삭을 통해 확인하는 것으로 작가로의 안도감과 완벽성을 기하고 거기에 가차없는 정면돌파를 시도하여 현실과 대결한다.[27]

2.3.4. 〈태양은 다시 뜨리〉

<태양은 다시 뜨리>는 일본 유학중 지하독립운동을 벌이던 젊은이가

---

26) 이강렬, 「사랑과 포용으로 승화된 가족극-박현숙 연극제에 부처」, 『월간문학』, 2001. 5월
   호. (전집3: 237)
27) 홍승주, 「직서와 메타포의 조우-<여자의 성> 서평」, 『펜과 문학』 1997. (전집4, 246)

친구의 밀고로 체포되어 고문을 끝에 정신이상자가 되어 비극적 삶을 살아간다는 내용이다.

1998년 창작된 <태양은 다시 뜨리>는 2001년 박현숙 연극제에서 공연되었다. 대구극단 온누리에 의해 5월 23일부터 31일까지 이국희가 연출을 맡아 씨어터 연인에서 공연되었다. 실제공연에서도 확인된 바와같이, 이 작품은 1944년부터 1945년 8·15까지의 일년 남짓한 시간의 변화와 일본 동경 빈민가와 해주 도립병원 부설의 정신병동이라는 공간배경의 변화를 보이지만, 공간적 배경과 시간적 배경은 사건전개에 필요한 장치로 사용될 뿐이다. 무대공간이 상징하는 바는 없다고 할 수 있다.

<태양은 다시 뜨리>는 1944년에서 1945년 8·15해방까지 일본 유학생들의 항일비밀 단체활동 그리고 죽음으로 항거했던 유학생들의 투철한 민족정신, 특히 28세의 젊은 나이로 해방 6개월을 앞두고 옥사한 윤동주 시인의 애국정신도 예각성을 드러내며 표현되어 있다. 이처럼 참혹하고 잔인했던 식민지시대 선각자들의 삶을 역사의식을 바탕으로 새롭게 조명하여 정리해주고 있다.[28] 뿐만 아니라 일본에 유학왔다 불미스런 애란(愛亂)에 휩싸여 현해탄에 몸을 던진 윤심덕과 김우진의 사랑, 수덕사로 삭발한 채 들어간 김일엽 작가, 유랑하는 애정의 부질없음, 나라없는 백성의 슬픔, 이러한 상황은 애실에게 슬픔을 배가시켜준다.[29]

이 작품 또한 조국의 어머니와 마찬가지로 조국의 장래를 책임져야할 미우라가 애실을 소유하기 위해 친구 철호를 배신한다는 내용을 담고 있다.

---

28) 이강렬, 앞의 논문, 241쪽.
29) 곽노홍, 「비극적 결말구조와 휴머니티」, 『월간문학』, 원간문학사, 1998.(전집3, 247-248)

오애실 아니, 당신이 어떻게 동지들을 밀고하실 수가 있어요? 그리고
내가 당신을 사랑하지 않기 때문에……
    미우라 (말을 가로막으며) 철호 넌. 내가 사랑하던 여잘 가로챈 놈이
야. 그런 놈한테 무슨 의리가. (태양은 다시 뜨리: 5-94)

이처럼 미우라의 극히 사적인 감정의 분출로 빚어진 일련의 비극적 사
건들은 독립운동을 벌이다 젊은 나이에 요절한 윤동주 시인과 그의 사촌,
그리고 독립운동을 벌이다 비참한 최후를 맞은 극중인물 오애실, 오세영,
김철호 등과 대비되어 국가를 위해 목숨을 마친이들의 거룩함을 더욱 빛
나게 한다.

3. 맺음말

박현숙의 희곡 중 상당수는 수차례 공연이 이루어져, 공연을 전제로 한
다는 희곡의 전제조건을 충족시켜 주었다. 본고는 이 점에 초점을 맞추어,
무대공간의 사용이 어떻게 나타나는가를 살펴본 결과 다음과 같은 결론을
얻을 수 있었다.

박현숙의 공연희곡을 무대공간의 사용방식에 따라 크게 3기로 나누어
보았을 때, 초기의 작품인 <사랑을 찾아서>, <땅위에 서다>, <방관
자>, <여인> 등은 주제를 무대에 형상화시켜주는 상징화된 무대공간을
사용하고 있었다.

중기의 작품인 <빛은 멀어도>와 <가면무도회>는 초기의 작품처럼

무대배경 전체에 주제의식을 담는 것이 아니라, 고정된 무대공간에 소품을 바꾸는 형태로 이루어져 있었다.

후기의 작품인 <여자의 성>, <조국의 어머니>, <생명의 전화를 받습니다>, <태양은 다시 뜨리> 등은 무대공간이나 소품을 사용하여 작품의 주제를 시각적으로 형상화시키려는 시도는 보이지 않았다. 무대배경은 단지 사건을 전개시키기 위한 수단으로만 사용되었다.

이처럼 박현숙의 초기작품에서는 주제의 시각적 형상화를 위하여 무대공간을 적극적으로 활용하고 있으나, 중기로 갈수록 그 활용도가 덜어지며, 후기에서는 거의 사용되지 않음을 알 수 있다.

참고문헌

곽노홍, 「비극적 결말구조와 휴머니티」, 『월간문학』, 월간문학사, 1999. (전집3권)

김경옥, 「앙가쥬망의 작가 박현숙, 그 생애와 작품세계」, 『한국현역극작가론』. Ⅰ, 예니. 1984. (전집1권)

김일영, 「가족질서 회복을 위해 기도드리는 어머니의 염원」, 『한국예술총집』, 대한 민국예술원, 2000. (전집5권)

민병욱, 『연극 이해의 길』, 삼영사, 2001.

박현숙, 『박현숙문학전집』, 전7권, 늘봄출판사, 2001.

버나드 휴이트, 『현대연극의 사조』, 정진수 옮김, 기린원. 1988.

유민영, 「사회, 인간, 사랑-박현숙의 작품세계」, 『그 찬란한 유산』, 1986, (전집3권)

유민영, 「문화예술계의 온후한 대모」, 『여자의 성』 賀書. 1996. (전집4권)

유민영, 「박현숙론」, 『박현숙문학전집』, 1권, 늘봄출판사. 2001.

유진월, 「한국희곡의 여성주의비평적 연구」, 경희대 국문과 박사논문, 1996.

윤석진, 「1960년대 한국 희곡에 나타난 멜로드라마적 경향 연구-박현숙의 작품을 중심으로-」, 『한국연극학』, 10집, 한국연극학회, 1998.

이강렬, 「사랑과 포용으로 승화된 가족극-박현숙 연극제에 부쳐」, 『월간문학』, 2001. 5월호. (전집3권)

이미원, 「박현숙 희곡 연구」, 『한국연극학』, 11집, 한국연극학회, 1998.

홍승주, 「직서와 메타포의 조우-<여자의 성> 서평」, 『펜과 문학』, 1997. (전집4권)

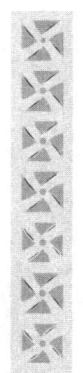

제3장 희곡집 『가면무도회』 발간 시기

가족 구성원 간의 갈등 양상

최정은

1. 서론

어떤 한 분야에 대해서 일로매진한다는 것은 결과물과 상관없이 그 자체로도 충분히 가치있는 일이라고 생각한다. 1950년대 말에 시작하여 1990년대 말까지 꾸준히 작품활동을 한 박현숙은 그 긴 기간만으로도 우리 희곡사에서 분명한 자기 위치를 차지하고 있는 인물이라 할 수 있다. 또한 양적으로나 질적으로 여성 희곡 작가들의 작품들이 남성 희곡 작가들의 작품들에 비해 상대적으로 빈약하다고 이야기되어지는 것이 일반적인 경향이다. 이를 상기해 볼 때 30여 년에 걸쳐 발표한 20여 편이 넘는 창작희곡과 발표된 희곡 중 과반수가 넘는 실제 공연 작품 목록[1]을 가진 박현숙의 작품 세계는 그 가치를 인정하지 않을 수 없다.

박현숙은 1959년에 조선일보 신춘문예에 <항변>이 입선되면서 희곡 작가로 등단하였다. 희곡작가로 등단하기 전 그녀는 이미 1956년 결성된 대학연극제 출신들의 단체인 「제작극회」동인으로 연극계에서 활동하고

---

1) 박현숙은 1959년 「항변」을 시작으로 1998년 「태양은 다시 뜨리」까지 총 23편의 작품을 발표하였다. (박현숙의 구체적인 작품 목록과 공연 연보는 김선주, 「박현숙 희곡 연구」, 경산대학교 석사논문, 2000, 105~106쪽 참고 바람.)

있었다. 박현숙의 작품 중 실제 공연 작품이 많을 수 있었던 것은 이와 같은 연극계에서의 활동이 큰 역할을 했을 것이다.

박현숙에 대해서 제일 먼저, 그리고 가장 빈번하게 이야기되어지는 점은 우리 문학계 최초의 여류 희곡 작가라는 것이다.[2] 물론 박현숙 이전에도 여성이 희곡을 발표한 경우를 찾아볼 수 있지만, 계속적으로 작품활동을 한 희곡작가는 박현숙, 김자림 정도이므로 이들을 최초라고 이야기하고 있다.[3]

이후 박현숙 희곡 작품에 대한 연구가 이어졌는데, 여성주의 비평의 입장을 대입시키거나[4], 멜로 드라마적 기법에 초점을 맞추거나[5], 인물의 특

---

2) 유민영, 「여류의 등장과 감상주의의 만연 - 박현숙과 김자림」, 『한국현대희곡사』, 새미, 1997, 573~585쪽 참조.

3) 김은희의 논문(「여류희곡작품에 나타난 여성상 연구」, 이화여대 석사 논문, 1992, 2~3쪽.)에 따르면 박현숙과 김자림 이전에도 여성이 희곡을 발표한 경우를 찾아볼 수 있다. 1935년 심재순이 <줄행랑에 사는 사람들>로 조선일보 신춘문예를 통해 등단하였으나 단 한 편으로 극작활동을 마감했고, 이후 한무숙, 홍윤숙 등도 신춘문예를 통해 등단하였지만 소설가나 시인으로 방향을 전환하였다. 그러므로 김자림과 박현숙이 1959년과 1960년에 신춘문예에 입선한 후 계속적인 도전으로 1962년에 나란히 신춘문예 당선작을 내면서 꾸준히 극작활동을 한 1960년대를 본격적인 여류극작가의 등장으로 보는 것이다. 1960년대에는 위의 두 사람 외에도 1962년 전옥주가 『현대문학』추천으로, 1964년 오혜령이 조선일보 신춘문예에 입선으로, 1965년 강성희가 『현대문학』추천으로 문단에 나와 지속적으로 창작 희곡을 발표하였다.

4) 변신원, 「박현숙 희곡 작품에 대한 여성 비평적 연구」, 연세대 석사논문, 1989.
심정순, 「무대에 올려진 여성문제의 현실-한국 희곡에 나타난 페미니즘」, 『문학사상』, 1994, 4.
유진월, 「여성중심 비평의 출발 - 한국 희곡에 나타난 페미니즘」, 『한국희곡과 여성주의 비평』, 집문당, 1996.

5) 윤석진, 「1960년대 한국 희곡에 나타난 멜로 드라마적 경향 연구 - 박현숙 작품을 중심으로」, 『한국연극학』 10호, 1998.
유시정, 「전후 사실주의 희곡에서 멜로 드라마적 경향 연구 - 박현숙의 <사랑을 찾아서>와 김자림의 <돌개바람>을 중심으로」, 연세대 석사논문, 2000.

성 및 갈등 구조를 중심으로 연구하는6) 등 작품에 대한 본격적인 연구가 행해지고 있다.

그런데 박현숙 작품에 대한 초기 연구에서 그녀가 최초의 여류 희곡 작가라는 점에 초점을 두었듯이 그 이후 이루어진 연구도 많은 경우 작가가 여성이라는 것에 중심을 두고 있다. 그래서 여성 비평적 시각에서 긍정적인 면과 부정적인 면을 찾으려고 하는 노력이 많이 보인다. 물론 여성 비평적 시각도 그 나름대로 의미를 가지긴 하지만, 작가가 여성이라는 이유에서 여성 비평적 잣대만을 들이대는 것은 작품이 가지는 여러 가지 의미를 보지 못하고 특정한 방향에서 바라보는 의미만을 찾게 되는 한계를 가지게 한다. 박현숙 작품 중에는 가정에서 일어나는 여러 문제들을 다룬 것들이 많은데 이런 문제들을 여성의 시각에서만 본다면 문제의 원인들이 남성에게만 있는 것처럼 보일 수 있다. 그러나 어떤 문제의 책임을 특정 대상에게 일방적으로 전가시키는 것은 문제의 본질에서 벗어나는 일이다. 어떤 가정에 문제가 있을 경우 그 문제의 원인을 가족 구성원들 간의 관계에서 찾는 것이 문제 해결에 좀더 가까이 다가갈 수 있는 방법이다. 갈등은 상대적인 두 세력의 충돌에서 일어나는 것이기 때문이다. 상대적 개념 없이 그 자체로 순수하게 악하고 선한 존재가 과연 가능한 것인가.

본고는 이러한 문제의식에서 박현숙이 그려내는 가정의 모습을 가족 구성원들 간의 관계를 중심으로 살펴보고자 한다. 박현숙의 작품 세계를 시기별로 크게 두 부분으로 나누면 개인과 가족간의 사랑 문제에 초점을 맞추고 있는 전반기 작품과 사랑이라는 것을 격랑의 현대사와 연결시키고 있는 후반기의 작품으로 나눌 수 있다.7) 전반기의 희곡은 6 · 70년대에

---

6) 채새미, 「박현숙 희곡 연구」, 서울여대 석사논문, 1997.

걸쳐 발표되었는데 이 때가 가장 활발하게 작품활동을 했던 시기이다. 본고에서는 박현숙이 가장 활발하게 활동했던 이 시기에 발표된 작품 중에서 가정 문제를 다루고 있는 <가문>, <타인들>, <가면 무도회>를 중심으로 살펴보고자 한다.

2. 서로 이해하지 못하는 세대관계 - <가문>

<가문>은 4막 6장으로 이루어진 작품으로, 그 분량에 걸맞게 다루고 있는 가족의 범위도 넓다. <가면> 이외에 살펴 볼 작품인 <가면무도회>와 <타인들>이 부부 문제나 부모 자식간의 문제에 관심을 가지고 있는 데에 비해서 <가문>은 세대 사이의 갈등에 초점을 맞추고 있다. 이 작품의 가정은 전통있는 양반 독립 투사 집안으로 총 3대가 모여 살고 있다. 할아버지이자 아버지 세대인 1대에 속하는 이원은 독립투사 출신으로 강직하고 보수적인 인물이다. 독립투사였다는 사실에서 알 수 있듯이 이원은 조국에 대한 충성을 중요하게 생각하며, 동시에 가문에 대한 애착도 큰 인물이다. 구세대 특유의 공동체적 의식을 가진 이원에게 조국이나 집안 내지 가문은 그 크기가 다를 뿐 거의 유사한 존재일 것이다. 이원의 아내 김복순은 자식을 낳지 못하는 자신 대신 가정부였던 정씨를 통해 얻은 아들을 자신의 아들처럼 키운다. 대를 잇기 위한 이러한 행동을 보면 그녀가 얼마나 전통적인 사고방식에 사로잡혀 있는 인물인지 알 수 있다.

아버지이자 아들 세대인 2대에 속하는 이철은 대학교수로 편파적이지

---

7) 이미원, 「박현숙 희곡 연구」, 『한국 연극학』 제11호, 한국연극학회, 1998 참조.

않은 객관적인 태도를 가지고 1대와 3대 사이의 갈등을 조정하는 역할을 한다.

아들·딸이자 손자·손녀 세대인 3대에 속하는 이미영은 자유로운 연애관과 결혼관을 가진 개방적 사고방식을 가진 신세대이다. 작품의 시작부터 이미영이 할아버지, 할머니를 비롯해서 아버지, 어머니를 어떻게 생각하고 있는지 알 수 있다.

> 애라 : 헌대(거실 쪽을 힐끗 쳐다보고) 조부모님은 안 계시니?
> 미영 : 천만에, 지금쯤 잔뜩 얼굴을 찌푸리고 있을 거야.
> 미영 : 요새 여자애들은 모두지 이해할 수가 없다나, 우리가 이렇게
>   떠들고 있다는 사실을 말야.
> 애라 : 그럼?
> 미영 : 여자들이란 얌전해야 된다네! 그게 요조숙녀라는 거야. (57쪽)[8]
> 미영 : 아빠는 샌님이라 오늘도 대학에 나가셨지. 그리고 엄만 전도부
>   인 아니니? 오늘도 그 천당실 닦으러 나가셨다나. (60쪽)

미영은 조부모의 보수적인 여성관, 연애관에 대한 거부감을 숨김없이 드러내며 자신만의 세계에 파묻혀 사는 부모에 대해서도 냉소적인 반응을 보인다. 미영과 같은 세대에 속하는 이민은 개방적이고 자유로운 사고를 가진 여동생 미영을 자제시키는 어른스러운 모습을 보인다. 그러나 결정적으로 바 여급 출신인 임진옥과의 결혼을 발표함으로써 세대 간의 갈등을 일으키는 중요한 원인을 제공한다. 이민의 결혼문제는 이미영의 결혼문제와 함께 <가문>의 갈등 구조의 중요 요인이다. 즉, 이민은 표면적으

---

8) 박현숙, 「가문」, 『박현숙문학전집』 제2권, 늘봄, 2001.
   (이하 쪽수로만 표시)

로 보수적인 모습를 드러내기도 하지만 결국 구세대와는 차별화되는 신세대적인 면모를 보여준다.

<가문>의 각 세대들은 여러 가지 문제로 의견충돌을 보이는데 이 문제들은 크게 몇 가지로 묶여질 수 있다. 앞에서 언급했듯이 이 작품에서 갈등을 일으키는 주요 요인이 결혼이라는 문제이므로 세대간의 서로 다른 결혼관을 먼저 언급해야 할 것이다. 미영은 성인이 되면 자유롭게 연애하고, 결혼 문제는 스스로 결정할 수 있으며, 결혼할 상대가 기혼이더라도 그가 이혼을 하면 별 문제 없다고 생각한다. 그러나 미영의 할아버지, 할머니인 이원과 김복순은 결혼은 개인의 일이 아닌 집안의 일이라고 생각한다. 결혼이라는 문제를 가지고 일어나는 세대간의 갈등은 이민의 결혼을 두고 더 확실하게 드러난다. 이민의 결혼은 당사자가 스스로 배우자를 결정했다는 것에서 더 나아가 그 배우자가 결정적인 결함을 가졌다는 점에서 더 큰 갈등을 유발시킨다. 이민이 사랑하는 임진옥은 집안이 보잘 것 없을 뿐더러 술집 여급 출신이며, 결혼 전에 임신을 한 인물이다. 그녀의 인물됨이 어떠하냐에 상관없이[9] 이 세 가지 상황은 어른들이 반대하는

---

9) 임진옥이라는 한 개인에 대해서는 대개 긍정적인 평가가 이루어지고 있다.
① 임진규 : 하기야 이 앤 여고 시절에는 우등생이고 품행도 여간 좋지 않았습니다. 그만 -(사이) 제가 정년 퇴직후에 그 쥐꼬리만한 퇴직금으로 못하는 사업을 한답시고 하다가 그만 실패를 하고 제 에미는 불치의 병을 앓고 있는 데가 책외판을 하면서 근근 생계를 유지해 오는 제 꼴을 보고 아마 이 애가 그걸 보다 못해 몰래 그 반가 뭔가에 나갔던 모양입니다.(91쪽)
② 이 민 : (중략) 여자란 무엇보다도 순수하고, 겸손하고 정결스러워야 할 줄 압니다. 그런 의미에서 진옥이는 비록 가난한 집안이지만 자기 힘으로 어려운 생활을 꾸려 나가려고 할 뿐 아니라 자기 아버지 사정을 딱하게 여겨서 술집이라도 나가서 한 푼 벌이라도 더하겠다는 성실한 여자입니다.(99쪽)
③ 애 라 : 고등학교 동창이야. 아주 얌전한 색시지.(141쪽)

충분한 원인을 제공한다.

이민의 결혼 문제에 대해서는 세대간의 갈등이 좀 복잡한 양상을 띤다. 이원과 김복순은 이 결혼에 대해서 당연히 반대하는 입장이다. 그런데 같은 세대에 속하는 이철과 박정애는 서로 입장을 달리한다. 이철은 아들의 결정을 존중하면서 경제적 문제 때문에 어쩔 수 없이 술집에 나가야 했던 임진옥의 처지도 이해해 준다. 동시에 주위 조건을 배제하고 한 인간을 순수하게 바라보고 판단하는 태도를 보여준다.[10] 이에 비해서 박정애는 아들의 결혼을 격렬하게 반대한다. 아들이 독립된 인격을 가진 성인임을 인정하지 못하고 자신의 아들임을 먼저 내세운다.[11] 아들이 자신에게 속한 존재로 여기는 이러한 생각은 아들과 자신이 모두 속해 있는 집안 내지 가문을 중요시하는 생각으로 발전한다.[12]

이렇게 이환, 김복순, 박정애 등이 이민의 결혼을 반대하는 것은 개인보다는 가문이나 집안을 더 중요시하기 때문이다. 따라서 세대간의 서로 다른 결혼관은 세대간의 서로 다른 가문관과도 연결된다. 구세대가 가문을 얼마나 중요시하느냐는 혈통을 잇기 위해서 씨받이를 받아들이는 김복순

---

10) 이 철 : 전 아까도 잠깐 말씀 드렸지만, 지금은 시대가 바뀌었어요. 저 애도 이제 성인이에요. 저 앤 저 애대로 인격도 있고, 또 자기 나름대로 주관도 서 있습니다. 그 점을 먼저 생각해야죠.(98쪽)

이 철 : 아버님, 글쎄 지금 그런 체면이나 가문을 따질 때가 아니라니까요

이 원 : 그럼 무엇을 따져야 한단 말이냐?

이 철 : 우선 사람됨을 봐야죠

이 원 : 사람이 돼서 술집에 나갔단 말이냐?

이 철 : 그야, 나가고 싶어서 나간 건 아니잖아요? 어쩔 수 없이 나간 건데.(99~100쪽)

11) 박정애 : 저 앤 우리 아들이에요. 아무리 자기 인격이 있다 손 치더라도 그럴 수는 없어요.(126쪽)

12) 박정애 : 역시 그 여자하고는 결혼시킬 수 없어요. 아니 우리 집안이 어떤 집안이라고.(103쪽)

을 통해서 확인할 수 있다. 구세대는 독립된 존재로서의 자기 자신이 아닌 한 집안에 속해 있는 존재로서 자신의 존재 의의를 찾는다. 구세대의 이러한 생각은 그 범위를 조금만 넓히면 그들의 국가관과도 연결된다. 구세대는 스스로를 철저하게 한 가문에 속한 존재라고 여기는 것처럼 조국에 대한 소속감과 애착심도 대단하다. 기회의 땅인 미국을 동경하고 그곳에 가서 살기를 바라는 미영에게 조국은 떠나고 싶은, 언제든지 떠날 수 있는 곳이다. 그러나 미영과는 달리 일제 식민지 시절 독립 운동가로 활약했던 이환에게 조국은 목숨과도 같이 소중히 지켜야 할 존재이다.

구세대와 신세대간의 갈등을 유발하는 결혼관, 가문관, 국가관을 살펴보면 결국 <가문>에서 일어나는 문제들의 주요 요인은 개인과 집단 사이의 갈등이라고 요약될 수 있다. 집단에게 큰 가치를 부여하는 구세대와 개인에게 더 큰 의미를 두는 신세대 사이의 갈등은 시대를 초월해서 가정에서 일어날 수 있는 갈등 양상 중 가장 보편적인 모습이라고 할 수 있다. 이 문제에서 중요한 것은 두 세대 중에서 어느 쪽의 손을 들어 주느냐 하는 것이다. <가문>의 전개 구조상 우위를 점유하고 있는 쪽은 신세대이다. 신·구 세대간의 중재 역할을 맡고 있는 이환의 경우도 신세대의 입장으로 기울어진 듯한 모습을 보이며, 구세대들은 자신들의 입장을 드러내는 데에 있어서 감정적인 모습을 많이 보인다. 그런데 작품의 결말에 이르러 작가는 구세대의 손을 들어 준다. <가문>은 비극적인 결말로 끝을 맺는다. 술집에 나갔던 자신의 과거에서 자유로울 수 없었던 진옥은 스스로 자동차에 몸을 던져 자살한다. 이민은 진옥의 임종을 지켜보면서 가문, 혈통 등을 넘어선 자신들의 순수한 사랑을 이야기하지만 결국 진옥과 이민의 사랑은 구세대가 만들어 놓은 사회적 관습 때문에 실패했다고 볼 수 있다. 진옥과 이민의 경우와 같다고 할 수는 없지만 미영의 결혼도 이루어지지 못한다. 미영은 끝까지 결혼문제를 자신의 의지대로 밀고 나가려 하며, 마틴이 이혼만 하면 별문제 없다는 태도를 고수한다. 그러나 작품에 드러난 마틴은 책임감도 없고, 가벼우며, 사기꾼인 부정적인 인물로 그려짐으로써 미영의 선택이 옳지 않았음을 간접적으로 드러낸다.

구세대와 신세대의 갈등은 신세대의 입장이 더 강하게 드러나는 작품의 전체적인 진행 상황과는 상관없이 구세대의 승리로 끝난다. 이는 새로운 시대 흐름에 대해서 충분히 인식하고 있음에도 불구하고 전통적인 가치관에 대한 그리움을 포기할 수 없었던 박현숙의 태도가 드러난 것이라 할 수 있다.

3. 의사소통이 단절된 가족관계 - 〈타인들〉

<타인들>은 2장으로 이루어진 비교적 짧은 작품으로 등장인물도 박사장과 그의 부인인 김란영, 이 부부의 딸인 미미, 그리고 박사장의 비서인 이비서, 이렇게 4명의 인물뿐이다. 박사장 부부의 유학간 아들도 극 전개상 나타나긴 하지만 무대 위에 직접적으로 나타나지는 않고 전화라는 간접적인 수단을 통해서 그 존재를 확인할 수 있을 뿐이다.

박사장 부부관계는 작품의 시작부터 이미 깨어진 상태로 드러난다. 서로간에 애정이 없음은 물론이고 상대방의 외도에 대해서 어느 정도 확신을 가지고 그 물증을 찾기 위해 노력하고 있다.

김란영 : (다이알을 돌리고 나서) 아, 여보세요, 거기 흥신소죠?

(수화기에서 '네, 네'하는 남자 목소리)

김란영 : 저, 그제 한국 무역 박 사장 생활 조사를 부탁했는데, 녹음
　　　　끝났어요?

(수화기에서 '그건 사생활이라 좀 힘든 일이지만.')

김란영 : 나도 투자한 사람으로 그 사람 행실이 어쩐지 알고 싶어서
　　　　그러는 거니까, 아무 말 말고 녹음 부탁합니다. 네? 됐어요?
　　　　그럼 곧 가져가 주세요. 특별요금을 지불할 테니까요.(150
　　　　쪽)13)

박사장 : 수표를 잊을 뻔했군.(김여사 이비서에게 기대서 2층 방으로
　　　　들어가는 걸 보고 쫓아올라 가려다 말고, 얼른 테이블로 가
　　　　서 서랍에서 카메라를 꺼내 찍는다)
　　　　(혼자서 멍하니 앉아 있다) 흥, 제가 뭐 정숙한 척 하더
　　　　니…… 틀림없는 증걸 만들어야지. 그래야 저 년을 맨발로
　　　　내쫓고, 사랑하는 엘리자를 감쪽같이 들어 앉히지.(154쪽)

　　김란영은 구체적인 물증을 찾기 위해서 흥신소에 남편의 행적을 조사하
게 하고, 남편은 아내의 외도 현장을 목격하고 충격을 받기는커녕 물증
확보를 위해서 재빨리 카메라 셔터를 누르는 민첩하고 침착한 반응을 보
인다. 김란영과 박사장의 이러한 행동은 이 부부가 서로의 외도에 대해
이미 알고 있음을 보여준다. 또한 상대방의 외도에 대해서 놀라거나 화를
내거나 등의 감정적인 반응이 아니라, 뒷조사를 하고 사진을 찍는 등의
이성적인 반응을 보이는 것은 이 부부관계가 더 이상 회복될 가능성이 없
음을 나타낸다고 할 수 있다. 두 사람이 물증 확보에 열을 올리는 것은

---

13) 박현숙, 「타인들」, 『박현숙문학전집』제2권, 늘봄, 2001.
　　(이하 쪽수로만 표시)

'어떻게 하면 아내에게 위자료를 한 푼도 주지 않고 이혼할 수 있을까?', 그리고 '어떻게 하면 남편에게 좀더 많은 위자료를 받을 수 있을까?'하는 각자의 목적을 이루기 위해서 물증이 필요하기 때문이다.

이 작품은 박사장 부부관계를 주로 다루고 있기 때문에 극 전개에서 박사장과 김란영의 대화가 큰 비중을 차지한다. 그러나 이 부부의 대화는 서로를 이해하거나 문제 해결을 위해서가 아니라 남편의 외도를 탓하는 아내, 아내의 외도를 탓하는 남편이라는 각자의 위치를 고수하면서 상대방의 잘못을 캐내어 보다 유리한 고지를 점유하기 위해서 이루어진다. 잠시 화해의 제스츄어가 보이기도 하지만 이것도 상대방이 가진 외도에 대한 물증을 빼앗기 위한 것이다.

> 김란영 : 어떻든 이젠 당신 말은 콩으로 메주를 쑨대도 안 믿어요
> 박사장 : 그렇다면 팥으로 메주를 쒀야겠군.
> 김란영 : 나도 이제부턴 죽어 살진 않겠어요
> 박사장 : 그래서 이비서하고 그런 짓을 했구먼.
> 김란영 : 정말, 그건 어쩌다 그만 그런 실수를……
> 박사장 : 여잔 그게 실수로 끝나지 않아, 일단 몸을 맡겼으면 모두
>   바치게 되는 거야.
> 김란영 : 당신에게 몸을 허락한 여자들은 모두 그렇습디까?
> 박사장 : 물론……(아차 했다 싶어서) 글쎄, 그런 모르겠어.
> 김란영 : 자기도 모르는 사이에 튀어나온 말이 진실이에요, 역시 틀림
>   없군요(164~165쪽)

박사장의 가족 구성원은 부부 이외에도 미미라는 딸과 유학간 아들이 있다. 미미는 무용계에 화려하게 데뷔하고자 하는 자신의 문제에 빠져서

부모의 상황에 대해서 전혀 알아차리지 못하고 있다.

　　미미, 자기 방에서 나온다. 모두 응접 세트에 앉아 있는 것을 보고
기이하게 생각하나 단란한 한밤인 것처럼 착각하고 명랑하게 콧노래를
부르며 춤추듯 소파에 와서 앉는다.
　　미미 : 어머! 오랜만에 이렇게 정답게 앉았네요. 무슨 좋은 일이라도
　　　　　있어요? (모두 아무 말도 하지 않고 있는 것을 보고 약산 의아
　　　　　하게 생각하나 자기 즐거운 기분에 도취해서) 왜들 그렇게 꿀
　　　　　먹은 벙어리처럼 잠자코들 계세요? (아버지에게) 저 아버지, 인
　　　　　제 전 앞길이 확 틔었어요 글쎄 신문사 평론하는 기자가 저를
　　　　　최대한으로 선전해 준다는 거예요(160쪽)
　　서로 뚫어져라 하고 노려볼 때 미미, 외출복으로 급히 나오다가 부모
를 보고 문득 선다.
　　미미 : 엄마, 아버지 왜들 그러세요? (두 사람 숨만 가쁘게 쉬며 대답
　　　　　이 없다) 또 사랑싸움이세요? 난 그럼 급히 다녀 올 데가 있어
　　　　　서.(나가려고 한다.) (171쪽)

　　박사장의 아들은 직접적으로 무대에 등장하지는 않지만 미국에서 걸려
온 전화 통화의 내용으로 밝혀지는 몇 가지 사실로 볼 때 아들로서의 자신
의 위치에 충실한 인물은 아니다. 또한 이러한 아들을 대하는 부모의 태도
에서도 부모로서의 따뜻함은 찾아볼 수 없다.

　　김란영 : (수화기를 받아 든다) 네, 저 여기 박민송 사장 댁입니다만-
　　　　　　(수화기에서 뭔가 소리가 난다.) 아, 네-뭐라고요? 우리 애가
　　　　　　차 사고로 입원했다고요? 여보세요, 술을 먹고 운전하다가-
　　　　　　여보세요? 여보세요?
　　미미, 이층에 올라가다 말고 멈칫 서서 전화기에 귀를 기울인다. 이때

전화가 혼선이 생겨서 알아들을 수가 없다. 김여사, 그래도 고르게 들릴
까 하고 수화기를 그냥 대고 기다리다가 확 놓아 버린다.
    김란영 : 전화도 하나 제대로 들리질 않으니, 하라는 공부는 않고 술
                과 계집 노릇, 홍 싸다 싸-그 애비에 그 아들이라드니. (153
                쪽)
    이비서 : 아드님 인제 괜찮은 모양이죠?
    박사장 : (송화기를 손으로 막고) 괜찮긴 뭐가 괜찮아? 그 많은 돈을
                다 써 버렸는데, 차라리 없어지는 것만도 못하지.(175쪽)

    위의 내용은 교통사고를 당한 아들을 대하는 부모의 반응이다. 김란영
의 대사를 통해서 아들이 어떤 인물인지 알 수 있다. 그러나 교통사고라는
극적인 상황에 처한 자식을 대한 부모의 반응이라고 하기에 너무 냉랭하
다. 부모와 아들 사이에는 부모 자식 관계에 따른 최소한의 의무감만이
존재할 뿐 서로를 이해하려고 하는 어떠한 노력도 보이지 않는다. 더구나
멀리 떨어져 있는 아들과 부모를 연결해 주고 있는 전화는 연결될 때마나
혼선이 생기거나 상태가 좋지 않아서 통화 내용을 잘 알아들을 수 없는
상태이다. 그래서 간단한 의사소통밖에 이루어지지 못하고 있다. 박사장
부부는 결국 완전한 단절 상태인 이혼을 결정하게 된다. 이혼을 결정하고
난 후에는 "그럼 오빠 귀국해서 누굴 찾으면 돼요?"라는 미미의 질문에
"마음대로 하라지."라고 대답함으로써 자식에 대한 최소한의 책임감도 버
린 모습을 보여준다.
    서로의 솔직한 마음을 드러내지 못하는 이 가족 구성원들의 단절된 관
계는 전화라는 소품을 통해서 더 확실하게 드러난다. 이 작품에서 전화통
화는 모두 아홉 차례 이루어진다.

① 엘리자(박사장의 애인)가 박사장에게 전화함.

② 김란영이 남편의 외도 증거를 찾기 위해 흥신소에 전화함.

③ 미국에서 아들이 교통사고났다는 소식을 전하는 전화옴. 혼선으로 인해서 전화상태가 좋지 않음.

④ 엘리자가 박사장에서 전화함. 김란영이 대신 받고는 아무런 대꾸도 하지 않아서 전화는 끊어짐.

⑤ 미미에게 자신을 데뷔시켜 준다던 신문기자가 가짜임을 알려주는 전화옴.

⑥ 김란영이 이혼 문제 때문에 김변호사에게 전화함.

⑦ 아들의 소식을 전하기 위해 미국에서 전화옴. 찍찍거리는 소리 때문에 잘 들리지 않음.

⑧ 엘리자가 박사장에게 전화함. 미미가 받아서 말없이 박사장에게 건네줌.

⑨ 김변호사가 김란영에게 전화함. 박사장이 받아서 부인을 바꿔줌.

전화라는 것은 멀리 떨어져 있는 상대와 즉시 의사 소통을 하는 데 편리한 기계이다. 그런데 전화가 가지는 이러한 편리성이 너무나 당연한 것이 된 현대에 이르러 전화는 도리어 지금 내 주위에 있는, 직접적인 의사 소통이 가능한 상대와의 대화를 방해하는 요인이 되고 있다. 두 사람이 대화하고 있는 상황에서 어느 한 사람에게 전화가 오면 이들 사이의 대화는 순간적이나마 중단되게 되고, 전화를 받는 이는 자신 앞에 있는 상대방이 알 수 없는 세계로 들어가게 된다. 한 사람이 무엇인가 말을 하고는 있지만 상대방은 전혀 이해할 수 없는 상황이 만들어지는 것이다. 따라서 연극에서 전화는 현대 사회의 인간 관계의 단절을 드러낼 수 있는 오브제[14]

---

14) 연극 미학에서 오브제는 재료에 해당되는 용어로 이는 매개념에 대비하여 사용한다. 즉 후자가 정신적인 차원을 가리키는 데 비해 오브제는 극의 물질적·가시적 재료를 총칭한

역할을 수행한다고 볼 수 있다.[15)

　박사장과 엘리자, 김란영과 홍신소, 김란영과 김변호사 사이에 이루어
지는 통화(①, ②, ⑥통화)는 숨겨둔 애인과의 통화, 남편의 뒷조사를 의뢰
하기 위한 통화, 그리고 자신에 유리한 이혼을 위한 통화이기 때문에 다른
사람에게는 그 내용을 알려줄 수 없는 자신만의 통화일 수밖에 없다. 아홉
번의 통화 중 제3자가 끼어드는 경우도 있긴 하다. 엘리자가 박사장에게
건 전화 중 한번은 김란영이(④통화), 또 한번은 미미가 받았고(⑧통화),
김변호사가 김란영에게 건 전화는 박사장이 받는다(⑨통화). 그러나 이 세
사람은 상대방과 어떤 대화도 나누지 않는다. 사실 엘리자와 김란영, 엘리
자와 미미, 김변호사와 박사장은 아무런 관계도 없는 사람들이 아니다. 질
투, 분노 등의 격렬한 감정 교류가 일어날 수 있는, 일어나야 하는 관계임

다. 때문에 오브제에는 배우의 육체·무대 장식(무대 장치와 대도구)·소도구(의상까지
이에 포함됨)등이 모두 포함된다. (안느 위베르스펠드, 신현숙 역,『연극기호학』, 문학과
지성사, 1988, 179~180쪽.)

15) 안느 위베르스펠드는 오브제의 기능에 대해서 다음과 같이 이야기하고 있다. 먼저 지문들
속에 형상화되는 오브제는 유용성을 지닌다고 말한다. 예를 들어 결투를 형상화할 때는
검이나 총이 필요하다는 것이다. 두번째, 소도구로서 오브제는 지시적 기능을 한다는 것
이다. 이는 역사극에서 오브제가 어느 특정한 역사적 시기를 나타내는 등 오브제가 현실
성을 가진다는 것이다. 세 번째, 오브제는 상징적일 수 있다고 말한다. 즉 오브제가 심리
적 혹은 사회문화적 현실성의 어떤 질서에 대한 환유이거나 은유로 나타난다는 것이다.
예를 들어 열쇠는 성적인 은유이며 권력이 환유라는 것이다(세도가는 열쇠들을 가진 자
이다). (안느 위베르스펠드, 앞의 책, 182~183쪽 참조.)
이러한 안느 위베르스펠드의 설명에 따라 <가면 무도회>의 전화라는 오브제의 기능을
살펴보면, 오브제의 첫 번째 기능에서 보면 전화는 무대 위에는 존재하지 않지만 무대
밖에 존재한다고 여겨지는 인물들과의 연결을 위해 필요하다. 두 번째의 기능에서 볼
때 전화는 이 작품이 현대를 배경으로 하고 있음을 나타낸다. 세 번째 기능에서 볼 때
전화는 자신의 옆에 있는 사람과의 의사소통을 방해함으로써 현대사회 인간들 간의 단절
을 드러낸다고 할 수 있다.

에도 불구하고 전화 상으로는 어떠한 의사 소통도 이루어지지 않고 있다.

전화 통화 내용 중 가족이 모두 공유해야 할 통화도 있다. 딸 미미가 기자로 사칭한 사람에게 사기를 당한 일이나(⑤통화), 아들이 교통 사고를 당한 일은 부모로서 당연히 알아야 할 사실이다. 그러나 전화 통화 내용을 묻는 부모에게 미미는 대답하지 않는다. 미국에서 온 전화의 경우, 아들이 교통 사고를 당했다는 소식을 전해 주고 있는데, 이 전화 내용은 식구들 모두 공유한다.(③, ⑦통화) 그러나 좋지 않은 전화 통화 상태 때문에 아들의 상황에 대한 자세한 통화는 이루어지지 못하고 있다. 오히려 기존에 부모가 가지고 있던 아들에 대한 생각, 즉 아들이 방탕하다는 생각을 더 확고하게 함으로써 부모와 자식 사이의 관계를 더 멀어지게 만들었을 뿐이다. 즉, <타인들>에서 전화는 가족 구성원들 간의 단절을 확실하게 드러낸 데 일조하고 있다고 볼 수 있다.

<가문>에서 전통적인 가치관에 대한 그리움에 밀리는 모습을 보였던 박현숙의 현실 인식능력은 <타인들>에 이르러 확실하게 그 모습을 드러낸다. 작품의 시작부터 이미 갈등이 존재하고 있었고, 조금의 해결 가능성도 보이지 않으면서 결국 완전히 해체되어 버리는 가족 구성원들의 모습에서 자신의 욕망만을 중시하며 지극히 개인주의적 성향을 보이는 현대인들의 모습을 찾아볼 수 있다.

4. 거짓된 화해로 위장된 부부관계 - 〈가면 무도회〉

<가면무도회>에 등장하는 부부는 서로에 대해 불만을 가지고 있으나 그 불만을 겉으로 드러낸 상태는 아니다. 아내는 한때 자신을 사랑했었지

만 지금은 남편이 젊은 여자에게 빠져 있다는 것을 알고 있다. 그리고 남편은 자신에게 순종적이지 못한 아내에 대해 불만을 가지고 있으며 그러한 불만을 술과 여자를 통해서 해소한다. 그러나 이들 부부는 서로의 불만을 드러내지 않는다. 남편은 애인과 같이 있으면서 파출소에 있다고 하거나, 가면 무도회에 가기 위해서 부산 출장을 간다고 하는 등 여러 가지 거짓말로 자신의 외도를 감추려고 한다. 아내는 남편의 말이 거짓말일지도 모른다고 생각하면서도 속아넘어가는 체 한다. 즉 두 사람은 기본적으로 가정이란 울타리를 깨려고 하지는 않는다.

가면 무도회로 이루어진 망년회 파티에서 이 부부는 불륜의 대상으로 서로를 선택한다. 가면 때문에 서로를 알아보지 못하고 호텔방까지 가서야 상대방이 자신의 남편이자 부인임을 알게 된다. 이때까지 서로의 속이고 있던 상황이 적나라하게 드러날 수 있는 결정적인 순간이었음에도 불구하고 이 부부는 거짓된 화해를 함으로써 그 상황을 모면한다.

> 아내 : (관중을 향해) 이럴 땐 뭐라고 대답해야 모두 무사할 수 있을까요?
> 남편 : (억지로 꾸미며) 뭐 나도 처음부터 당신일 줄 알고 있으면서도- (관중을 향해) 거짓말도 때로는 약이 될 수 있거든요. 그러니 이런 식으로 여편네를 또 감쪽같이.
> 아내 : (멍청하게 서서) 여보-.
> 남편 : (아내를 끌어안으며) 여보, 우리 지금까지의 모든 일을 깨끗이 잊읍시다. 실은 당신이 제일이야. 지금까지의 한 얘기는 다 엉뚱한 거짓이었소.
> 아내 : 실은 저도(무슨 고백을 하려는데)
> 남편 : 여보- 서로 묻지 말기로 합시다. 다 내가 잘못했소.

아내 : 제가 당신에게 너무 소홀했던 탓으로-.

남편 : 아니야, 모두 내 잘못이야.

아내 : 우린 서로 소중한-.

남편 : 천생연분의 한 쌍인가 보구려.

아내 : 오늘밤, 여기가 부산 출장 온 것이라 생각하고-.

남편 : 우리 진짜 신혼여행 온 기분으로-(아내를 끌어안는다)

아내 : 여보, 행복해요.

남편 : 나도. (불이 꺼진다) (119~120쪽)[16]

이 부부는 서로에게 사과하며 상대방에 대한 애정을 표현한다. 그러나 남편과 아내가 관중을 향해 말한 대사에서 알 수 있듯이 두 사람의 말과 행동은 이 순간을 모면하기 위한 거짓된 말과 행동일 뿐이다. 표면적으로 보기에는 남편과 아내가 서로 화해한 듯이 보이지만, 기본적으로 이 부부 사이에 존재했던 문제들은 전혀 해결되지 못한 상태이다. 작품의 결론으로 제시된 두 사람의 화해는 외도를 위해 부인을 속여왔던 남편과 그런 남편에게 적당히 속아넘어가는 체하며 자신의 욕구도 표출했던 아내가 이 때까지 그러했고 앞으로도 계속 서로를 속일 것임을 나타낼 뿐이다. 이 작품에 등장하는 가면은 자신의 얼굴을 가리는 도구임과 동시에 본심을 숨기고 거짓된 얼굴을 하고 서로를 쳐다보는 이 부부의 거짓된 얼굴이기도 한다.

이 작품의 부부 관계가 거짓으로 위장된 것이라는 사실은 드러내기 위해서 작가는 연극적 기법 상으로도 많은 배려를 하고 있다. 이 부부 관계의 실상은 등장인물들 간에는 모르는 사실을 관객들이 알게 되면서 확실

---

16) 박현숙, 「가면무도회」,『박현숙문학전집』제3권, 늘봄, 2001.
   (이하 쪽수로만 표시)

하게 드러난다.

우리는 보통 연극이라고 하면 등장인물들 사이에서만 의사 소통이 이루어지고 관객과 무대 사이에는 보이지 않는 벽이 존재한다는 지식에 익숙해져 왔다. 그러나 연극은 한편으로는 직접 제시라는 형식을 취하는 예술이지만 또 한편으로는 이렇게 직접 제시된 것을 매개로 작가와 관객이 서로 의사 소통을 하는 예술이다. 전자는 연극이 무대에서 일어나는 사건-그것은 실제로 일어난 또는 일어날 수 있는-을 살아 있는 배우들을 통해 마치 지금 여기에서 정말 일어나고 있는 것처럼 받아들이게 하려는 특성을 가지고 있음을 의미한다. 후자는 연극이 직접 제시된 사건과는 다른 층위에서는 이것을 사실이 아닌 하나의 메시지 또는 기호로 인식하도록 하려는 요소가 있는 예술임을 의미한다. 다른 말로 연극은 허구를 사실인 것처럼 받아들이도록 하는 환상적 요소와 이 환상에서 벗어나 허구를 허구로 인식하려는 지각적 요소가 혼재하는 예술이다.17) 따라서 작가는 관객이 작품 속에 몰입하여 최대한의 상상력으로 작품이 제공한 상황을 자유롭고 풍부하게 만끽할 수 있는 여건을 창출하면서 동시에 관객이 이 환상적 유희에 너무나 탐닉한 나머지 가야 할 길을 잃지 않도록 유도해야 한다. 이를 위해 작가는 작품에 직접 개입하여 스스로 필요한 메시지를 발화하는 것이다. 물론 작가는 연극이 공연되는 동안 직접 자신의 모습으로 개입할 수는 없다. 그래서 작가는 프롤로그나 에필로그 장면에서의 등장인물, 또는 작품 진행 중의 코러스, 서술자, 혹은 이야기꾼들의 목소리 뒤에 숨어서 개입한다.18)

---

17) 서명수 「연극에서의 메타 의사 소통」, 『기호와 해석』 기호학 연구 4집, 문학과 지성사, 1998, 180쪽.

<가면 무도회>에서 인물들은 등장인물로서 연기를 하다가 관객들을 향해서 자신의 속마음을 이야기하거나 극의 상황을 설명하고, 인물에 대해서 해석하는 등 서술자의 기능을 수행한다. 이렇게 등장인물이 서술자의 역할을 하도록 하는 것은 작가가 개입하여 일단의 정보를 준다는 의미에서 관객을 타율적이고 수동적인 입장에 놓이도록 만든다고 생각할 수도 있다.[19] 그러나 서술자가 제공하는 정보의 진정한 의미는 관객이 몰랐던 사실을 단순히 알려준다는 것에 있지 않다. 일차적으로는 관객에게 정보를 제공하는 역할을 하지만 그보다 더 중요한 것은 정보를 제공받은 관객이 이를 근거로 어떤 기대 내지 예상을 했을 때 이 기대 내지 예상이 빗나갈 수도 있다는 가능성을 제공한다는 데 있다. 이렇게 정보로부터 형성된 예상이 빗나가게 되면 관객은 긴장감을 가지고 연극을 보게 되며, 극의 상황에 대해서 객관적 시각을 유지할 수 있게 되어 궁극적으로 극에 대한 비판적 성찰이 가능하게 되는 것이다.[20]

애인과의 밀회를 위해서 파출소에 있다는 말로 아내를 속인 남편은 서술자로서 아내에 대해서 다음과 같이 말한다.

> 남편 : 결국 여편네란 큰소리를 치지만 별거 아니더군요 조금만 늦게
>   들어 왔으면 들통이 났을 것 그나마 일찍 들어와 슬슬 어루만
>   져 주니 꼼짝없이 속고 말더군요 '피곤할테니 꼼짝 말고 집에
>   서 쉬고 계세요, 어젯밤 찬 마루방에서 잠도 제대로 못 주무셨
>   을테나-.' (중략)(99쪽)

---

18) 서명수, 앞의 논문, 176~177쪽 참조
19) 서명수, 앞의 논문, 179쪽.
20) 서명수, 앞의 논문, 178~180쪽 참조

남편은 자신이 아내를 잘 속였다고 생각하고 이러한 자신의 생각을 관객들에게 알려준다. 그런데 남편이 제공하는 이 정보는 정확한 것이 아니다. 남편의 말 그대로를 믿는다면 서로를 완전히 속이는 부부 관계가 이루어져야 하지만, 사실 부인은 남편이 자신을 속이고 있다는 것을 알고 있다. 다만 모르는 척 하면서 자신도 적당하게 남편을 속이고 있는 상태이다. 관객은 서술자가 제공하는 정보와 그 정보가 맞지 않다는 사실 모두를 알아야 이 작품이 말하고자 하는 바를 정확하게 파악할 수 있다. 서로를 완벽하게 속이고 있으며 평온한 결혼 생활을 유지하고 있다는 정보가 제공되고 있지만 사실 이 부부는 상대방의 외도를 알고 있으며, 각자 자신의 욕망에 충실한 상태에 있다. 즉 제공된 정보와 반대되는 상황에 처해 있는 것이다. 관객은 평온한 결혼 생활이라는 정보와 서로 속이고 있는 상황 사이에서 보다 비판적인 시각을 유지할 수 있다.

이 부부는 이혼과 같은 극단적인 상황에 직면하지는 않는다. 그러나 부부 관계를 이루는 데에 근본이라 할 수 있는 사랑과 신뢰가 빠진 상태에서 겉모습만 유지되는 결혼 생활이라는 점에서 파괴된 부부 관계라고 할 수 있다.

5. 결 론

<가문>에서 박현숙은 개인에게 더 큰 가치를 두고자 하는 새로운 시대 흐름에 대해서 충분히 인식하고 있음에도 불구하고 집단을 더 중요하게 여기는 전통적인 가치관에 손을 들어 준다. 그러나 <타인들>에 오면

자신이 인식하고 있었던 현실 인식의 모습을 확실하게 드러내고 있다. 이 작품에서는 분명히 존재하고 있음에도 불구하고 과거의 가치관에 의해 억눌려 왔던 개인의 가치에 충실하고자 하는 욕망이 자신의 존재를 완전하게 드러내고 있다. 그런데 <타인들>에서는 문제를 드러내는 데에 중점을 두다 보니 문제 해결을 위한 타협점은 전혀 찾지 못하는 모습을 보인다. 즉, 각자의 입장만을 중시하는 가족 구성들은 '어떻게 하면 가정을 지킬 수 있을까?'라는 문제에 대해서는 전혀 생각하지도 못한 상태에서 개개인별로 흩어지고 만다. 너무 극단적인 상황이 아닌가 하는 생각이 들기도 하는 <타인들>에 드러난 가정의 모습은 가정이라는 현실 문제가 무엇인지 확실하게 보여주고 있다는 점에서 그 의미를 찾아볼 수 있을 것이다. 어떤 문제를 해결하기 위해서는 그 문제가 무엇인지 확실하게 파헤쳐서 확인하는 작업이 필요하기 때문이다. <타인들>에서 드러났던 문제 의식은 <가면무도회>에도 그대로 연결된다. 이 작품에 등장하는 부부는 각자 자신의 욕망에 충실하고 있다는 점에서 <타인들>에 등장하는 부부와 비슷한 상황에 있다. 그러나 두 작품의 결말은 다르다. <타인들>의 부부는 이혼해 버리지만 <가면무도회>의 부부는 화해를 하는 모습을 보인다. <가면무도회>의 부부는 문제를 해결하려는 나름대로의 방안을 모색한 것이다. 그런데 이 방안이라는 것이 철저하게 서로를 속이는 과정을 통해 이루어지고 있다는 점이 중요하다. 이혼과 같은 극단적안 상황은 아니지만 <가면무도회>의 부부도 사랑과 신뢰가 빠진 겉모습만 유지되는 결혼 상태이므로 파괴된 부부관계라고 수 있다. 결국 <가문>, <타인들>, <가면무도회> 세 작품은 모두 파괴된 가정의 모습을 보여준다고 할 수 있다. 그 모습은 다르지만 여러 문제를 안고 있는 가정의 모습을 보여주고,

해결을 위한 노력도 진실한 것이 아니라 위장된 것으로밖에 드러낼 수 없었던 것은 박현숙의 현실 인식 감각을 보여주는 동시에 소위 말하는 행복한 가정에 대한 박현숙의 바람을 드러낸다고 할 수 있다.

참고문헌

박현숙, 『박현숙문학전집』 제2권, 늘봄, 2001.
──────, 『박현숙문학전집』 제3권, 늘봄, 2001.
김선주, 「박현숙 희곡 연구」, 경산대학교 대학원 석사논문, 2000.
서명수, 「연극에서의 메타 의사 소통」, 『기호와 해석』 기호학 연구 4집, 문학과
　　　　지성사, 1998.
채새미, 「박현숙 희곡 연구」, 서울여자대학교 대학원 석사논문, 1997.
박혜령, 「한국 여성작가 희곡 연구-1960년대 박현숙 희곡연구」, 외대논총 제24집,
　　　　2002. 2.
이미원, 「박현숙 희곡 연구」, 『한국연극학』 제11호, 한국연극학회, 1998.
안느 위베르스펠드, 신현숙 역, 『연극기호학』, 문학과 지성사, 1988.
피터 핏츠, 조상용 역, 『드라마 속의 시간-극적 긴장 조성의 기법』, 들불, 1994.

비판의식과 보수적 여성관의 거리

권순종

1. 1971년의 대선·총선과 〈세상은 온통 요지경 속〉

5·16 쿠데타로 정권을 탈취한 박정희는 대통령을 두 번씩이나 역임한 뒤에도 권력에 대한 욕심을 버리지 못하고 3선 개헌을 단행했다. 그리고 1971년 4월 27일에 시행된 대통령 선거에 공화당 후보로 출마하여 '이번이 마지막 출마'라고 하면서 국민들에게 자기를 지지해 달라고 호소했다. 결국, 이러한 호소가 일정 부분 국민들에게 먹혀 들어가고, 대규모의 부정선거를 자행하여, 박정희는 정권을 다시 한 번 장악하는 데 성공했다. 이 선거에서 박정희는 그 해 국가예산의 10%가 넘는 600~700억 원을 썼다고 한다. 당시는 입석버스의 요금이 15원, 연탄 한 장에 20원, 커피 한 잔에 50원, 정부미 80kg들이 한 가마에 7천 원 하던 시절이었으니,[1] 지금의 화폐 가치로 따지면 조(兆) 단위를 넘는 엄청난 규모의 선거 비용이었다.

이에 앞서 1970년 1월 26일, 당시의 야당인 신민당의 전당대회에서 유진산이 유진오의 뒤를 이어 새 당수로 선출되었다. 그러나, 당수가 곧바로

---

1) 김충식, 『정치공작사령부 남산의 부장들』, 동아일보사, 1992, 296쪽 참조.

대선 후보를 보장해 주는 것은 아니었다. 김영삼·김대중·이철승으로 대표되는 이른바 '40대 기수'들의 대통령 후보 도전이 만만치 않았기 때문이었다.

박정희는 이들 40대의 정치인들에 비해 타협적인 성향을 보이고 있는 유진산이 야당의 대통령 후보가 되는 것이 좋겠다고 판단하여 그에게 많은 돈을 대주면서 정치공작을 했다. 뿐만 아니라, 9월 29일 신민당 대통령 후보 지명대회를 한 달 앞둔 8월에 유진산을 이미지 쇄신 차원에서 해외 순방에 나서게 하고, 그가 돌아오자 박정희-유진산 회담을 만들어 주는 등 갖은 방법으로 유진산을 도와주었다[2]. 그러나, 박정희의 끈질긴 정치공작에도 불구하고 김대중이 신민당의 대통령 후보가 되었고, 박정희는 김대중과 힘겨운 싸움 끝에 94만여 표의 차이로 대통령에 당선되었다.

대통령 선거에 이어 5월 25일에는 제8대 총선이 실시되었다. 야당은 이른바 '진산 파동'으로 내분이 격화되었고,[3] 박정희는 공화당의 공천 과정에 깊이 개입하여 군부·대통령 경호실·대구사범학교·중앙정보부 출신 등 친위 세력들을 대거 총선에 출마하게 하였다. 이들 대통령의 친위 세력들은 전국의 선거구에 출마하여 당선만 될 수 있다면 어떠한 일도 서

---

2) 강준만, 『한국 현대사 산책』1권, 인물과 사상사, 2003 초판 5쇄, 91~93쪽 참조

3) 유진산의 지역구는 원래 충남 금산이었다. 그런데 유진산은 당의 공식기구와 일절 협의하지 않은 채 지역구를 서울 영등포 갑구로 옮겼다가, 다시 이를 포기하고 전국구 후보 1번으로 옮겼다. 당시 영등포 갑구에는 공화당 후보로 박정희의 처조카 사위인 장덕진이 나올 예정이었고, 신민당 후보로는 유진산 대신 29세의 박정훈이 나섰다. 이러한 과정에 금품 수수설이 떠돌면서 흥분한 당원 50여 명이 유진산의 집을 습격하고 당사에 들어가 유진산의 사진을 불태우는 사태까지 벌어졌다. 유진산은 잠적했다가 5월 10일에 당수직은 사퇴하였으나 전국구 후보는 고수하였다. '진산 파동'은 선거 때마다 여야간에 오고간 비밀거래나 야합의 실태가 빙산의 일각으로 노출된 사건이었다(강준만, 앞의 책, 145~146쪽 참조).

승지 않았다. 이들은 각종 유언비어를 날조하여 퍼뜨리고, 상대방 후보를 모함하는 흑색선전을 하는가 하면 엄청난 액수의 돈을 선거구에 뿌려 표밭을 다지고, 상대 후보의 선거 운동원을 매수하기도 했다. 그럼에도 불구하고 국민들은 공화당 후보들을 별로 지지하지 않았다. 선거 결과 지역구와 전국구를 합쳐 공화당은 113석, 신민당은 89석을 얻었다. 이러한 의석 수는 당시의 형편으로 미루어선 야당의 실질적인 대승이었다.[4] 특히, 공화당은 서울의 17개 선거구에서 단 1석을 얻는 데 그쳐 참패를 면치 못했다.

극작가 박현숙이 1971년에 발표한 <세상은 온통 요지경 속>(2장)은 1971년에 치러진 두 차례의 선거(대통령과 국회의원 선거), 특히 국회의원 선거의 타락하고 왜곡된 모습을 유감없이 보여주고 있다.

이제까지 박현숙의 희곡 작품은 주로 여성주의적 관점에서 관심의 대상이 되어 왔다.[5] 작가가 여성이라는 점과 그가 쓴 대부분의 작품이 가족문제를 다루었다는 점 때문이었다. 이러한 평가는 박현숙 희곡의 특성을 일정 부분 밝히는 성과를 얻었다. 그러나, 박현숙의 희곡을 엄격한 의미에서 여성주의 희곡으로 범주화할 수 없는 것은 그의 작품에 등장하는 대부분의 여성들이 여성의 정체성이나 성 평등(性平等)을 분명하게 추구하고 있지 않기 때문이다. 그들은 전통적으로 공고히 구축되어 온 가부장제도

---

4) 김충식, 앞의 책, 331쪽 참조

5) 여기에 해당되는 것들로는 변신원의 「박현숙 희곡작품에 대한 여성비평적 연구」(연세대
   학교 대학원 석사학위논문, 1989), 심정순의 「무대에 올려진 여성 문제의 현실-한국 희곡
   에 나타난 페미니즘」(『문학사상』, 문학사상사, 1994. 4), 유진월의 「여성 중심 비평의 출
   발-한국 희곡에 나타난 페미니즘」(『한국희곡과 여성주의 비평』,집문당, 1996), 전성희의
   「박현숙 희곡에 나타난 여성들의 가정 지키기」(『명지전문대학 논문집』제21집, 1997) 등
   이 있다.

아래에서 여성으로서의 고통과 희생을 감내함으로써 가정의 평화를 유지하고자 한 인물들이다.

이러한 반성에 힘입어 일군의 연구자들은 작품을 바라보는 시각을 넓혀 박현숙의 작품에 나타난 작가의식의 변모양상이나 작품의 구조, 극적 기법을 따지는 데까지 나아갔다.[6]

그런데, <세상은 온통 요지경 속>은 무척 특이한 작품이다. 박현숙이 여성 작가로서의 섬세한 감각으로 역사적 사건을 가정으로 끌어들여와 한 가정 내의 인물들이 역사적 사건들과 어떻게 부딪치고 희생되며 견디어 내는가 하는 데 관심을 기울여 왔다면,[7] 이 작품은 작가 박현숙이 살고 있는 바로 '지금, 여기'의 일들을, 그것도 정치적으로 매우 민감한, 국회의원 선거의 타락상을 작품의 소재로 삼고 있기 때문이다.

그래서, 박현숙의 전반기 희곡[8]은 가정과 사랑을 주제로 여성의 일상을 표현하고 있다거나, 사회적인 관심은 작품의 배경으로 깔릴 뿐 미미하다거나, 봉건사회의 고통을 뛰어넘는 강인한 여성 가치의 추구를 통해 여성의 아픔을 잔잔하게 그렸다는 평가는 피상적일 수밖에 없다.[9] 박현숙은 일찍부터 사회적인 문제에 관심이 많았으며, 적극적인 참여의 방식을 택

---

6) 채세미의 「박현숙 희곡 연구」(서울여자대학교 대학원 석사학위논문, 1997), 이미원의 「박현숙 희곡 연구」(『한국연극학』, 한국연극학회, 1998), 윤석진의 「1960년대 한국 희곡에 나타난 멜로 드라마적 경향 연구-박현숙의 작품을 중심으로」(『한국연극학』10호, 1998), 김선주의 「박현숙 희곡 연구」(경산대학교 대학원 석사학위논문, 2000) 등에서 이러한 작업이 이루어졌다.

7) 김선주, 「박현숙 희곡 연구」, 경산대학교 대학원 석사학위논문, 2000, 1쪽 참조.

8) 박현숙은 1976년에 희곡집 『가면무도회』를 출간한 이후 1985년까지 거의 10년 동안 작품을 쓰지 않았다. 그래서 편의상 1970년대까지 창작된 것을 전반기 작품으로, 그 이후에 창작된 것을 후반기 작품으로 분류하고자 한다.

9) 이미원, 「박현숙 희곡 연구」, 『박현숙문학전집』 제2권, 늘봄, 2001, 225쪽 참조.

하기도 했다. 그는 자신의 이러한 성향을 <연극의 매력>이라는 글에서 다음과 같이 진술한 바 있다.

　　동지들이나 관객들이 흔히 내 작품에는 사회성이 강하다고 평한다. 이것은 사회에 대한 또는 정치에 대한 내 관심이 깊은 데서 비롯되는 것 같다. 그것은 내 이념의 밑바닥에 깊이 잠재해 있는 사회참여의식이 나도 모르게 강렬하게 샘솟아 작용하기 때문인지도 모른다. 솔직히 고백해서 사회에 대한 참여의식은 예나 지금이나 나를 강렬히 지배하고 있다. 내가 예술 가운데도 사회성이 가장 강렬한 연극을 좋아하고 또 그 연극의 작품 가운데도 사회성의 그런 것을 택하여 희곡의 소재로 하게 되는 것은 어쩔 수 없는 일이었는지 모른다.10)

　또, 그는 <인생의 방향>이란 글에서 대학 입학 당시의 심정을 밝히면서 '여성운동에 앞장서고 정계(政界)에 나설 야심을 가지고 대학에 들어갔다.'고 술회한 바 있고,11) '나라를 바로 세우는 데 이바지한다'는 명목으로 집권당의 중앙상임위원을 수락한 경우도 있었다. 그러나 그는 곧 세력 다툼과 모함 모략이 난무하는 정치판에 환멸을 느끼기 시작했고, 정치판은 자기가 뛰놀 무대가 아니라는 것을 깨달았다고 했다.12)
　결국, <세상은 온통 요지경 속>은 작가의 이러한 속내가 십년여의 극작 생활 경험을 바탕으로 그 빛을 보게 된 것이라 할 수 있다. 그리고 작가는 이 작품을 통해 온갖 술수가 난무하는 당시 우리나라 정치판을, 특히 선거 풍토를 신랄하게 비판하고 풍자하고자 했다. 젊은 여성 극작가 박현

---

10) 박현숙, <연극의 매력>, 『박현숙문학전집』 제6권, 늘봄, 2001, 10쪽.
11) 벅현숙, <인생의 방향>, 앞의 책, 29쪽.
12) 유민영, 「박현숙론」, 『박현숙문학전집』 제1권, 늘봄, 2001, 225쪽 참조

숙의 눈에 비친 우리나라 정치판, 특히 선거 양상과 선거에 매달린 사람들의 세상살이는 '온통 요지경 속'이었던 것이다.

2. 〈세상은 온통 요지경 속〉의 희극적 특성과 극적 기법

2.1. 허울뿐인 부부, 그리고 권력에 대한 끝없는 집착

<세상은 온통 요지경 속>은 우선 등장인물의 명명(命名)에서부터 작가의 예사롭지 않은 기지를 보여준다. 작가는 등장인물의 이름을 국회의원 입후보자는 이늑대(李肋大), 그 부인은 백여우(白汝雨), 그리고 이들 부부를 배신하는 비서는 사구라(史久羅), 여자 운동원은 고양이(高洋伊)로 명명하고 있다. 특히, 국회의원 입후보자를 늑대로, 그 부인을 여우로 명명한 것이나 비서의 이름을 사구라-일본어의 '사꾸라'를 연상시킴-로 붙인 것은 등장인물의 성격의 일단을 극명하게 드러내 주고 있다.

이는 마치 1920년대의 희곡작가 김정진(金井鎭)이 그의 작품 <십오분간(十五分間)>에서 등장인물의 이름을 그 성격이 분명하게 드러나도록 청년 실업가는 석사란(石似卵), 비평가는 김진언(金眞言), 부호의 미망인은 설가정(薛假貞), 석사란의 애인은 염호애(廉呼愛), 은행원은 노수전(盧守錢) 등으로 붙여, 돈과 잘못된 사랑에 집착하는 인간 군상을 비판했던 일을 연상케 한다.

<세상은 온통 요지경 속>은 국회의원이 되기 위해 온갖 부정을 저지르다가 결국 선거에 낙선하고 파멸하는 이늑대 · 백여우 부부의 삶을 선거 전날과 개표일 이틀의 모습에 집중시켜 보여주고 있다. 그런데, 작품 서두

에서 이 부부는 국회의원이 되려고 애쓰는 점에서는 의기투합하지만, 이미 부부로서의 정상적인 관계는 파탄의 지경에 이르렀음이 드러난다. 이들은 각각 배우자 아닌 다른 사람과 애정 관계를 적당하게 유지하면서, 국회의원과 그의 아내라는 권력과 지위를 누리기 위해 부부관계를 지속하고 있는 것처럼 보이기 때문이다. 또, 이것은 사회 지도층의 도덕적 해이를 매우 강하게 비판하고자 하는 작가의 의도가 드러난 것이기도 하다.

작품이 시작되면 이늑대의 선거 사무실로 쓰이고 있는 호텔의 한 방에서 이늑대 부부가 초초하게 시간을 보내고 있는데, 이늑대와 백여우의 불륜을 알려주는 전화가 연속적으로 걸려온다.

> [가1]여우 : 네? 우리 의원님께서요? (간드러지게 웃는다) 호호호……
> 그럴 리가 있겠어요? 우리 의원님이 딴 데서 본 애기가
> 둘이나 있다고요?13) (183쪽)

> [가2]늑대 : 허, 허, 허……(농담인지 진담인지 알아들을 수 없는 이상
> 한 뉘앙스를 풍기며) 고생하지 않고 아이를 둘씩이나 타
> 작할 수 있다면 당신도 좋지 않소?

> [나]늑대 : 내 아내가 댄스홀 출입이 잦다고요? 허, 그건 금시초문인
> 데. (이번에는 여우가 흠칫 놀라며 쩔쩔맨다) 아! 그야 정
> 치가의 아내니까 사교상 그럴 수도 있죠. 뭐, 뭐요? 호텔
> 에 어떤 젊은 남자와 함께 들어가는 것을 목격했다고요?
> 그런데 댁은 누구요? (186쪽)

---

13) 박현숙, <세상은 온통 요지경 속>, 『박현숙문학전집』 제2권, 늘봄, 2001, 183쪽. 앞으로 작품 인용은 이 책의 쪽수만 밝힌다.

[나2]여우 : 아이 참, 당신 선거 자금을 마련하려고 계조직을 하는데
　　　　　친구들이 댄스홀 구경이나 해보자고 하기에 한두 번 그런
　　　　　곳에 간 것뿐예요.

늑대 : 그럼 호텔 얘기는?
여우 : 그야, 호텔 안에 그런 데가 있잖아요? (187쪽)

[다]여우 : (반격하며) 여보, 지금 그 전화 당신이 누굴 시켜서 일부러
　　　　　걸게 한 게 아녜요? 당신의 구린데를 캄플라치하려구.
늑대 : 뭐, 그게 무슨 소리요? 하여튼 어떤 놈이 이렇게 파렴치한 모략
　　　　까지 내세우며 정치가가 되려고 하는지…… 도대체 정치를 한
　　　　다는 일이 더러워졌어. 선거가 타락할 대로 타락했단 말이야.
　　　　(187쪽)

　　[가1]은 이늑대가 외도를 해서 아이가 둘이나 있다는 전화를 받은 백여
우의 반응이고, [나1]은 백여우가 젊은 남자와 호텔 출입을 한다는 전화를
받은 이늑대의 반응이다. 그리고 [가2]와 [나2]는 각각 [가1]과 [나1]에 대
한 변명이자 정당화를 위한 노력이다. 그러나, [가2]에서 보는 바와 같이
이늑대는 자기의 불륜을 부정하면서도 혹시 뒤에 들통이 날 경우 아내가
받을 충격을 줄이기 위한 장치를 구축하고자 한다. 이에 비해 백여우는
호텔에 드나든 일을 정당화하기 위해 애쓴다.
　　그러나, 곧 이어 [다]에 이르면, 백여우는 호텔 출입을 정당화하기보다
는 전화가 걸려온 일을 남편에게 덤터기 씌우려고 한다. 자기의 호텔 출입
을 알려준 전화는 남편이 자기 부정을 감추기 위해 일부러 시킨 일이 아니
냐는 것이다. 그러자, 이늑대는 한술 더 떠서 전화가 걸려온 일을 상대방의
‘모략’으로 몰아간다. 그리고는 정치가 더러워졌고 선거가 타락할 대로 타

락했다면서 세태를 비판한다. 정작 정치를 더럽게 하고 선거를 타락시킨 장본인은 자기 자신인데, 이늑대는 자기 자신의 잘못은 안중에도 없고 남의 탓으로만 돌린다.

이어서 이늑대가 선거에서 이기기 위해 동원한 각종 불법 선거 운동이 파노라마처럼 소개된다. 가장 고전적인 방법은 물량 공세인 돈 봉투 돌리기이다. 지지 기반이 약한 지역에 집중적으로 돈 봉투를 돌려 표를 매집하는 것이다. 그리고 소위 '프락치' 활동이라고 하는, 어떤 부정적인 일을 저질러 놓고 이를 상대편 후보의 짓으로 뒤집어씌우는 방법도 사용된다. 이늑대는 자기 운동원을 상대편 운동원으로 가장시켜 술집에서 외상술을 먹고 난장판을 벌이게 함으로써 주민들로 하여금 상대편 후보에게 반감을 갖도록 유도한 것이다. 그러면서도 이늑대는 이러한 일을 당연한 듯이 여기고 있다.

> 여우 : 그러니 누굴 믿을 수 있단 말이에요? 이건 선거전이 아니라
> 마치 속이기 내기 아녜요?
> 늑대 : 인생 자체도 계속 속고 속이면서 사는 판국인데, 선거라는 큰
> 싸움에 있어서도(191쪽)

또, 상대편 후보의 불륜 장면을 사진으로 찍어 선거구에 돌리기도 하고, 상대편 후보가 지역 유지들에게 관광여행을 시키자 이 행사에 쓰여야 할 돈이 중간에 사라졌다는 말을 퍼뜨림으로써 관광여행의 효과를 감소시키려고 애쓰기도 한다.

이처럼 <세상은 온통 요지경 속>에는 제8대 총선에서 선거운동이 진행되는 동안 각 지역구에서 실제로 사용되어 인구에 널리 회자(膾炙)되었

던, 또는 사용될 법한 불법적인 선거운동 방법들이 소개되고 있다. 결국, 극작가 박현숙은 1971년에 실시된 제8대 국회의원 선거는 특히 집권 여당인 공화당 후보들에 의해 각종 부정선거 운동이 자행된 총체적인 부정선거 로 규정하고, 이를 비판하고자 하는 속내를 드러낸 것이라 할 수 있다. 물론, 이와 같은 부정 선거운동 장면들은 무대에 직접 나타난 것이 아니라 등장인물의 대사나 전화를 통해 관객에게 전달되는 보고 장면의 형식으로 처리된다.

이늑대와 백여우 부부는 서로가 서로를 불신하고 상대방에게 애정을 느끼지 못하면서도 부부 관계를 파탄으로 몰고 가려고 하지는 않는다. 왜냐 하면 이들에게는 더욱 큰 목표가 있기 때문이다. 이늑대는 재선의 국회의원이면서 3선에 도전하고 있고, 선거에서 승리하기 위해서는 아내의 도움이 필수적이다. 또, 백여우는 남편을 통해 국회의원의 부인이라는 사회적 지위를 누려야 하기 때문에 부부 관계를 유지해야 할 뿐만 아니라, 자기 인맥을 동원하여 돈을 빌려서라도 남편의 선거 운동을 적극적으로 도울 수밖에 없다. 사랑은 각자 할 수 있는 일이지만, 선거에서의 승리는 둘이 힘을 합해야만 가능할 수 있기 때문이다. 권력과 사회적 지위에 대한 끝없는 집착은 애정이 없는 부부를 한 끈으로 엮어주는 거멀못이자, 공동의 목표를 추구하고자 하는 동인(動因)으로 작용하고 있다.

결국, <세상은 온통 요지경 속>은 주인공인 이늑대와 백여우 부부가 서로 배우자의 눈을 속여가면서 배우자 아닌 다른 사람과 애정 관계를 지속하며, 선거에서 이기기 위해 온갖 술책을 동원하고 있는 모습을 보여주고 있다. 그래서 이들 부부는 허울뿐인 부부에 불과하고, 작가는 이들의 모습을 희극적으로 제시함으로써 당시 사회 지도층의 도덕적 해이를 폭로

하고 비판하고자 했다.

비극은 인간이 보다 나아질 수 있다는 가능성을 말해 주는 대신에 희극은 인간이 보다 나빠질 수 있다는 사실을 시사해 준다. 또, 조소의 대상이 되는 것(derision), 불균형(incongruity), 무의식적인 기계화(automatism)와 같은 요소들이 인간을 웃기는데,14) 이 작품에서는 인물들이 조소의 대상이 되고 불균형을 이룸으로써 관객의 웃음을 유발시킬 수 있다. 우선 이늑대는 두 번이나 국회의원을 지내고 세 번째 선거를 치루는 지도층의 인물이면서도 온갖 부정한 짓을 저지르는 모습이 관객에게 조소의 대상이 된다. 그리고, 이늑대의 비대한 몸집과 백여우의 날렵한 몸매가 무대 위에서 불균형을 이룬다. 이러한 요소들이 관객을 웃음으로 이끌 수 있다.

2.2. 무대화를 위한 극적 기법

두 개의 장으로 이루어진 <세상은 온통 요지경 속>은 장면과 인물, 대사, 사건 들이 매우 절제되어 있는 작품이다. 작품의 무대는 주인공의 선거 사무실로 쓰이고 있는 호텔의 한 방이다. 1장의 시간적인 배경은 선거 전날이고, 2장의 그것은 선거 당일 개표가 진행되고 있는 때이다. 그래서 1장의 사건은 금품 살포 등 선거 운동이 막바지에 접어들었을 때 일어나는 일들이고, 2장의 사건은 개표와 관련된 일들이다.

사건은 호텔의 방에서 주인공인 이늑대와 그의 부인 백여우의 대사에 의해 거의 전적으로 진행된다. 비서인 사구라와 운동원인 고양이의 등장은 매우 제한되어 있다. 1장의 거의 마지막 부분에 이르러 사구라는 단한 번 이늑대에게 돈을 받기 위해 무대에 등장하고, 이어 고양이가 등장하

---

14) 이근삼, 『연극의 정론』, 범서출판사, 1977, 99쪽 참조

여 사구라의 미심쩍은 행동을 보고한다. 그리고 2장에서도 거의 마지막 부분에 이르러서야 사구라와 고양이가 단 한 번 함께 등장한다. 이 자리에서 사구라는 이늑대에게 사표를 제출하고, 고양이는 이늑대의 허세와 백여우의 허영에 실망했다며 등을 돌린다. 따라서, 사구라와 고양이가 관객 앞에 모습을 드러내는 것은 따로 한 번, 함께 한 번에 불과하다. 그러므로, 이 작품은 두 인물, 이늑대와 백여우의 연기에 거의 전적으로 의존해야 한다.

그리고, 이 작품에서는 전화기가 매우 중요한 구실을 한다. 연극에서 전화기란 오브제가 이처럼 중요한 구실을 하는 경우는 무척 드물다. 등장 인물은 서로 대화를 주고받으면서 사건을 전개시키기도 하지만, 끊임없이 걸려오는 전화를 받거나 전화를 걸어서 이야기하는 사이에 사건이 진행되는 경우가 더욱 많다. 등장인물의 대사만 관객에게 전달되는 경우도 있고, 상대방의 목소리까지 전달되는 경우도 있다. 1장에서는 모두 일곱 번의 전화 통화가 이루어지는데, 늑대가 다섯 번, 여우가 두 번 통화를 한다. 그리고, 2장에서는 모두 여덟 번의 전화 통화가 이루어지는데, 늑대와 여우가 각각 네 번씩의 통화를 한 것으로 나타난다. 참고로, 전화 통화의 주체, 걸고 받는 경우, 통화 내용, 상대방의 목소리가 들리는지의 여부를 표로 밝히면 아래와 같다.

<제1장>

순서	주체	걸기/받기	전 화 내 용	상대방 목소리 공개 여부	비고
1	늑대	받기	늑대가 사구라로부터 상대 후보를 비방하는 사진을 만든 사진관을 상대편에서 알게 되었다는 보고를 받는다.	들리지 않음	
2	여우	받기	늑대가 밖에서 본 애기가 둘이나 있다는 고자질 정보가 여우에게 전해진다.	일부 들림	
3	늑대	받기	여우가 댄스홀 출입이 잦고, 젊은 남자와 호텔에 출입한다는 정보가 늑대에게 전달된다.	들리지 않음	
4	여우	걸기	선거 자금을 빌리기 위해 친구에게 전화를 건다.	들리지 않음	
5	늑대	받기	사구라에게 빨리 오라는 지시를 한다.	들리지 않음	
6	늑대	받기	사구라로부터 프락치가 탄로났다는 보고를 받고 상대편에게 뒤집어씌우도록 지시한다.	들리지 않음	
7	늑대	받기	고양이가 급한 보고 때문에 호텔 프론트에 와 있다고 한다.	들리지 않음	

<제2장>

순서	주체	걸기/받기	전 화 내 용	상대방 목소리 공개 여부	비 고
1	여우	분명하지 않음	여우가 친구에게 돈을 빌려주어서 고맙다는 인사를 한다.	들리지 않음	
2	여우	받기	친구에게 구라파에 다녀올 때 선물을 사오겠다는 약속을 한다.	들리지 않음	
3	늑대	걸기	고양이에게 당선 사례 인사말을 준비시키는데, 고양이는 도리동 2가 분위기가 이상하고 개표가 중단되었다는 보고를 한다.	들림	
4	늑대	받기	잘못 걸려온 전화	들림	
5	늑대	받기	고양이가 도리동 1, 2, 3,가에서 결정적으로 졌다는 보고를 한다.	들림	
6	늑대	받기	고양이로부터 사구라가 상대편 운동원과 어울린다는 보고를 받는다.	들림	
7	여우	받기	개표 상황이 불리하게 전개되자 돈을 빌려준 친구가 빚 독촉을 한다.	들리지 않음	
8	여우	걸기	돈 빌려준 친구에게 전화하여 당선만 되면 내일이라도 빌린 돈을 갚겠다고 한다.	들리지 않음	

이 표에서 보는 바처럼 전화기는 이 작품에서 단순한 오브제 이상의 구실을 하고 있는 것이 분명하게 드러난다. 전화기를 통해 전달되는 상대방의 목소리나 등장인물이 전화기에 대고 이야기하는 대사는 등장인물끼리 주고받는 대사보다 더욱 중요한 구실을 하기 때문이다. 따라서, 이 작품의 사건 진전은 무대에 등장하는 늑대와 여우에 의하기보다는 전화 통화에 더욱 의존하게 된다. 그리하여, 이 작품의 사건은 대부분 장면 뒤에서 처리되고, 담장 넘어 보기와 같은 동시적인 사건의 보고 형식과 청각을 통해서 활동의 공간 안에 생생하게 편입되는 사건은 공간적으로 은폐되어 있다고 할 수 있다.[15]

1970년대 초의 전화기는 통신 수단의 가장 중요한 장비였다. 설치 장소를 옮길 수 있고, 사고 팔 수도 있는 전화기는 값이 무척 비쌌다. 일반 가정에서 쓰는 전화는 가입 신청을 해 놓고도 1년 또는 몇 년씩 기다려야 개통이 될 만큼 당시에는 통신 사정이 열악했다. 그러므로, 이늑대가 전화기를 마음대로 쓸 수 있는 비싼 호텔의 방을 선거 사무실로 쓰고, 비서나 선거 운동원으로부터 전화를 이용해 선거운동의 진행상황을 보고받으며, 그들에게 지시한다는 것은 통신 시설을 선거에 효과적으로 활용했다는 의미이기도 하다.

그런데, 상황은 이늑대 부부가 바라는 대로 진행되지 않는다. 가장 믿었던 투표구에서 예상보다 표가 적게 나온 것이다. 개표 초반에는 이늑대의 표가 많이 나왔으나, 시간이 흐르면서 상황이 역전된 것이다. 그 까닭은 바로 늑대 자신이 가장 믿었던 비서 사구라가 상대편 후보에게 매수되어

---

15) 피터 퓌츠 지음 · 조상용 옮김, 『드라마 속의 시간-극적 긴장의 조성 기법』, 들불, 1994, 307쪽 참조

이늑대를 배신했고, 이늑대의 금전 작전을 뒤집었기 때문이다. 사구라는 호텔로 이늑대를 찾아와서 사표를 제출한다.

희극에서는 기대했거나 바랐던, 혹은 걱정했던 상황을 반전시키는 기법이 자주 쓰이는데, 이 작품에서는 사구라의 등장을 통해 상황의 반전을 기도했다.

> 사구라 : (벌떡 일어나서 편지봉투를 늑대에게 준다) 이의원님, 이건
>   사표입니다.
> 늑대 : 뭐?
> 사구라 : 난 더 이상 이의원님을 모시지 못하겠습니다.
> 늑대 : 역시 자네는 배신한 게 틀림없군.
> 사구라 : 배신요? 핫, 핫, 핫. 뭐가 배신입니까? 세상만사가 서로 자기
>   잇속을 위해 속이기 내기하는 판에 나도 내 잇속을 따져보고
>   나대로 행동한 것밖에 없습니다.
> 늑대 : 뭣이 어째? 이놈이 멋대로 입을 놀려.(맥주병을 들고 치려한다)
>   (207쪽)

결국, 라디오 개표 방송에서는 상대편 후보의 당선이 확정되었음을 보도하고, 이늑대 후보는 절망에 빠진다.

> 늑대 : (라디오를 마루에 동댕이친다) 이런 일이, 이런 일이……(어쩔
>   줄 몰라 부르르 떨다가 통곡 소리로) 으흐흐……(흐느끼며 소
>   파에 엎드린다)
> 여우 : (얼빠진 사람마냥 멍하니 앉아 있다가) 세상은 온통 요지경 속
>   이군요. 모두 거짓투성이 라니까요.(209쪽)

마지막 장면, 이늑대가 자신의 낙선 보도를 듣고 좌절하는 장면은 관객에게는 즐거움을 확인할 수 있는 순간이지만, 늑대 부부에게는 가장 비극적인 순간이다. 그래서 반전은 놀라게 하는 효과를 유발시키는 드라마의 기법적인 기능을 갖고 있다. 특히 반전은 교훈적인 영향을 미칠 수도 있다.16)

이처럼 <세상은 온통 요지경 속>은 희극적인 요소를 골고루 갖추고 있어서 무대화하기에 적합한 작품이다. 다만, 앞에서도 언급한 바 있지만, 연극의 진행이 이늑대와 백여우 두 인물의 연기력에 거의 전적으로 의존해야 하는 것은 이 작품의 특장이자 단점이 될 수도 있다. 비대한 이늑대와 날렵한 몸매를 지닌 백여우가 줄곧 함께 무대에 있기 때문에 두 인물 사이의 불균형이 두드러져서 웃음을 유발하게 될 것이다. 그리고 대사의 빠른 진행과 말 되받기, 전화기를 붙잡고 통화할 때의 적당한 몸짓이나 무대의 변화를 위한 인물의 적당한 동작선 등이 골고루 확보되어야 한다.

3. 다시 가족과 애정의 문제로 : <빚은 멀어도>

3.1. 진부한 소재와 멜로드라마틱한 구성

조각을 전공하고 있는 명문가의 딸, 법대를 졸업하고 고시를 준비하면서 이 집에 기숙하며 남동생의 공부를 돌보아 주는 고아 출신의 가정교사, 두 사람의 열애와 부모의 반대, 그리고 끝내 결혼에 성공……. 박현숙이 1972년에 발표한 4막 5장의 <빚은 멀어도>의 앞부분 내용이다. 1년 전

---

16) 피터 퓌츠 지음·조상용 옮김, 앞의 책, 319쪽 참조.

에 국회의원 선거의 타락상을 고발하고 비판한 작가가 다시 가족과 애정의 문제로 돌아가서 쓴 작품이다.

그런데, 작품을 읽다 보면 왠지 모르게 어디선가 보았음직한, 또는 들었음직한 줄거리 같은 느낌이 든다. 마치 신데렐라 이야기에서 남녀 주인공을 바꾸어 놓으면 알맞을 성싶은 이야기 구조이기 때문이다. 그리고 이러한 소재의 이야기는 라디오 드라마나 영화, 텔레비전 드라마 등에서 수없이 우려먹은 줄거리 구조이기도 하다.

그래서, 이 작품은 박현숙의 작품을 논의하는 자리에서 그리 대수롭지 않게 다루어져 왔다. 그리고, 작품은 무겁고 고답적인 데 반해 그 주제의 심각성은 제대로 표현이 안 되고 있어 현대의 애정 모럴을 파헤치는 데 미흡했다는 평가를 받은 바 있다.[17] 이와는 달리 최근에 이르러 '사랑이라는 빛은 찾기 어렵고 고난으로 인해 멀리 있는 듯하지만, 이로 인해 사랑이 더욱 단단한 뿌리를 내릴 것이라는 의미가 제목에 나타나 있다.'면서 작품에 나름대로의 가치가 있음을 밝히려는 시도도 있었다.[18] 그리고 그 근거를 이 작품이 공연되었을 때 공연 팸플릿에 실린 '작가의 말'에서 찾고 있다. 이 작품이 공연되었을 때 박현숙은 '작가의 말'에서 작품을 쓰게 된 속내를 다음과 같이 진술한 바 있다.

> 처음에 나는 이 작품의 표제를 <소상(塑像)>으로 했다가 좀 쉽게 <빛은 멀어도>로 고쳐진 작품이다. 마땅히 행복해야 할 사람들이 주위를 둘러싸고 도는 사람들의 삶의 태도, 집착, 그리고 본심(本心)으로부터의 이탈로 인해 희생되는 과정을 생각해 보았다. 그러다 보니 이 희생

---

17) 한상길, 『한국연극의 쟁점과 반성』, 현대미학사, 1992, 270~271쪽.
18) 김선주, 앞의 논문, 17쪽.

이란 게 진정한 자기로 되돌아오는 밑받침이란 것도 찾아내게 되었다. 다만 이것이 일상사를 통한 극적 구성(劇的構成)이란 면에서 나대로의 진통이 있었다.[19)

1막에서 수진과 어머니 김씨는 가정교사 영준 때문에 의견의 대립을 보인다. 김씨는 영준이 고시에 낙방하자 가정교사를 그만 두게 하려고 한다. 그러나 더 깊은 속내는 딸과의 교제를 막기 위해서 둘 사이를 떼놓으려는 것이다. 영준은 전쟁고아 출신으로 어렵게 대학을 졸업하고 고시를 준비하고 있다. 가진 것이 없기 때문에 그는 고시 합격만이 인생을 바꿀 수 있다고 믿고 있기 때문이다. 그리고, 고시에 합격만 하면 청혼할 작정이었는데, 이번에 또 실패한 것이다. 결국, 두 사람은 결혼 승낙을 받기 위해 부모에게 자기들의 사이를 알리지만, 어머니의 강력한 반대에 부딪힌다.

> 윤갑 : 수진아, 네게 물어 보겠다. 너는 진정으로 신선생을 사랑하고
> 있니?
> 수진 : 네?
> 윤갑 : 그럼 결혼을 해야지.
> 일동 : 네?
> 윤갑 : 허지만 그건 수진이 네 의사를 존중해서 내리는 결론이라는
> 걸 알아줘야 한다. (아내에게) 여보, 저 방에 갑시다.(혼자 오른
> 쪽 문으로 나간다.)
>   어머니 김씨 일어나 오른쪽 문가로 나간다.
> 어머니 : (수진에게) 이제 넌 내 딸도 아니고 또 난 네 에미도 아니다.
> (문을 열고 나간다.)[20)

---

19) 박현숙, 「작가의 말」, <빛은 멀어도> 공연 팸플릿, 1988. 9. 23~28.
20) 박현숙, <빛은 멀어도>, 『박현숙문학전집』 제3권, 늘봄, 2001, 29쪽. 앞으로 작품 인용

결국, 수진과 영준은 수진의 부모로부터 결혼 승낙을 받기는 하지만, 이 과정에서 영준은 수진의 부모 특히 어머니 김씨로부터 큰 상처를 받는다.

2막이 되면 결혼한 수진과 영준은 수진의 조각품 제작실을 간략하게 취사실로 꾸며서 신혼생활을 하고 있다. 영준 측으로 보면 처가살이인 셈이다. 어렵게 성사된 결혼인데, 이들의 신혼은 행복해 보이지 않는다. 결혼하자마자 영준은 외박을 일삼고, 고아원에서 함께 자란 유라와 연합하여 수진을 괴롭히기도 한다. 영준의 복수가 시작된 것이다. 영준은 1막에서 자기도 도구가 아니라 인간대접을 받고 싶다고 수진의 어머니에게 저항한 적이 있다. 그런 영준이 이제 결혼에 성공하고 나서 실천한 것이 고작 사랑하는 아내에게 인간대접을 하지 아니한 일이다. 그 이유는 전에 수진의 어머니 김씨가 자기에게 인간적인 대접을 하지 않았던 일에 대한 복수를 실천하려는 것이다. 그런데, 그 복수의 대상이 수진의 어머니가 아니라 엉뚱하게도 사랑하는 수진이 되었다는 점이다. 여기에서부터 이 작품은 논리를 잃기 시작한다. 그리하여, 이후 전개되는 사건은 비약과 작위(作爲)에 의존하게 되면서 리얼리티를 상실하게 된다. 2막의 마지막에 이르면 영준은 수진과의 이혼을 선언하고, 이 말에 충격을 받은 수진은 졸도한다. 사랑하는 아내가 쓰러진 현장에서 영준은 침착한 어조로 수진네 가족에게 다음과 같이 꽤 긴 대사를 읊조린다.

> 영준 : 이건 당신네들이 나를 짓밟은, 참을 수 없는 모욕의 대가요.
>   유라, 인제 가지. 수진이는 곧 깨어날 거요. 그리고 부모의 죄
>   가 자기에게 얼마나 무서운 형벌을 가져다주었다는 것을 알고,

―――――――――――――――――――

은 이 책의 쪽수만 밝힌다.

당신네들을 미워하고 저주할 거요, 유라, 가. (유라의 팔을 붙
들고 뒤뜰로 나가 사라진다.) (49쪽)

　그런데, 더욱 납득하기 어려운 일은 영준이 사리에 어긋난 일을 하는데
도 수진은 이에 대해 따지거나 영준의 행동을 수정시키기 위한 어떤 일도
하지 않는다는 점이다. 그저 묵묵히 참고 기다리며 굴종적인 자세를 취하
는 것뿐이다. 그래서, 수진은 '지금, 여기'에서 살아 숨쉬는 여성이 아니다.
어쩌면 '지금, 여기'에서 조선 시대로 훌쩍 건너뛰어 가버린 여성에 불과
하다. 따라서 수진은 개성적인 인물이 아니라 작가 박현숙의 피조물에 불
과하다.

　3막 1장은 2막으로부터 7, 8개월이 지난 뒤이고, 수진은 2막 때의 충격
으로 기억상실증과 정신착란증에 시달리고 있다. 수진의 부모는 영준을
만나게 해 주는 일로 대립한다. 수진은 모든 남자를 영준으로 착각하며
유혹하고, 신천댁의 아들 희철과 수진이 포옹하며 침대에 쓰러지는 순간
영준이 들어와 이 장면을 목격하게 된다. 그리고 영준을 확인한 수진은
다시 기절한다.

　　　신천댁 : 아씨. (고개를 숙이고 흐느낀다)
　　　수진 : 아줌마, 왜 그래요?
　　　신천댁 : 그 자식이 그만 아씨를 부둥켜안고…….
　　　수진 : 뭐요? 희철이가?
　　　신천댁 : 그때 마침 영준 서방님이 그 자리에 나타났어요
　　　수진 : 그래서 어떻게 됐나요?
　　　신천댁 : 그때는 희철이와 서방님만 있었는데 그 나쁜 놈이 아씨
　　　　　　　를……. (운다)

수진 : 그래서?

신천댁 : 다만 서방님의 말을 들으면, 아씨는 자꾸 희철이와 서방님의
　　　　얼굴을 번갈아 보더니 아 하고 소리를 지르며 쓰러졌다는 거
　　　　예요.(67~68쪽)

　2장에서 수진은 정상으로 돌아오기는 하지만, 기억상실증에 걸려 있었
던 기간의 일들을 기억하지 못한다. 또 다른 기억상실증에 걸린 것이다.
그러나 고박사와 신천댁을 통해 희철과의 사이에 일어난 일을 알고 다시
충격을 받은 수진은 집을 뛰쳐나간다.

　4막은 3막에서 5년이 흐른 뒤의 일이다. 수진은 하반신을 쓰지 못하는
장애인이 되어 휠체어에 의지하면서 조각 활동에 전념하며 살아간다. 그
런데, 유라가 찾아와 영준의 근황을 알려주며 과거의 일은 수진에게 고통
을 안겨주기 위해 꾸민 일이었음을 고백한다. 이어서 영준이 찾아와 용서
를 구하며 같이 살자고 한다. 그러나, 수진은 불구자임을 내세워 영준의
제의를 거절한다. 작품의 마지막에서 수진의 어머니 김씨는 지난 시절 영
준에게 모질게 대했던 일에 대해 반성하는 듯한 자세를 취함으로써 영준
과의 화해를 암시한다.

영준 : 알겠소 (일어선다) 돌아가지. (뒤뜰로 간다) 하지만, 수진이가
　　　　용서한다고 할 때까지는 매일 오겠소.
　　　　　　　　　　　　　(중략)
김씨 : (나가려고 하다가) 차라도 대접해서 보낼 걸 그랬다.
수진 : 네?
김씨 : 벌써 5년이나 세월이 흘렀는데 그래도 찾아온 걸 보니(생각하
　　　　다) 나도 너무했어……

수진 : (영준이와 어머니가 사라지고 나서도 꼼짝도 안 하고 그 자리
　　　에 돌처럼 굳어 있다. 그러다가 돌아서서 조각 있는 데로 간다.
　　　조각을 물끄러미 들여다본다. 조각을 어루만지며 흐느낀다. 달
　　　빛이 유난히 그 조각을 비춘다. 조용히 조각을 어루만지며) 하
　　　느님, 나의 사랑의 대가는 왜 이처럼 아프고 저린 것입니까?
　　　끝없는 용서와 그를 위해서라면 기꺼이 죽어 줄 수까지 있을
　　　그런 경지의 나?, 수진이를 도와 주시옵소서. 제발 그이를 돌보
　　　아 주시옵소서.(91쪽)

　이제까지 살펴본 바와 같이 <빛은 멀어도>는 박현숙의 전반기 희곡에
서 세태를 신랄하게 풍자했던 <세상은 온통 요지경 속>에서 다시 가정의
문제 또는 애정의 문제로 회귀하고 있음을 확인할 수 있게 해 준다. 그리
고, 가정의 문제 또는 애정의 문제도 여성의 끝없는 인내와 희생 위에서
가능할 수 있다는 논리를 정당화하는 데 그쳤다. 그래서 박현숙의 여성관
은 매우 보수적이고, 전근대적인 지점에 머물고 있다. 그것은 바로 남성
중심의 사회를 고착화시키는 작업이며, 여성을 전통적인 가부장제도 아래
복속시키려는 은밀한 의도일 수도 있다.
　그래서, 흔히 '여성은 무엇인가?'라는 질문에 선뜻 떠오르는 답은 '여성
은 대지, 모성, 몸, 자궁, 아름다움, 부드러움, 따뜻함, 흡인력 등등의 명사
로 그리고 그 명사들이 호명하는 이미지들'이다.[21] 그리고, 그것은 바로
오랫동안 지식의 권위를 다루고 향유하는 남성들에 의해 '여성'은 누구이
며, 어떠해야 하며, 어떻게 살아야 하는지, 그리고 여성성이란 무엇인지가
논의되어 왔고 또 설파되어 왔던 역사와 밀접하게 관련되어 있다.[22]

---

21) 김은실, 『여성의 몸, 몸의 문화정치학』, 또 하나의 문화, 2001. 23쪽 참조.
22) 김은실, 앞의 책, 24쪽 참조.

그렇기 때문에 작품이 끝나면서 수진이 '끝없는 용서'를 한다던가, '그를 위해서라면 기꺼이 죽어 줄 수 있'다던가, '제발 그이를 돌보아' 달라는 간구는 너무나 공허하게 들리고, 따라서 극적 리얼리티를 담보해 낼 수도 없다. 그래서, 이미원이 박현숙의 전반기 희곡을 논의하면서 '그 사건 전개가 인과적으로 차근하게 진행되기보다는 전적으로 남성들의 우유부단한 사랑의 배반에서 좌지우지되었기에, 대체로 멜로 드라마적 구성을 벗어나지 못했던 것'이라고 평가한 것은 타당한 지적이다.[23]

3.2. 극적 리얼리티 확보를 위하여

<빛은 멀어도>는 전통적인 사실주의 기법에 토대를 두고 창작된 작품이다. 그럼에도 불구하고, 인물의 성격이 명확하지 않고, 사건 전개가 너무나 작위적이라서 극적 리얼리티가 담보되지 못하고 있다.

온갖 난관을 극복하고 결혼에 성공한 영준이 결혼하자마자 갖은 방법으로 수진을 괴롭히는 것은 수진의 어머니에 대한 복수 치고는 비열하며, 논리적 타당성도 확보할 수 없다. 그리고, 이혼하겠다는 영준의 말 한마디에 수진이 졸도하고 이 때문에 기억상실증과 정신착란증에 시달린다던가, 희철과 침대에 쓰러지는 순간에 나타난 영준을 보고 다시 기억을 되찾으면서 기억상실증에 걸렸던 기간 동안의 일을 기억하지 못한다는 것도 너무나 작위적인 사건 전개이다. 또, 신천댁을 통해 자기가 희철과 침대 위에서 뒹굴었다는 사실을 알고는 충격을 받아 집을 뛰쳐나갔다가 하반신이 마비된 불구자가 되었다는 설정도 너무 충격적이고 작위적이다.

---

23) 이미원, 앞의 글, 앞의 책, 225쪽.

전쟁고아 출신으로 어렵게 법대를 졸업하고 고시에 전념했던 영준은 수진의 집을 박차고 나갔다가 5년이 흐른 뒤에 수진을 찾아와서 과거의 잘못을 고백하고 함께 살자고 간청한다. 그런데, 영준은 그 동안 연유가 밝혀지지 않은 상해죄로 복역했다가 갓 출옥한 상태라고 한 것도 적절하지 못한 설정이다. 이 때문에 영준의 고백과 참회, 함께 살자는 제의는 설득력 있게 전달되지 못한다. 그보다는 그 동안 더욱 악랄해진 한 인간을 대면하게 될 수도 있다. 잇따른 고시 실패와 방종한 생활, 그리고 상해죄로 인한 전과자, 결국 갈 데까지 가버린 한 인간이 자기를 기다리고 있는 불구자 수진에게서 마지막 안식처를 삼고자 한 것은 아닌가 하는 의구심마저 드는 까닭이 바로 여기에 있다.

그리하여, <빛은 멀어도>는 명문가의 딸과 전쟁고아 출신의 젊은이가 사랑에 빠져 결혼에 이르렀다는 멜로 드라마적 구성을 취하고 있다. 그러나, 사건과 사건 사이에 인과성이 결여되어 있고, 사건들이 너무나 비약적이고 작위적으로 처리되어서 리얼리티를 확보하기에는 많은 어려움이 뒤따른다.

따라서, 이와 같은 작품이 공연될 때에는 드라마투르거의 활용이 필수적이다. 희곡의 내용을 무대 위에 그대로 재현하기보다는 드라마투르거의 작업을 통해, 또는 연출가의 작업을 통해 앞에서 지적한 문제들이 보완되어 '표현'되어야 하기 때문이다. 현실에서는 있을 법하지 않은, 충격에 의한 기억상실증과 또 다른 충격에 의한 기억 회복과 상실의 반복, 하반신 마비의 장애인 등의 사건 설정은 보다 현실성 있는 사건으로 대체되어도 좋겠다.

그리고, 제목 <빛은 멀어도>처럼 주인공들이 멀리 있는 빛을 찾아 헤매는 과정이 감동 있게 무대 위에 전개되기 위해서는 충격적인 사건들을 제시하기보다는 수진과 영준, 어머니 김씨 등의 성격 구축에 힘쓰는 것이 효과적이다. 또, 수진과 영준, 영준과 어머니 김씨, 수진과 희철, 희철과 영준 사이의 갈등관계에 논리적인 인과성이 담보될 수 있어야 한다.

4. 결론

이 글은 박현숙의 1970년대 작품 중에서 <세상은 온통 요지경 속>과 <빛은 멀어도>를 논의의 대상으로 삼았다. 앞의 작품에는 작가의 사회참여 의식이 잘 드러나 있는데, 1971년에 치러진 두 차례의 선거(대통령과 국회의원 선거), 특히 국회의원 선거의 타락하고 왜곡된 모습을 유감없이 보여주고 있다. 그리고 뒤의 작품은 작가가 다시 가족이나 애정의 문제로 관심을 옮겨서 쓴 작품이다. 따라서, 두 작품을 통해 작가의 상반된 의식세계를 엿볼 수 있기 때문에 함께 다루었으며, 작품을 분석하고 가치를 평가하는 데 머물지 않고, 작품이 무대화되었을 때의 문제점이나 해결되어야 할 점들을 제시하고자 했다.

이 글에서 논의된 결과를 요약하면 다음과 같다.

<세상은 온통 요지경 속>은 작가가 이 작품을 통해 온갖 술수가 난무하는 당시 우리나라 정치판 특히 선거 풍토를 신랄하게 비판하고 풍자하고자 한 의도가 잘 드러난 작품이다. 결국, 작가 박현숙은 이 작품을 통해, 1971년에 실시된 제8대 국회의원 선거를 특히 집권여당인 공화당 후보들에 의해 각종 부정선거 운동이 자행된 총체적인 부정선거로 규정하고, 이를 비판하고자 하는 속내를 드러낸 것이라 할 수 있다.

    그리고, 이 작품은 희극적인 요소를 골고루 갖추고 있어서 무대화하기에 적합한 작품이다. 다만, 연극의 진행이 이늑대와 백여우 두 인물의 연기력에 거의 전적으로 의존해야 하는 것은 이 작품의 특장이자 단점이 될 수도 있다. 비대한 이늑대와 날렵한 몸매를 지닌 백여우가 줄곧 함께 무대에 있기 때문에 두 인물 사이의 불균형이 두드러져서 웃음을 유발하게 될 것이다. 그리고 대사의 빠른 진행과 말 되받기, 전화기를 붙잡고 통화할 때의 적당한 몸짓이나 무대의 변화를 위한 인물의 적당한 동작선 등이 골고루 확보되어야 한다.

    박현숙이 1972년에 발표한 <빛은 멀어도>는 작가가 전반기 희곡에서 세태를 신랄하게 풍자했던 <세상은 온통 요지경 속>에서 다시 가정의 문제 또는 애정의 문제로 회귀하고 있음을 확인할 수 있게 해 준다. 그리고, 가정의 문제 또는 애정의 문제도 여성의 끝없는 인내와 희생 위에서 가능할 수 있다는 논리를 정당화하는 데 그쳤다. 그래서 작가의 여성관은 매우 보수적이고 전근대적인 지점에 머물고 있음을 보여준다.

    이 작품은 전통적인 사실주의 기법에 토대를 두고 창작된 작품이다. 그럼에도 불구하고, 인물의 성격이 명확하지 않고, 사건과 사건 사이에 인과성이 결여되어 있으며, 사건들이 너무나 비약적이고 작위적으로 처리되어서 리얼리티를 확보하기에는 많은 어려움이 뒤따른다.

    따라서, 이와 같은 작품이 공연될 때에는 드라마투르거의 활용이 필수적이다. 희곡의 내용을 무대 위에 그대로 재현하기보다는 드라마투르거의 작업을 통해, 또는 연출가의 작업을 통해 앞에서 지적한 문제들이 보완되어 '표현'되어야 하기 때문이다. 그리고, 제목 <빛은 멀어도>처럼 주인공들이 멀리 있는 빛을 찾아 헤매는 과정이 감동 있게 무대 위에 전개되기 위해서는 충격적인 사건들을 제시하기보다는 인물의 성격 구축에 힘쓰고, 인물 사이의 갈등관계에 논리적인 인과성이 담보될 수 있어야 한다.

참고문헌

자 료

박현숙, <세상은 온통 요지경 속>, 『박현숙문학전집』 제2권, 늘봄, 2001.
_____, <빛은 멀어도>, 『박현숙문학전집』 제3권, 늘봄, 2001.
_____, <연극의 매력>, 『박현숙문학전집』 제6권, 늘봄, 2001.
_____, 「작가의 말」, <빛은 멀어도> 공연 팸플릿, 1988. 9. 23~28.

논 저

강준만, 『한국 현대사 산책』 1권(초판 5쇄), 인물과 사상사, 2003.
김선주, 「박현숙 희곡 연구」, 석사학위논문, 경산대학교 대학원, 2000.
김은실, 『여성의 몸, 몸의 문화정치학』, 또 하나의 문화, 2001.
김충식, 『정치공작사령부 남산의 부장들』, 동아일보사, 1992.
변신원, 「박현숙 희곡작품에 대한 여성비평적 연구」, 석사학위논문, 연세대학교 대
　　　　학원, 1989.
심정순, 「무대에 올려진 여성 문제의 현실-한국 희곡에 나타난 페미니즘」, 『문학사
　　　　상』, 문학사상사, 1994. 4.
유민영, 「박현숙론」, 『박현숙문학전집』 제1권, 늘봄, 2001.
유진월, 「여성 중심 비평의 출발-한국 희곡에 나타난 페미니즘」, 『한국희곡과 여성
　　　　주의 비평』, 집문당, 1996.
윤석진, 「1960년대 한국 희곡에 나타난 멜로 드라마적 경향 연구-박현숙의 작품을
　　　　중심으로」, 『한국연극학』 10호, 1998.

이근삼, 『연극의 정론』, 범서출판사, 1977.

이미원, 「박현숙 희곡 연구」, 『한국연극학』, 한국연극학회, 1998.

전성희, 「박현숙 희곡에 나타난 여성들의 가정 지키기」, 『명지전문대학 논문집』
　　　제21집, 1997.

채세미, 「박현숙 희곡 연구」, 석사학위논문, 서울여자대학교 대학원, 1997.

한상길, 『한국연극의 쟁점과 반성』, 현대미학사, 1992.

피터 퓌츠 지음·조상용 옮김, 『드라마 속의 시간-극적 긴장 조성의 기법』, 들불,
　　　1994.

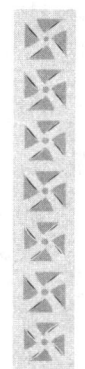

제4장 희곡집 『그 찬란한 유산』 발간 시기

희곡 쓰기의 새로운 도전과 정착, 그 무대화의 방향 / 여세주

희곡 쓰기의 새로운 도전과 정착, 그 무대화의 방향

여세주

1. 서론

설중매(雪中梅) 박현숙(朴賢淑)은 김자림과 함께 한국희곡사에서 제1세대 여성극작가로서의 위치를 차지하고 있다.[1] 사실, 박현숙은 희곡작가이기 이전에 연극인으로 출발했다. 대학시절 연극동아리에서 배우로 활동하면서 각광을 받았으며, 이런 인연으로 차범석, 이용찬, 허규, 김경옥, 이두현 등과 함께 제작극회의 창단멤버로 활동하기도 하였다.[2] 박현숙이 희곡작가로 활동하기 시작한 것은 1959년 <항변>이 조선일보 신춘문예에 입선되면서부터이다. 이듬해인 1960년에도 <사랑을 찾아서>로 조선일보 신춘문예에 가작 입선하였고[3], 1962년에는 <땅 위에 서다>로 조선일보 신춘문예에 당선되었다. 그 후 지금까지 총23편의 희곡을 창작·발표하였다.

박현숙 희곡에 대한 연구는 주로 페미니스트적 관점에서 관심의 대상이

---

1) 유민영은 박현숙을 한국 최초의 본격적인 여류희곡작가라고 자리매김하고 있다. 유민영, 『한국현대희곡사』, 홍성사, 1982, 493쪽.
2) 박현숙, 「나와 制作劇會」, 『나의 독백은 끝나지 않았다』, 혜화당, 1994, 참조.
3) 『박현숙희곡전집』의 작가연보에는 이 작품의 발표연도가 1961년으로 기록되어 있는데, 이는 오류이다.

되어 왔다.[4] 여류희곡작가라는 이유 때문에, 연구 경향도 극히 한정된 방향에 국한되어 있었던 것이다. 그의 대부분의 희곡이 가정 문제에 몰두하면서 여성 특유의 시각을 드러내고 있음에는 틀림없다. 그러나 박현숙의 희곡들을 페미니즘 희곡이라는 범주로 강제할 수 없다. 박현숙의 희곡들이 가정의 건강성을 거듭되는 주제의식으로 삼으면서 가부장제 사회 속에서 겪는 여성들의 희생과 고통을 간접적으로 드러내고 있는 경우도 없지는 않지만, 그것이 성적 불평등이나 여성의 정체성 찾기 등 진정한 의미의 페미니즘을 문제 삼은 것은 아니기 때문이다.

박현숙 희곡을 여성주의 비평의 시각에 국한해서 바라보지 않고, 보다 다각적인 관점에서 살펴보고자 한 연구들도 나타났다.[5] 당연히, 이들 연구들은 작가의식의 변모, 또는 구성상의 특성이나 극적 기법을 해명하는 쪽으로 나아갔다. 그 결과, 박현숙 희곡의 전반적인 성향을 한눈에 조망할 수 있게 하는 성과를 얻은 것도 부정할 수 없다. 그러나 이들 연구 또한, 박현숙의 희곡들이 지닌 작가의식의 변모나 구성상의 특성 및 극적 기법 등에 주목하면서도 드라마투르기의 문제로까지 논의를 진전시키지는 못했다. 희곡작품에 동원된 극적 기법들의 무대미학적 효용을 규명하는 데

---

4) 박현숙 희곡을 여성주의적 비평의 관점에서 논의한 주요 논문으로는, 변신원의 「박현숙 희곡작품에 대한 여성비평적 연구」(연세대 대학원 석사논문, 1989.), 심정순의 「무대에 올려진 여성 문제의 현실-한국희곡에 나타난 페미니즘」(『문학사상』, 문학사상사, 1994.4.), 유진월의 「여성중심 비평의 출발-한국희곡에 나타난 페미니즘」(『한국희곡과 여성주의비평』, 집문당, 1996.), 전성희의 「박현숙 희곡에 나타난 여성들의 가정지키기」(명지전문대학 『논문집』 제21집, 1997. 12.) 등이 있다.

5) 채새미의 「박현숙 희곡 연구」, (서울여자대학교 대학원 석사논문, 1997.), 이미원의 「박현숙 희곡 연구」(『한국연극학』, 한국연극학회, 1998.), 김선주의 「박현숙 희곡 연구」(경산대학교 대학원 석사논문, 2000.8.)가 이러한 시각에서 이루어진 대표적인 연구이다.

까지 나아가지 못하고, 여러 기법들을 추출하여 정리하는 차원에 머물렀다고 할 수 있다.

이와 같이, 박현숙 희곡에 대한 연구는 여성주의 비평이나 구성기법의 특성을 정리하는 차원에서 크게 벗어나지 못한 한계점을 지니고 있다. 뿐만 아니라, 박현숙의 희곡작품 모두를 한꺼번에 분석의 대상으로 삼으면서 그 전반적 특성들을 잡아내려고 했기 때문에 개별작품이 지닌 특수성은 무시되거나 개괄하는 수준에서 크게 벗어나지 못하고 있는 실정이다. 따라서 이제 박현숙 희곡에 대한 연구는 한걸음 더 나아가 드라마투르기의 문제를 살펴보는 쪽으로 방향전환을 시도할 필요가 있다.

무대에 올려지지 않은 희곡은 불완전하게 남을 수밖에 없다고 전제할 때, 희곡작품에 대한 비평이나 연구는 그 희곡이 지닌 연극적 효용성에 대한 분석이 반드시 이루어져야 한다. 무대화와 관련된 이러한 작업은 내용분석과 함께 희곡작품의 연출방향에 중요한 지침을 줄 뿐 아니라, 그 희곡에 대한 독자의 일반적 이해에도 도움을 줄 수 있기 때문이다. S.W.Dawson도 "한 희곡 작품에 대한 어떠한 비평적 토론도 그것이 어떤 의미에 있어서든 연출의 개요적인 설명을 포함하고 있지 않으면 우리의 이해를 증진시키기 어려운 것"6)이라고 한 바 있다.

이 논문은 이러한 입장에서 박현숙의 80년대 희곡 두 편을 집중적으로 분석해 보려고 한다. 작품 하나하나가 지닌 구성의 특수성이나 극적 기법을 미시적으로 분석하여 무대미학적 효용성을 따지는 데까지 나아갈 것이다.

박현숙은 1976년 희곡집 『가면무도회』를 출간한 이후 1985년까지 근

---

6) S.W.Dawson, 『극과 극적 요소』(천승걸 번역), 서울대학교 출판부, 1984 개정판.

10여 년 동안 희곡을 창작하지 않았다. 이런 긴 휴식기를 거친 후 80년대 후반에 들어와 희곡창작을 다시 시작하는데, 80년대에는 두 편의 작품을 남기고 있다. 따라서 박현숙의 희곡문학은 70년대까지의 전반기 희곡과 80년대 이후의 후반기 희곡으로 갈라서 살펴볼 필요가 있다. 이렇게 볼 때, 긴 휴식기를 거친 끝에 쓴 80년대의 희곡 두 편은 박현숙 희곡세계의 흐름을 간파하는 데 있어서도 반드시 주목되어야 할 작품인 것이다.

이 시기의 작품으로는 <그 찬란한 유산>(1986.7, 한국문학 7월호)과 <여자의 城>(1989,10, 월간문학 10월호)이 있을 뿐이다. <그 찬란한 유산>은 공연된 바 없고, <여자의 城>은 청주 신세대주부극단의 창단공연으로 1999년 7월 너름새극장에서 처음 공연된 바 있다.

2. 〈그 찬란한 유산〉:관심의 확대와 비사실적 기법의 활용

2.1. 자전적 가족사 희곡

<그 찬란한 유산>은 5대에 걸친 가족사를 다루고 있다. 제1세대로 할머니 김덕성, 제2세대로 아버지 박순일과 어머니 송정옥, 제3세대로는 박순일의 딸 박선희와 사위 김기호, 제4세대로는 박선희의 아들 김민과 며느리 유라, 제5세대로 박선희의 손자 이삭과 그 친구 도영미의 이야기가 시간적 순서에 따라 이어진다. 5대에 걸친 이야기가 2막으로 구성되어 있는데, 제1막에서는 1,2세대의 이야기를 다루고, 제2막에서 3,4,5세대들의 이야기를 다루고 있다.

각 막에서 중심축을 이루는 인물은 어머니이다. 제1막의 '어머니'는 '김

덕성'이며, 제2막의 '어머니'는 '박선희'이다. 작가 박현숙의 대부분 희곡 작품은 이처럼 어머니 중심의 시각으로 가정이나 사회의 문제를 바라보고 해결하려 한다.

이 희곡은 선행연구들에서 이미 언급된 바와 같이 박현숙의 자서전적인 작품임에 틀림없다.[7] 이러한 사실은 극중인물, 시·공간적 배경, 사건 등 에서 구체적으로 드러나고 있다.

극중인물 가운데서, 제1막의 '어머니' 김덕성은 실재한 외할머니의 본 명이다. 작품에서는 친할머니로 설정하여 놓았는데, 재령 나무리골에 피신 하여 있을 때에 함께 살았다. '박순일'과 '송정옥'도 부모의 실명을 그대로 옮겨놓고 있다. 제2막에서 할머니인 송정옥과 재혼했다가 파경에 이르게 한 인물인 '이시화' 역시 작가 박현숙의 실재한 의붓아버지이다.[8] 또한 임학봉 목사 역시 실제인물이다.[9] 이런 가계도로 미루어볼 때, 제2막의 '박선희'는 작가 자신을 반영한 인물임에 틀림없다. 제2막의 어머니인 '박 선희'가 간호원이었다는 이력도 작가 자신의 경력과 일치한다. 그러나 '박 선희'의 남편으로 설정한 인물, 의대 졸업반으로 서울대 병원에 근무하다 가 6·25때 학도병으로 징집되어 북한으로 끌려간 '김기호'나 아들 '김민'

---

7) 이 희곡이 자서전적 작품이라는 사실은, 유민영이 희곡집 <그 찬란한 유산>(1986)의 해설에서 언급한 이후, 작가와 함께 제작극회 활동을 했던 김경옥의 「박현숙론」(『한국 현역 극작가론1』, 예니, 1987.)에서도 이미 지적된 바 있으나, 구체적인 대비는 이루어지 지 않았다.
8) 박현숙, 「나의 유·소녀 시절」, 『나의 독백은 끝나지 않았다』, 혜화당, 1994, 40쪽.
9) 임학봉 목사는, 작가가 간호학교에 다니던 시절에 임종을 앞두고 찾아온 작가의 의붓아버 지 이시화를 임종에 이르기까지 보살펴 준 사람으로, 1·4후퇴시 해주경찰서 지하실에서 화형 당하였다고 한다. 박현숙, 「나의 간호학교 시절」, 『나의 독백은 끝나지 않았다』, 49쪽.

등 나머지 인물들이 작가의 실재한 주변 인물과 어느 정도 닮아 있는지는 확인하지 못하였다.

작품의 시·공간적 배경도 작가의 가족의 삶과 일치시켜 놓고 있다. 제1막의 배경은 1925년 황해도 재령 어느 산골의 화전민 부락으로 되어있는데, 박현숙은 1926년 황해도 재령군 신대리 두메산골에서 태어났다. 제2막의 시공간적 배경은 1986년 서울 근교인데, 해방 후 월남하여 살아온 작가가 작품 창작 당시의 현실적 시공간을 그대로 제2막의 시·공간적 배경으로 삼고 있음을 알 수 있다.

사건 설정에서도 실제적 상황과 작품의 상황은 매우 유사하다. 작품 속의 독립단 재령지부장인 '박순일' 가족은 일제의 억압을 피해 산골 마을로 피신하여 살고 있으며, '박순일'은 결국 일본 헌병대에게 체포되어 갔다가 살해된 채 시체로 돌아온다. 작가 박현숙의 아버지인 박순일은 3·1운동에 참가하였는가 하면, 일어통역관으로 지방법원에 근무하면서 조선사람 피의자를 은밀히 도와주었다는 이유로 직장에서 쫓겨나 요시찰인물로 감시를 받자 황해도 재령으로 피신하여 살았으며, 1929년 구국만세운동의 시위주동자로 몰려 죽임을 당한 채 한 구의 시체로 돌아왔다.[10] 작가 박현숙의 아버지가 그러했듯이, 작품 속의 '박순일'도 "당당한 독립운동가이면서도 역사에 기록하나 남기지도 못한 채 죽어간 억울한 청년"[11]이었다. 그리고 작가의 어머니 송정옥이 자칭 군수의 아들이라는 이시화를 만나 재혼했다가 파경에 이른 사건도 작품 속에 그대로 드러내고 있다.

이처럼, <그 찬란한 유산>의 제1막은 황해도 재령 땅 어느 화전민 촌

---

10) 박현숙, 「나의 유·소녀 시절」, 『나의 독백은 끝나지 않았다』, 38~39쪽.
11) <그 찬란한 유산>, 『박현숙문학전집』, 제3권, 늘봄, 2001, 217쪽.

에서 작가의 아버지가 일본 식민통치의 억압에 항거하다가 희생되는 과정과, 이런 과정에서 겪는 외할머니와 어머니의 고통과 아픔을 모델로 삼고 있다. 그리고 제2막은 월남 이후의 작가 자신과 그 가족들이 겪는 가난한 삶을 반영하고 있다.

2.2. 현대사의 질곡을 겪어온 양심적인 가족의 통한(痛恨)

이 작품은 3·1 독립운동 이후, 독립단의 항일운동, 6·25 남북전쟁, 4·19 민주의거 등 격동의 역사를 살아오면서 겪게 되는 한 가족사의 이야기를 다루고 있다. 제1막과 제2막 사이에는 60여 년이라는 시간적 간극을 지니고 있다. 1925년 황해도 재령 어느 산골의 화전민 부락에서 벌어지는 제1,2세대의 이야기는 제1막에서, 1986년 서울 근교를 배경으로 한 제3,4,5세대의 이야기는 제2막에서 다루어진다. 이들 가족사는 '어머니'를 중심으로 전개된다.

제1막의 '어머니'(김덕성)는 3·1운동으로 남편을 잃고, 일본의 억압을 피해 산골 화전민 부락에 들어와 살고 있다. 그러나 독립단 재령지부장으로 항일운동을 하던 아들 '순일'도 일본 헌병대에 잡혀가 고문을 당한다. 아들이 잡혀간 사이 며느리 '정옥'은 딸을 낳고 헌병대장과 조선인 형사에게 능욕을 당하는 고초를 겪기도 하며 하루하루를 힘겹게 살아가는데, 아들 '순일'은 일본 헌병대장의 계략에 따라 조선인 형사에게 계곡으로 떠밀려 죽은 시체로 돌아온다.

이처럼, 제1막에서는 일제의 식민지 탄압에 저항하면서 살아가는 양심적인 한 가족의 고통을 그리고 있다. 일본 식민통치의 모순을 고발하려는 의도는 없다. 식민지 통치체제에 저항하며 살아가는 한 가족의 희생과 힘겨운 삶을 그리는 데에 초점이 주어져 있다. 일제의 식민지 통치체제는 일본인 헌병대장과 그 하수인 노릇을 하는 조선인 형사로 구체화되어 나타난다. 헌병대장의 야비한 계략과 음모, 자신의 영달을 위해 일본 헌병의 하수인 노릇을 하는 조선인 형사의 어리석음이 잘 형상화되어 있다. 조선인 형사는 헌병보조원으로 승진시켜 준다는 헌병대장의 계략에 넘어가 항일운동원인 '순일'을 계곡으로 밀어 살해하고, 독립단원 '김철'을 숨겨주었다는 이유로 교회에 불을 질러 임 목사를 타죽게 한다. 조선인 형사도 결국에는 일본 헌병대장에 의해 희생되고 말지만, 이들은 가해자이며 항일운동가 집안인 '순일'네 가족은 피해자이다. 일제 식민통치 하에서 일본 헌병대의 하수인 노릇을 하며 악역을 일삼아 온 조선인 가해자와, 그로 인해 고통당하는 피해자 가족의 갈등과 대립이 잘 드러나 있다. 그러나 헌병대 앞잡이 노릇을 하는 조선인 형사들을 바라보는 작가의 시선은 관대하다. 악의 실체는 어디까지나 일본 헌병대장이며, 조선인들은 자신의 영달을 위해서 비록 일제의 앞잡이 노릇을 하긴 했지만 일제의 계략에 속아 넘어갔을 뿐이다. 작가는 일본의 하수인이었던 조선인 형사들을 피해자로 바라보고 있는 것이다. 헌병대장에 의해 그들도 결국 죽음을 당하는 사건으로 마무리되기 때문이다. 이처럼, 제1막에서는 한 가족의 삶을 통해 일본 식민지의 질곡 속에서 겪어야 했던 민족적 아픔까지 드러내고 있음을 확인할 수 있다.

제2막의 '어머니'는 제1막에서 갓 태어난 유복녀 '박선희'이다. 작가의 분신으로 설정된 인물이기도 하다. '어머니'의 남편 '김기호'는 의사였으나 6·25 전쟁 중에 끌려가 소식조차 모르고 산다. 아들 '김민'은 4·19때에 부상으로 다리 하나를 잃은 불구의 몸이 되어 변변한 직장도 구하지 못한 채 폐인처럼 살고 있다. 며느리 '유라'는 이혼하고 돈 많은 권세가와 재혼해 버렸다. 이런 상황에서 '어머니'는 포장마차 장사를 하며 어렵게 생계를 꾸려나간다. 그래서 손자 '이삭'은 가난 때문에 새벽에 신문을 돌리고 낮에는 공장에 다니면서 야간 고등학교에 다니지만, 이름 그대로 이 집안의 이삭이다.

제2막의 이런 내용으로 볼 때, 제3세대가 겪는 가난의 고통을, 항일운동에 따른 제2세대의 몰락과 그 고통의 대물림 현상[12]이라고 해석할 수는 없다. '어머니'는 의사 남편을 만나 넉넉하게 살아갈 수 있었다. 그럼에도 불구하고 '어머니'가 포장마차를 이끌며 가난하게 살아야 했던 것은 서울 대학 병원 의사로 있던 남편이 6·25때에 북한으로 끌려갔기 때문이며, 아들이 4·19 민주의거 때에 부상을 당해 취직을 하지 못한 탓이다. 다시 말하자면, 작가는 제3세대가 겪는 고통의 요인을 우리 민족의 불행한 역사 속에서 찾고 있다. 따라서 제2막에서도 6·25 동족상잔과 4·19 민주의거 등 격랑의 한국현대사를 살아오면서 양심적인 한 가족이 겪어야 했던 가난의 아픔을 그리고 있다는 사실을 알 수 있다.

그런데 제2막에서 작가가 전달하고자 하는 이와 같은 메시지는 지나치게 확대되어 있는 두 사건 때문에 불분명하게 제시되고 있다.

첫째, 포장마차를 하던 '어머니'를 자주 찾아와 도움을 주던 '박사장'이라는 사람이, 일제시대 때 자신의 아버지를 죽인 '도형사'의 아들이라는 사실을 고백하면서 사죄하고, '어머니'는 그 아들에게까지 죄를 물을 수

---

12) 유민영은 「박현숙론」(『박현숙문학전집』, 제1권, 늘봄, 2001, 230쪽.)에서 "식민지 시대를 정면으로 거부했기 때문에 2대가 참담하게 몰락하고 3대까지 그 고통의 유산을 물려받아야 했던 몰락가문"이라고 해석하고 있다.

없다며 관용을 베푼다는 줄거리가 길게 펼쳐져 있기 때문이다.

> 박사장 : (머뭇거리며) 사실은 제가 바로 일제 말엽 아주머니의 아버
> 님을 죽음으로 몰아넣은 도형사의 하나밖에 없는 외아들입
> 니다.
> 어머니 : 네?(놀라 당황하며) 아니, 그럼 박씨가 아니라 도씨란 말씀이
> 세요?
> 박사장 : 네, 그렇습니다. (술을 다시 마시며) 제가 바로 그 원수의
> 아들인 도씨라고요 어떠세요 저에게 원수를 갚으시겠는지
> 요?
> 어머니 : (멍청히 아무 말도 못한다.) 뭐, 다 흘러간 옛날 옛적 얘긴데
> 요.
> ⋯⋯(중략)⋯⋯
> 어머니 : 다 지나간 후, 그것도 부모가 잘못한 일, 그 자손들이야 무슨
> 죄가 있겠어요? 오히려 부모 때문에 멍이 든 피해자들이지
> 요.(한숨을 내쉰다.)[13]

가해자였던 '도형사'의 아들(박사장)이 속죄해 오고 피해자였던 '박순
알'의 유복녀 '어머니'(박선희)는 그를 용서하지만, 온전히 용납한다는 것
은 쉽지 않은 일이다. 그래서 대학에 합격한 손자 '이삭'이 같은 대학에
다니는 '박사장'(도사장)의 손녀 '영미'와 친구 이상으로 가까워지는 것을
허락하지 않는다.

> 어머니 : 틀림없이 저분이 저 애 친할아버지냐?
> 이 삭 : 네, 할머니.(할머니 얼굴을 살핀다.) 왜 그러세요, 할머니?

---

13) <그 찬란한 유산>, 앞의 책, 202~202쪽.

　　　　무슨 사연이라도?
어머니 : 아니다.(깊은 생각에 잠기며) 아무 것도…
이　　삭 : 저 앤 아주 훌륭한 가문에 태어난 애라니까요.
어머니 : (말을 막으며) 그 훌륭한 가문 얘긴 빼고 해라. (강한 어조다.)
　　　　그리고 그 애와 앞으론 친구까지는 허락한다. 그러나 그 이
　　　　상의 애인이나 결혼상대론 절대 안 돼.[14]

　　제2막의 이러한 장면들이 "동족탄압의 앞잡이 노릇을 하고서도 해방
이후 아무런 속죄 없이 잘 사는 가문과의 갈등에서 왜곡된 현대사를 되돌
아보게"[15] 한다. 그렇지만, 스토리의 핵심을 일제 하에서 동족을 탄압한
가해자와 그 피해자 사이의 대립과 화해로 몰아갈 수는 없다. 왜냐 하면,
제2막의 사건이 과거에 가해를 했던 집안의 삶이나 그들에 대한 피해자
가족의 용서와 관용으로 압축되어 있지 않기 때문이다.
　　둘째, 가난으로 인해 아들과 이혼을 하고 부유한 노인과 결혼하여 미국
으로 이민 갔던 며느리가 돌아온 사건이 그 다음 장면에 계속되고 있는
것도 제2막의 핵심적인 메시지를 흐리게 만든다. 특히, 며느리에 대한 아
들의 용서를 종용하는 장면은 매우 큰 비중으로 다루어져 있다. 돌아온
아내를 용납하지 않으려는 아들에게, 어머니는 자신이 3·8선을 넘으면서
성폭행 당한 사실까지 고백하면서(이 장면은 극중극으로 제시된다.) 아내
를 용서하라고 부탁하고, 할머니의 장례에 아내의 상복까지 준비하도록
시킨다. 이 장면은 사랑을 바탕으로 하는 가족의 화목한 삶을 의도하고
있는 듯하여, 제2막 전체의 핵심적인 메시지 파악을 어렵게 만들고 있다.

---

14) <그 찬란한 유산>, 앞의 책, 227쪽.
15) 유민영, 「박현숙론」, 『박현숙문학전집』, 제1권, 늘봄, 2001, 230쪽.

그러나, 중심 메시지를 흐리게 만드는 이들 장면들도 제2막 전체의 사건구조로 볼 때에는, 가족 구성원들이 겪은 여러 사건 가운데 하나라고 볼 수 있다. 제2막은 점층적 구조가 아니라 에피소드적인 구조를 취하고 있는 것이다. 그렇다면, 제2막에서도 작가는 자신의 가족이 파란의 현대사를 거치면서 겪어온 모든 아픔과 한을 풀어헤쳐 놓으면서, 그 응어리를 "스스로 치유하기 위한 노력을 하려는 듯하다."[16] 따라서 <그 찬란한 유산>은 격랑의 한국현대사를 살아오면서 양심적인 한 가족이 겪어야 했던 통한(痛恨)과 그것의 극복을 통한 가족의 화목한 삶에 대한 지향의지를 그리고 있으며, 이 작품의 주제 또한 여기서 찾아야 할 것이다.

박현숙의 70년대까지의 작품들은, 이미 선행연구자들이 지적했듯이, 가정의 문제라는 극히 제한된 소재에서 벗어나지 못했다. 그러나 이상의 분석을 통해 볼 때, 80년대의 이 작품에 이르러서는 가족사의 문제를 다루되, 한국현대사의 질곡을 그쳐오면서 겪은 민족적 아픔을 과감히 끌어들임으로써, 작가적 시각을 한층 확대시키고 있음을 확인하게 된다. <그 찬란한 유산>은 이런 점에서 박현숙의 여느 희곡과는 변별성을 지닌 작품으로 주목되는 것이다.

작가 박현숙은 이 작품을 통해서, 자신의 어머니와 자신이 살아온 힘겨운 삶의 역정을 하나의 자서전으로 엮어내고 있음을 알 수 있다. 박현숙의 이 작품은 자신의 어머니에게 비치는 헌사라고 해도 그 창작의도에서 벗어나지 않을 것이다. 작가 자신을 반영한 '박선희'가 어머니 '송정옥'의 주검 앞에서 어머니의 힘겨웠던 인생 역정을 되뇌며, 어머니가 물려준 십자가를 귀중하고 찬란한 유산으로 받겠다고 울부짖는 장면을 제2막의 마지

---

16) 유민영, 앞의 글, 앞의 책, 230쪽.

막 장면으로 삼고 있기 때문이다. 작가 박현숙은 무남독녀로 태어나 삼팔선을 넘어 월남한 이후 어머니의 생사조차 모른 채 살아온 사람이다. 따라서 주인공 '박선희'의 독백은, 작가가 만년에 이르러 북한에 두고 온 자신의 어머니를 향한 애틋한 참회라고 할 수 있다. 어머니에게서 물려받은 십자가를 유산으로 여기면서 이제 어머니의 죽음을 스스로 인정하고 가슴속에 그 어머니의 한을 애써 묻으려는 처절한 몸부림처럼 느껴진다.

2.3. 비사실적 기법의 무대미학적 효용성

<그 찬란한 유산>은 사건 제시나 화법, 무대장치 등에서, 기본적으로 사실주의적 기법을 취하고 있다. 그렇다고 해서, 고전주의 희곡들이 추구한 삼일치법을 충실히 따르고 있는 것은 아니다. 5대에 걸친 가족사의 긴 세월을 이야기하려다 보니, 공간이동이 잦고 제1막과 제2막 사이에는 60여 년의 시간적 간극을 지닌다. 이 희곡이 지닌 시·공간의 잦은 변화를 무대 위에서 원활하게 그려낼 수 있도록, 작가는 회전무대를 활용하도록 하는가 하면, 환등기를 사용하여 시간적 경과나 계절의 변화, 배경 효과 등을 표현하도록 지시한다. 부분적으로 서사극적 기법을 도입하고 있는 셈이다. 그러나 이런 비사실주의적[17] 요소들이 이 작품의 근간을 이루고 있는 사실주의적인 흐름을 바꾸어 놓지는 못한다. 따라서 이 작품은 사실주의 희곡을 근간으로 삼고 있으면서 부분적으로 서사극적 기법을 절충하고 있음을 확인할 수 있다.

---

17) 연극의 기법을 크게 사실적인 극(요소)과 비사실적인 극(요소)로 나누어 볼 수 있다. 애드윈 윌슨은, "사실적인 요소와 비사실적인 요소는 연극의 모든 분야-대본, 무대장치, 의상, 연기-에서 찾아볼 수 있다."고 하였다. Edwin Wilson, 『연극의 이해』(채윤미 옮김), 예니, 1998, 71~74쪽 참조

회전무대가 설치되어 있지 않은 소극장에서 이 희곡을 상연할 경우, 공간의 잦은 전환이나[18) 시간적인 간극 때문에 그 사실주의 분위기를 온전히 무대화하기는 어렵다. 무대 공간을 분할하여 동시무대로 활용하거나 조명 효과 등에 의한 서사극적 기법으로 무대를 전환시킬 수밖에 없다. 이에 따라 배우의 연기에서도 비사실주의적으로 표현하는 것이 바람직하다.

이 작품은 파란 많은 한국 현대사의 길고 긴 질곡을 살아온 한 가족의 5대에 걸친 삶을 객관화시켜 그리고자 하였다. 긴 세월에 걸친 가족사를 효과적으로 전달하기 위해서라도 무대 위에서 벌어지는 사건들을 역사화하여 제시하는 것이 바람직하다고 여겨진다. 다시 말해, 서사극적 연출을 통해 관객들이 객관적인 거리에서 무대 위에 던져지는 장면을 바라볼 수 있도록 하는 것이 무대미학적 효용성을 높일 수 있을 것으로 보인다.

이 작품의 무대공간화 작업에서 또 하나 보완해야 할 사항은 극적 긴장을 조성하는 문제이다.[19) 관객의 호기심을 불러일으키고 관객의 주의를 지속적으로 이끌어낼 수 있는 극적인 구성을 갖추어야 한다는 말이다. 극적 긴장은 하나의 행동이나 상황, 그리고 사건이 불안정한 상태에 놓여 있거나 갑자기 놀라움을 가져올 때에 조성된다. 극적 긴장을 조성하는 요소는 많다. 어떤 아이러니한 대사의 의미 해석 과정에서 오는 긴장, 두 인물 사이의 성격적 대조나 갈등에서 오는 긴장, 주어진 상황이 금방이라도 전혀 다른 상황으로 바뀔 것 같은 느낌에서 오는 긴장 등이 그것이다.

---

18) 제1막에서는 공간이 '화전민촌-주재소-화전민촌'으로 세 번이나 이동하고, 제2막에서는 '집-길거리-집-38선 접경-집'으로 바뀌고 있다.
19) 극적 긴장 조성의 기법에 대해서는 Peter Pütz의 『드라마 속의 시간-극적 긴장 조성의 기법』(조상용 옮김, 들불, 1994.)을 참조할 수 있다.

이 가운데 가장 지속적으로 관객의 주의를 이끌 수 있는 요소는 세 번째 요소이다.

<그 찬란한 유산>의 제1막과 제2막은 두 '어머니'를 중심축으로 사건들을 엮어놓았지만, 여러 명의 가족 구성원들이 겪은 많은 사건들을 파노라마처럼 길게 펼쳐놓았다.[20] 그런 만큼, 줄거리는 하나의 축으로 압축되지 못하고 산만하게 풀어지게 마련이다. 극적 구성이 하나의 문제의식에서 출발하여 그것을 해결해 나가는 과정으로 일관성 있게 집적되지 못했기 때문에 스토리텔링의 초점을 잃어버리고 만 것이다. 첫 장면에서 문제의 핵심, 즉 관심의 초점이 분명하게 제시되어 있지 않았으며, 문제의식이 제2막에 이르기까지 일관된 방향으로 유도되어 있지 않았다는 말이다. 극적 응축과 초점화의 상실은 개별적인 막에서는 물론이고, 제1막과 제2막의 연결에서도 드러나는 문제이다.

가령, 제1막에서는 일제의 앞잡이 노릇을 하는 집안과 독립운동을 하는 집안의 갈등대립을 그리고자 한 것인지, 일제의 교묘한 계략에 의해 희생되는 두 부류의 조선인(일본 앞잡이와 독립운동가)을 그리려고 하였는지, 문제의식의 초점이 분명하지 않다. 제2막에서도 6·25나 4·19 등 파란의 시대를 살아온 가족 구성원들의 고통을 말하려 한 것인지, 일제시대의 가해자 집안에 대한 관용과 용서를 말하려고 한 것인지, 그 문제의식이 하나의 초점으로 집중되어 있지 못하다. 그러다 보니, 제1막과 제2막의 연결이 일관성을 상실하게 되는 것은 당연하다. 제1막에서 일본의 앞잡이 노릇을 한 집안과 독립운동에 가담한 집안 사이의 갈등을 그리려고 했다면, 제2막

---

20) 이미원도 「박현숙 희곡 연구」(앞의 책)에서 "5대에 걸친 이야기를 하다보니, 그 내용이 깊이가 없어 피상적이며 극구성이 산만했다."고 하여 작품 구성의 한계를 지적하고 있다.

에서도 이 두 집안의 불균형이나 화해를 그리는 데에 모든 장면의 초점을 맞추어야 할 것이다. 그렇지 않고 5대에 걸친 가족사의 아픔을 그리려 했다면, 가해자 '박사장'(도형사 아들)에 대한 이야기를 대부분 축소하거나 빼버려야 스토리 구조의 일관성을 유지할 수 있을 것으로 보인다.

긴장된 상황을 조장할 수 있는 장면 설정의 문제는 이와 같은 스토리텔링 차원의 일관성이 해결된 후에야 고려되어야 할 사항이다. 스토리텔링의 초점을 찾지 못하다 보니, 극중인물의 성격적 대조나 갈등에서 오는 긴장이나, 사전 암시에 의한 주어진 상황의 국면전환에 대한 예견에서 오는 긴장, 사전 제시에 의한 기대감에서 오는 긴장 등을 만들어내지 못하고 있다. 이런 점에서, 박현숙은 이 작품의 스토리텔링의 초점화나 극적인 구성원칙으로서의 긴장 조성에 대한 치밀한 설계를 하지 못했다고 할 수 있다. 따라서 이 작품의 무대화 작업에서는, 스토리 구조의 중심을 어디에 둘 것이며, 어떻게 하면 극적 긴장을 조성하여 관객의 주의집중을 유도할 것인가에 대한 고심이 있어야 할 것이다.

3. 〈여자의 城〉: 가정 문제와 사실주의로의 회귀

3.1. 가정의 위기와 그 극복

<여자의 城>은 가장(家長)의 외도로 가정의 질서가 위기 상황에 처해 있다가 우여곡절 끝에 그 위기가 극복될 조짐을 가져오게 된다는 이야기이다. 가부장제 사회의 폐단인 가장의 외도 문제를 들춰내면서 가정의 건강성을 일깨우고자 한 작품임을 알 수 있다.

사건 전개의 핵심인물은 대학동기생이었던 세 인물, 즉 주인공 '천수', 그 아내 '수진', 옛 애인 '다미'이다. 주인공 '천수'와 아내 '수진'은 서로 다투게 된다. '천수'의 옛 애인이었던 '다미'가 이혼을 한 후 돌아온다는 전보가 부부싸움의 발단이다. 부부싸움 끝에 아내 '수진'은 친정으로 짐을 싸들고 가 버리고, '천수'는 사업을 빌미 삼아 '다미'를 만나면서 다시 가까워지게 된다. 어머니와 동생 '기숙'은, 결혼을 해서 가정을 이루었으면 그 가정은 무조건 지켜야 하는 것이 가장의 의무요 책임이라고 하면서 '천수'가 가정을 지켜주기를 종용한다. 하지만, '천수'는 38선이 막히는 바람에 남편과 헤어져 재혼하게 된 어머니의 과거까지 들추면서 수긍하지 않는다. 그러던 '천수'는 회사의 독일지점을 개설하려고 송금한 회사자금을 '다미'의 독일인 남편에게 횡령 당한 채 구속되며, 이 사건으로 '다미'는 자살한다. 이러한 상황에서 '수진'이 아들을 순산했다는 전화가 오고, 가정의 건강성을 회복하기를 염원하는 '어머니'의 기도를 끝으로 막이 내린다.

　이러한 줄거리로 보아, 한 가정의 위기는 '천수'와 그의 첫사랑 '다미'가 사업을 빌미로 새로 만나게 되면서 시작된다. '천수'와 그 아내, '수진', 그리고 '다미'는 대학동기생들이다. 대학시절 '천수'와 '다미'는 사랑하는 사이였다. 그러나 '다미' 집안의 반대로 이들의 사랑은 깨어지고, '천수'는 '수진'과 결혼하여 가정을 이루고 산다. 그런 상황에서 이혼하고 독일인과 동거중이던 '다미'가 귀국한다는 전보를 '천수'에게 보내고, 이 사실을 아내 '수진'이 알게 되면서 부부싸움이 일어난다. '천수'는 사업 때문에 만난다고 하지만, '수진'에게는 이들의 만남이 용납되지 않는다. 결국 '수진'은 친정으로 짐을 싸들고 가버리고, '천수'와 '다미'는 아무런 거리낌 없이 연인으로서의 관계를 맺어간다.

사건의 인과율로 보면, '다미'의 귀국이 가정불화를 야기한 원인이며, '다미'의 죽음으로 가정불화는 해결의 기미를 가져온다. 이 작품은 이런 점에서 다분히 사건중심의 희곡이다. 그러나 인물의 성격으로 볼 때, 이 작품에서 한 가정을 위기의 상황으로 몰고 간 근본적인 요인은 가정을 소중히 여기지 않는 '천수'와 '다미'의 가치관 때문이라고 할 수 있다. 미국에서 결혼 3년 만에 이혼을 하고 다시 독일인과 동거하면서 사업을 빌미로 가정을 가진 '천수'에게 조금의 거리낌 없이 접근하는 '다미'의 개방적인 성모랄, "피치 못할 사정이 있을 땐"[21] 두 여인을 동시에 사랑할 수도 있고 "이제 가정이란 울타리로부터 해방되고 싶어"[22]하는 '천수'의 이해타산적인 가치관이 한 가정을 위기로 몰아가고 있는 것이다.

이 작품의 인물들을 이항대립적으로 도식화한다면, 이들과 상대적인 입장에 서 있는 인물은 아내 '수진', '어머니', 동생 '기숙'이다. 남편과의 갈등이 빚어지자 친정으로 가 버리고 마는 아내 '수진'의 행위에는 다소 문제가 있지만, '수진'은 "가정이란 굴레는 그 안에 지켜야 할 규범과 의무가 있"[23]다고 생각한다. '어머니' 또한 어떤 상황에서든 여자는 가정을 지켜야 한다는 입장이다. 여자들은 어떠한 세월의 풍파를 겪더라도 가정을 지키는 것이 "여자의 운명이라 생각하면서, 한 계단 한 계단씩 성(城)을 쌓고 있"[24]는 존재로 인식하고 있다.

---

21) <여자의 城>, 『박현숙문학전집』, 제4권, 늘봄, 2001, 10쪽. "피치 못할 사정"이란 작품의 전체적인 내용으로 볼 때, 회사에서의 출세나 경제적 이득을 위한 상황으로 판단된다.
22) <여자의 城>, 앞의 책, 17쪽.
23) <여자의 城>, 앞의 책, 11쪽.
24) <여자의 城>, 앞의 책, 45쪽.

이 작품의 제목인 '여자의 城'은 바로 '아내들의 아성'인 가정을 비유한 말이다. 다음과 같은 대화에서도 이러한 비유는 단적으로 드러난다.

> 다미 : 사랑 없는 가정이야말로 지옥이야.
> 수진 : (나가려는 다미를 잡으며) 제발 부탁이야. 지옥이라도 좋다. 가
> 정이란 아내들의 아성이야. 그 아성이 부서지면 질서가 깨지고
> 가정이 조각나면 그로 인해 희생자가 많아지고 사회가 어지러
> 워지는 거야. …(하략)…25)

옛 친구이면서 지금은 연적(戀敵)이나 다름없는 '다미'와 '수진'의 대화 내용이다. 사랑이 없는 가정은 지옥이라는 '다미'의 논리에, 가정의 질서가 깨어지면 그에 따른 희생자가 생기므로 의무처럼 그 질서를 지켜나가야 한다는 것이 '수진'의 대응이다. '다미'의 사고방식은 가부장제 사회의 관습적 틀에서 일탈해 있지만, 그렇다고 해서 '다미'를 페미니즘 이데올로기로 무장된 여성으로 그리려 한 것은 아니다. '다미'는 다만 가정의 질서를 깨뜨리는 부정적인 인물로 그려져 있을 뿐이다. 그러나 이에 대응하여, '수진'을 여성의 아성인 가정의 파수꾼으로 형상화하지도 못했다. '수진'은 가정의 질서가 깨어지면 희생자가 생기고 사회가 어지러워진다는 생각을 가졌으면서도 남편과의 불화가 일어나자 친정으로 가 버릴 뿐 아니라, 가정을 지키려는 어떠한 노력도 하지 않기 때문이다. 이런 점에서 정작 주인공으로 그려져 있어야 할 '수진'의 극중 역할은 미미하고 성격도 애매모호하게 형상화되어 있다. 가정의 불화가 저절로 해결되고 치유되기를 기다리는 주변적이고 수동적인 인물로 창조되어 있을 뿐이다.

---

25) <여자의 城>, 앞의 책, 32쪽.

가정을 지키기 위한 노력은 오히려 '어머니'의 몫이다. 어머니는 38선이 갈리는 바람에 전남편과 생이별하고 홀로 '선숙'이라는 딸 하나를 낳은 후 새로운 남편을 만나 재혼하여 '천수'와 '기숙'을 낳았다. '어머니'는, 자신의 아픈 이력까지 들춰가며 '다미'와의 사랑을 정당화하려는 아들을 설득하기에 여념이 없다. 그러나 어머니 나름의 특별한 논리를 내세우고 있는 것은 아니다. 무조건 가정을 지켜야 한다는 의무를 저버려서는 안 된다는 막연한 주장만 늘어놓을 뿐이다.

이 작품의 마지막 장면은 '어머니'의 기도문 형식의 관념적인 독백으로 마무리되고 있는데, 작품의 주제도 이 독백에 의해 명징해진다. "여성의 일생이란 이렇게 어려운 파도를 헤치며 살아가는 것"이며, "일상의 고통과 쓰라림도 …(중략)…여자의 주어진 운명이라 생각하면서 한 계단 한 계단씩 성(城)을 쌓아가고 있습니다"라고 하는 것이다.[26] 이 마지막 장면으로 볼 때, 작가는 건전한 가정을 지켜나가기 위한 여성의 희생적 역할을 의도된 담론으로 삼고자 한다. 여성의 인고(忍苦)가 가정을 지켜나가는 길이라고 인식하고 있는 것이다. 부부간의 애정 파탄에서 비롯된 가정 결손의 위기를 극복하기 위해, 아들 '천수'가 "회개하고 제 아내 곁으로 돌아와 주겠지"[27]라는 막연한 기대를 가지고 여자의 인내[28]만을 강조하고 있는 것이다.

작가는 가부장 중심적 사고의 폐단을 잘 도려내고 있음에도 불구하고, 그것의 수정을 위한 적절한 대안을 제시하지 못한 셈이다. 결손의 위기에

---

26) <여자의 城>, 앞의 책, 45쪽.
27) <여자의 城>, 앞의 책, 45쪽.
28) '수진'이 부부싸움 끝에 친정으로 갈 때에도, '어머니'는 "부부가 싸웠다고 훌쩍 여자가 짐 챙겨들고 나가면 손해 여자쪽이야."라는 시각을 드러낸다.

처한 가정의 건강성을 회복하기 위한 방안으로 여성의 희생과 인고를 요구할 뿐이다.29) 여성의 무조건적 희생과 인고를 강조하고 미화함으로써, 작가의 여성의식은 가부장제 사회의 관습적 틀에서 벗어나지 못하고 있는 것이다. 이런 점에서 작가 박현숙의 여성의식은 매우 전근대적이다. "여성의 존재를 남성주의의 시각에서 바라본 것30)"이다.

이상에서 볼 때, <여자의 城>에서는 박현숙의 전반기 희곡들이 집착하고 있던 가정의 문제로 작가적 관심을 다시 되돌리고 있음을 확인할 수 있다. 오랜 침묵 끝에 창작한 작품, <그 찬란한 유산>에서 시도한 관심의 확대가 지속적으로 확산되어 나가지 못하고 다시 가정이라는 문제로 되돌아가 버렸다. 이처럼 작가가 가정의 문제에서 벗어나지 못하는 이유는, 편모슬하에서 무남독녀로 자랐던 작가자신의 성장 과정과 가정법원 가사조정위원으로의 활동 과정에서, 가정의 소중함을 절실히 깨닫고 그것을 일깨우고자 하는 작가정신을 간직했기 때문일 것이다.

3.2. 사실주의적 기법의 완성을 위한 드라마투르기

<여자의 城>은 대체로 사실주의적 기법에 바탕을 두고 있다. 그러나 사건전개에서 논리적인 인과율이 결핍되어 있다. 작품의 도입부에서 던져진 사건 자체의 자연스런 발전이나 인물의 성격적 전환이 필연적 결말을 가져오는 것이 아니라, 우연성에 의해 모든 것이 종결된다. 남편 '천수'와 아내 '수진' 사이의 부부갈등을 가져오게 된 충분한 상황을 제시하지 않은

---

29) 전성희도 이 희곡에 대하여 "건강한 가정의 복원을 위해 여성들의 희생과 양보를 요구하고 있는" 작품이라 지적하고 있다. 전성희, 앞의 논문, 앞의 책, 519쪽.
30) 이미원, 앞의 논문 참조

채 천수의 옛 애인 '다미'가 사업을 빌미로 '천수'에게 접근함으로써 가정 불화를 초래하게 하는 사건 발단부가 어떤 선취(vorgriff)[31]도 없이 급박하게 제시되어 있다. 또한, '천수'가 '다미'의 동거남인 독일인에게 회사의 독일 지사 설립자금을 횡령당하고 '다미'가 자살함으로써, 가정불화가 극복될 것처럼 암시하는 사건 종결부가 다분히 낭만적인 시각으로 처리되어 있다. 즉, 남편의 옛 애인이 출현함으로써 초래된 가정의 불안정이 옛 애인의 자살이라는 우연한 계기에 의해 다시 안정을 되찾을 것이라고 암시되면서 사건은 매우 작위적으로 종결되고 있는 것이다.

'천수'의 애정관 및 가정관에서 볼 때, 그리고 아내 '수진'이 부부싸움 끝에 친정으로 가버린 상황으로 볼 때, 이들의 가정의 불화가 쉽게 치유되거나 회복되기 어려운 상황이다. 또한, 부유한 가정의 딸이며 미국에 사는 남편에게 "엄청난 위자료"를 받고 이혼한 '다미'가 독일인 동거남의 횡령 사건으로 '천수'에게 피해를 입혔다는 이유로 자살한다는 것은, 인물의 성격적 변화나 현실적 삶의 논리가 빚어낼 수 있는 사실성과는 거리가 멀어 보인다. 따라서 이러한 결말처리방식은, 가정의 건강성은 어떤 경우에도 회복되어야 한다는 작가의 낭만적 시각에서 기인된 작위적 구성의 결과로 해석될 수 있을 것이다.

이 희곡이 남편의 외도 행위로 빚어진 가정의 위기와 그 극복 방안을 제시하면서 가정의 소중함을 깨우치려고 하였다면, '어머니'의 지나친 역할확대나 수녀가 된 '어머니'의 첫째 딸 '선숙'의 등장은 구성의 통일성을 오히려 깨뜨리는 요소이다. 이 작품에서 사건의 핵심은 가장의 비정상적

---

31) Peter Pütz의 『드라마 속의 시간-극적 긴장 조성의 기법』(조상용 옮김, 들불, 1994, 89쪽)에서 따온 용어이다.

인 애정관계에서 빚어진 가정불화가 어떻게 회복될 수 있는가의 문제이므로, 사건진행의 핵심에 놓여야 할 인물은 남편과 아내이다. 그럼에도 불구하고, 아내 '수진'의 역할은 지나치게 축소되어 있으며, 그 대신 '어머니'의 역할은 지나치게 확대되어 있는 것이다. <그 찬란한 유산>에서처럼 이 작품에서도 한 가정에서 어머니의 역할을 지나치게 강조한 것은 작가가 겪었던 현실적인 삶의 무의식적 반영인 것처럼 보인다.

스토리 구조에서도 '어머니'에 의해 마무리되고 있다. 이미 언급했다시피, '어머니'의 기도문으로 마지막 장면을 삼고 있는 것이다. 이런 결말부로 보면, 작품의 전체적인 스토리 구조와는 상관없이 마치 '어머니'를 작품의 주인공으로 설정한 것같은 인상을 준다. 다시 말하자면, '어머니'의 지나친 역할 확대로 스토리 구조의 통일성 구축에도 실패했다고 평가할 수 있다. 또한, '어머니'가 수녀 딸 '선숙'의 녹음된 목소리를 듣고 전화통화를 하는 장면이 이 작품의 스토리 구조에 어떤 기여를 하는지 의문이다. 뿐만 아니라, 여성신문사 기자이면서 '어머니'의 딸인 '기숙'이가 여성단체 회장으로부터 여성을 위한 법안의 국회통과 문제에 대해 전화를 받는 엉뚱한 사건을, 긴박하게 전개되어야 할 결말부에 길게 삽입시켜 놓은 것은 구성의 긴밀성을 떨어뜨리는 단점으로 이해된다. 이와 같이 구성의 통일성 결여로 인해, 이 작품의 주제도 구체적인 사건진행을 통해 자연스럽게 형상화되어 드러나지 않고 '어머니'의 독백에 의해 호소조로 설교되고 있다.

이 작품을 공연할 경우, 구성의 불통일성을 보완하고 주제를 인물의 행동 속에서 자연스럽게 드러내는 방향에서 드라마투르기나 연출이 이루어져야 할 것이다. 또한, 여성은 온갖 고통을 겪으면서도 인내로 가정이라는 성을 쌓아가야 한다는 논리의 합당성을 이끌어내기 위해, 아내 '수진'과 '어머니'의 성격구축에도 관심을 가져야 할 것이다.

4. 결론

희곡작가 박현숙에게 80년대는 10여 년간의 휴면을 끝내고 재출발하는 시기이다. 따라서 박현숙의 80년대 희곡 연구는 박현숙 희곡세계의 전체적 흐름을 파악하는 데 있어서 매우 중요한 작업의 하나이다. 이런 이유 때문에 이 논문에서는 박현숙의 80년대 희곡 <그 찬란한 유산>과 <여자의 城>을 집중적으로 분석해 보았다. 대부분 여성주의비평 또는 주제비평의 차원에 머물러 있는 기존연구들의 제한적 시각에 대해 반성하고, 두 편의 80년대 희곡이 지닌 극적 기법의 무대미학적 효용성을 따지는 데까지 나아가서, 궁극적으로는 무대 상연을 위한 드라마투르기의 방향을 제시해 보려고 하였다.

논의된 결과를 요약하여 제시하면 다음과 같다.

<그 찬란한 유산>은 극중인물, 시·공간적 배경, 사건 등을 작가의 삶의 이력과 비교해 볼 때, 작가의 어머니와 작가자신이 겪어온 삶의 역정을 그린 '자전적 가족사 희곡'이라고 할 수 있다. 격랑의 한국현대사를 살아오면서 양심적인 한 가족이 겪어야 했던 통한(痛恨)의 삶을 그리고 있는 것이다. 이 희곡의 극적 기법은 사실주의와 비사실주의를 절충하고 있다. 긴 세월을 이야기 하려다 보니, 공간의 잦은 전환이나 시간적인 간극이 필요했고, 이 때문에 온전한 사실주의를 지향할 수 없었다. 이 희곡의 무대화에서는 비사실주의적 기법으로 통일시켜 연출하는 것이 바람직할

것으로 보인다. 파노라마처럼 펼쳐놓은 긴 세월의 가족사를 효과적으로 보여주기 위해서라도 무대위에 벌어지는 사건들을 역사화하여 객관적으로 제시하는 것이 무대미학적 효용성을 높일 수 있을 것이다. 스토리텔링의 초점화나 극적인 구성원칙으로서의 긴장 조성에 대한 치밀한 보완을 통해, 관객의 주의를 지속적으로 집중시키기 위한 드라마투르기도 요구된다.

<여자의 城>은 가장의 외도 행위로 빚어진 가정의 위기와 그 극복 방안을 제시하면서 가정의 소중함을 일깨우고자 한 작품이다. 박현숙의 전반기 희곡들이 몰두해 있던 가정의 문제로 작가적 관심을 다시 되돌리고 있음을 확인시키는 작품이다. 극적 기법에서도 사실주의 희곡으로 복귀하고 있다. 그러나 사건 진행의 논리적 인과율이 결핍되어 있는데, 이는 가정의 건강성 회복을 강조하려는 작가의 낭만적인 시각이 결과한 작위적 구성 때문이라 여겨진다. '어머니'의 극중역할이 지나치게 확대되어 있는 등, 인물의 역할 설정 및 스토리의 구조에서도 통일성이 결여되어 있는 느낌이다. 따라서 이 작품의 무대화에서는, 구성의 불통일성을 확보하기 위한 대본정리가 가장 우선되어야 할 과제로 떠오른다.

이상의 논의를 통해 볼 때, 70년대까지의 박현숙의 희곡들은 가정의 문제라는 극히 제한된 소재에서 벗어나지 못하고 있었는데, 80년대에 이르러서는 새로운 희곡쓰기를 시도하고 있음이 엿보인다. 즉, <그 찬란한 유산>에서는, 그의 전반기 희곡이 지닌 주제의 편협성이나 사실주의 일변도의 기법을 떨쳐버리고 민족사의 문제에까지 관심을 확대하는가 하면 서사적 기법을 부분적으로 도입하고 있다. 그러나 이러한 새로운 도전은 시도로 끝난다. 뒤이어 발표한 <여자의 城>에서는 다시 가정의 문제나 사실

주의적 기법에 머물고 있기 때문이다.

　작가 박현숙이 이처럼 가정의 문제에 집착하고 있는 이유는, 편모슬하에서 무남독녀로 자랐던 자신의 성장 과정과 가정법원 가사조정위원으로의 활동 과정에서, 가정의 소중함을 절실히 깨닫고 그것을 일깨우고자 하는 창작정신을 끈질기게 간직하고 있기 때문일 것이다.

참고문헌

기본자료

박현숙, <그 찬란한 유산>, 『박현숙 문학 전집』 제3권, 늘봄, 2001.
박현숙, <여자의 城>, 『박현숙 문학 전집』 제4권, 늘봄, 2001.
박현숙, 『나의 독백은 끝나지 않았다』, 혜화당, 1994.

논 저

김선주, 「박현숙 희곡 연구」, 경산대학교 대학원 석사논문, 2000.
나덕기, 「박현숙 희곡 연구 : 여성의 비극적 삶과 풍자의식」, 『영남어문학』 제21집,
　　　　1996.6.
박혜령, 「한국 여성작가 희곡 연구:1960년대 박현숙 희곡 연구」, 『외대논총』 제24
　　　　집, 부산외국어대학교, 2002.2.
변신원, 「박현숙 희곡작품에 대한 여성비평적 연구」, 연세대 대학원 석사논문,
　　　　1989.
심정순의 「무대에 올려진 여성 문제의 현실-한국희곡에 나타난 페미니즘」, 『문학
　　　　사상』, 문학사상사, 1994.
유민영, 『한국현대희곡사』, 홍성사, 1982.

유민영, 「박현숙론」, 『박현숙문학전집』 제1권, 늘봄출판사, 2001.

유진월, 「여성중심 비평의 출발-한국희곡에 나타난 페미니즘」, 『한국희곡과 여성주의비평』, 집문당, 1996.

이미원, 「박현숙 희곡 연구」, 『한국연극학』, 한국연극학회, 1998.

전성희, 「박현숙 희곡에 나타난 여성들의 가정지키기」, 명지전문대학 『논문집』 제21집, 1997.12.

채새미, 「박현숙 희곡 연구」, 서울여자대학교 대학원 석사논문, 1997.

Edwin Wilson, 『연극의 이해』(채윤미 옮김), 예니, 1998.

Peter Pütz, 『드라마 속의 시간-극적 긴장 조성의 기법』(조상용 옮김), 들불, 1994.

S.W.Dawson, 『극과 극적 요소』(천승걸 번역), 서울대학교 출판부, 1984.

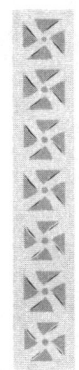

제5장 희곡집 『여자의 城』 발간 시기

작가의 여성관과 결말처리 방식 / 이상진
공동 사회와 이익 사회의 갈등과 화해 / 최창길

작가의 여성관과 결말처리 방식

이상진

1. 서론

여성작가가 드문 한국문단에서 박현숙은 60년대 이후 최근까지 활발한
활동을 벌인 여성극작가이다. 1960년대부터 현재까지 이어오는 그의 극작
활동에서 변함없는 점이 있다면 그것은 가정에 대한 문제를 다룬다는 것
이며, 그 중에서도 특히 여성에 대한 말하기이다. 이러한 경향은 작가 자신
이 여성이기 때문이기도 하겠고, 그의 이력에서 보이는 가정법원 가사조
정위원으로서의 경험의 영향이기도 하다. 그래서인지 그의 작품 속 여성
들은 여성에 대한 사회적 발언을 꾸준히 하고 있다.

이러한 박현숙의 작품활동에 대한 선행연구가 어느 정도는 있어왔으나
아직 그의 활동에 비해 연구가 많이 부족한 실정이다. 특히 박현숙 문학전
집 제5권에 실린 <생명의 전화를 받습니다>(모노드라마)와 <回路-일명:
파도야 말해다오>(2장)는 더 많은 논의가 필요하다. 기존의 연구는 주로
박현숙이라는 극작가가 여성이라는 측면을 부각시켰다. 물론 희곡계에서
그 당시 특히 60년대에 여성작가가 드물었던 것은 사실이다. 그의 작품
내용은 주로 가정 내 문제와 여성에 대한 것이 주를 이루고 있기도 하다.
박현숙의 60년대 작품들이 여성의 희생을 강요하는 등의 보수적 여성관을

보인 것을 시대적 요청에 부응하는 것으로 보는 견해도 있다.[1]

그러나 이러한 60년대의 보수적 여성관은 60년대를 지나 90년대까지 이어지고 있음에 문제가 있다. 또한 작중 인물들의 주 관심사가 사랑과 결혼과 가정을 영위하는 문제라는 점은 작가의 사회와 역사에 대한 인식의 부족과 한계로 볼 수 있다.

최근작이라 할 수 있는 두 작품에 대해 선행연구자들은 60년대에 보여주었던 작가의 인식이 가정이라는 좁은 공간 안에 머물러 있는 수준이었던 데 반해 90년대에 나온 일련의 작품들은 사회현실로 시선이 확대된 것으로 보았다.[2] 그러나 90년대 나온 작품들이 여전히 가정문제라는 틀을 벗어나지 못하고 있다. 이런 점에서 <생명의 전화를 받습니다>나 <회로>는 60년대의 작품 성향을 이어오면서 90년대적 성격이 함께 나타나는

---

1) 「한국 여성작가 희곡 연구: 1960년대 박현숙 희곡 연구」, 『외대논총』 제24집, 부산외국어대학교, 2002. 2. 참조.
2) 이미원(「박현숙 희곡연구」, 『한국연극학』 제11호, 한국연극학회, 1998.)은 작품을 시대별로 단순히 전반기와 후반기로 나누었다. 후반기 작품에 속하는 <회로>는 '격랑의 현대사'와 연결하여 분단희곡적 성격을 갖는 작품으로 보았다. 특히나 <회로>는 역사와 사회로의 작가 시각의 확대에 의해 나온 작품이라고 보았다. 그러나 박현숙의 희곡은 주제적인 측면에서 일관된 흐름이 있기 때문에 시대별로 전반기나 후반기로 단순 구분하는 것은 큰 의의를 갖지 못한다.
　　채새미(「박현숙 희곡연구」, 서울여대 국문과 석사논문, 1997.)는 <생명의 전화를 받습니다>를 행복한 가정에의 지향으로, <회로>는 조국통일에 대한 희구로 보았다.
　　김성희(「박현숙 희곡에 나타난 여성들의 가정지키기: 희곡집 『여자의 성』을 중심으로」, 명지전문대학 『논문집』 제21집, 1997. 12.)는 <생명의 전화를 받습니다>를 작가가 여성의 삶에 천착하는 데서 한 걸음 더 나아가 건강한 가정과 사회, 국가에 대한 소망을 보여주는 것으로 보았다.
　　김선주(「박현숙 희곡 연구」, 경산대 국문과 석사논문, 2000. 8.)는 주로 박현숙 희곡의 연극적 기법들을 중심으로 살펴보고 있으며 결말에 관한 언급에서 본고와는 일정 정도 차이가 있다.

작품으로 볼 수 있으며 작가의식의 변화과정을 추측할 수 있다.

<생명의 전화를 받습니다>는 30년의 가정법원 가사조정위원 경력을 가진 박진숙이라는 여성이 토요일 오후 2시부터 5시까지 "생명의 전화"라는 라디오 프로를 진행하면서 네 통의 전화를 받는 내용의 모노드라마이다. 여성인물인 박진숙은 혼자서 끊임없이 이야기하고 있는 격이지만, 그네 통의 전화 중 아들을 제외한 세 통이 고향언니, 딸, 대학동창이다. 여성 주인공과 전화통화를 하는 상대들 또한 여성이며 그들은 여성의 위치에 대해 끊임없이 이야기한다. <회로>는 40대 부부 정철수와 오유미가 소청도의 별장에 와서 지내는 이야기이다. 주된 갈등이 정철수와 오유미의 부부 문제이긴 하나 2장으로 넘어가면 정철수와의 대화보다 오유미와 오수미의 대화가 많아진다. 그들 또한 지난 세월 자신들의 어머니가 겪은 일과 자신들이 겪은 일을 이야기한다. 이렇듯 두 작품은 여성 인물들의 여성에 대한 말하기가 주를 이룬다.

본고에서는 박현숙의 최근작이라 할 수 있는 박현숙 문학전집 제5권에 실린 <생명의 전화를 받습니다>(1995)와 <회로>(1996)를 중심으로 여성에 대한 여성의 말하기를 살펴 보고, 그 속에 나타난 남성의 이분화된 시각을 살펴보겠다.[3] 두 작품 모두 여성인물들의 대사가 주를 이루고 있으며, 여성에 대한 언급도 그만큼 많다. 이때 '여성에 대한 말하기'는 이중적으로 이루어진다. 여성인물들의 대사는 남성인물의 여성관을 드러냄과 동시에 작가의 시선을 드러낸다. 남성인물들은 여성인물을 성적 폭력의

---

3) 본고에서 다룰 <생명의 전화를 받습니다>와 <회로>는 박현숙 문학전집 제5권(늘봄, 2001년)에 실린 작품을 자료로 삼았으며, 앞으로 본문인용은 제목과 쪽수만 밝히도록 한다.

대상이나 귀의처로서의 어머니로 이분화하여 바라보는 경향이 있고, 여성 인물들은 그러한 남성을 수용하여 가능한 화해의 결말을 추구하고 있다. 여성들의 이러한 화해에는 남성들의 행동을 단순히 묵인해주는 정도의 소극적 화해가 있고, 이를 좀더 크게 보듬어안는 적극적 화해가 있다. 그래서 이러한 여성에 대한 말하기를 통해 작가의 여성관과 결말처리 방식을 살펴볼 수 있다. 또한 <생명의 전화를 받습니다>는 모노드라마라는 측면을, <회로>는 시·공간적 측면과 음향을 염두에 두면서 무대상연의 문제를 다루고자 한다. 이러한 점들을 중심으로 하여 박현숙의 두 작품을 살펴보겠다.

2. 여성에 대한 이분화된 시각

작품 속에서 남성의 여성에 대한 성의식은 두 가지로 나타나는데, 여성을 '어머니'가 아니면 '성폭력 대상'으로 대한다. 이는 보편논리라기보다 작가 박현숙이 보는 왜곡된 남성의 모습이다.[4] 작품 속 남성인물은 흔히 창녀 아니면 어머니라는 식의 극단적으로 이분화된 시선으로 여성을 보는 경향이 있다. 자신을 낳아준 '어머니'와 같은 존재와 자신의 성적 욕망을

---

4) 박현숙 희곡에 등장하는 남편, 혹은 남성의 타락적 이미지는 자신의 유소녀 시절 기억 속에 남아 있는 계부 때문인 것으로 여겨진다. 그의 「나의 유소녀 시적」이라는 수필에서 아버지가 독립운동과 관련하여 세상을 떠나신 이후 맞게 된 계부는 그와 그의 어머니 몰래 집을 팔아 전재산을 가지고 집에서 일을 돕던 어린 처녀를 데리고 달아났던 것이다. 그런 연유인지 그의 희곡에 등장하는 대부분의 남성은 몰염치하고 자기 중심적이며 물욕적이다. 이에 반해 여성들은 남성들의 이러한 태도 때문에 많은 고통을 겪는 것이다. (김성희, 「박현숙 희곡에 나타난 여성들의 가정지키기: 희곡집『여자의 성』을 중심으로」, 명지전문대학『논문집』제21집, 1997. 12. 512쪽.)

채우는 대상인 '창녀'정도로 세상의 여성을 나눈다. 다시 말해 여성을 욕망의 매개자나 재생산의 도구쯤으로 여긴다. 두 작품에서 남성들의 이러한 시선은 지배적이다. 남성들은 젊을 때에는 그 힘을 이용해 여성을 성적 폭력의 대상으로 삼고 있다. 대신 남성들이 늙거나 병들었을 때에는 돌아가야 할 곳으로 여성의 또다른 모습인 어머니의 품을 설정하고 있다. 이러한 전혀 다른 역할을 하는 두 유형의 여성은 작품에서 '아내'라는 이름으로 표현된다.

2.1. 성폭력 대상으로서의 여성

<생명의 전화를 받습니다>에서 박진숙은 딸에게 어린 소녀를 성폭행한 신문기사에 대해 이야기한다.

> 박진숙 : 애야, 잠깐만 끝으로 한마디만 더 해 둔다. 오늘 신문에 어린
> 소녀에게 성폭행 기사가 났더구나. 그런데 그들의 변명인 즉
> 여자가 짧은 치마를 입고 있으면 성충동을 일으킨단다. 아예
> 너나 네 딸 보라에게 제발 그 짧은 치말랑은 입지도 입히지
> 도 말아라. 뭐라고? 그런 개만도 못한 인간 쓰레기들은 모두
> 동물원 철창 속에 가두어 놓았으면 좋겠다고? 끔찍한 소리
> 마라, 누가 돈 내고 그런 추한 자들을 보러 가겠니? 이만 끊
> 자.(<생명의 전화를 받습니다>, 27쪽.)

어린 소녀나 성인여성이나 가릴 것 없이 남성에게 있어 여성은 성적 충동의 대상임과 동시에 성적 폭력의 대상이다. 박진숙은 남성의 입장에서 딸에게 충고한다. 그러나 "누가 돈 내고 그런 추한 자들을 보러 가겠니?"라는 말로 남성의 잘못된 성충동에 일격을 가한다.

<생명의 전화를 받습니다>는 모노드라마이다. 모노드라마는 배우 혼자서 무대를 이끌어가야 하기 때문에 배우에게는 상당한 부담감을 주기도 한다. 한편 모노드라마는 한 배우가 혼자 등장하여 끊임없이 대사를 하기 때문에 관객은 자칫 지루해질 수도 있다. 그래서 모노드라마에서는 다양한 장치와 방법들을 동원해 극을 좀더 다채롭게 만든다. <생명의 전화를 받습니다>에서는 이처럼 극의 단조로움을 피하기 위해 '전화'라는 오브제를 이용하기도 하고, 관객에게 직접 말을 건네기도 한다.

제목에서처럼 이 작품은 박진숙이 고향언니, 아들, 딸, 대학동창 등의 전화를 받는 이야기이다. 전화라는 오브제를 이용함으로써 배우의 일방적 독백이 아닌 '대화' 형식을 취하고 있다.[5] 또한 극의 진행 중 울리는 전화 벨소리는 이야기 전환의 기능을 한다. 전화벨소리는 한 인물과의 대화가 시작됨을 알려주는 기능을 하면서 잠시 후 다시 울리면서 다음 인물과의 대화로 이어지게 한다. 그래서 전화벨소리는 대화상대를 달리하여 이야기를 전환시키는 기능을 한다. 박진숙이 받는 전화 중 셋은 여성이고 하나만 남성이다. 박진숙은 세 여성과의 통화에서는 대화형식을 취하고 있으나 아들과의 통화에서는 대화보다는 일방적 의사전달 형태의 대사를 한다. 통화대상이 여성인 경우는 같은 여성으로서 의사소통이 활발히 이루어지

---

5) 독자적인 모노드라마론으로서는 러시아의 상징파 시인이며, 극작가인 에브레이노프의 의견이 주목을 끈다. 즉 그는 "1인 출연 희곡은 내적 자아의 객관화를 목표로 하고, 등장인물은 모두 같은 한 사람의 여러 가지 측면을 표현해야 한다. 그럼으로써 무대와 관객은 융합되어야 한다"고 말했다. 근대 이후로 유명한 모노드라마로서는 러시아의 체홉이 쓴 <담배의 해독에 대하여>와 프랑스의 장 콕토가 쓴 <목소리>가 있다. 앞의 것은 관객을 연설회의 청중으로 여기고, 뒤의 것은 전화를 통해 오는 목소리를 상대로 여기고 혼자 연극을 하는 것이다. 그리하여 대화의 묘미를 한껏 살리고 있는 것이다. 결코 혼자서 독백을 하고 있는 것이 아니다.(하유상, 『희곡론과 작법』, 을유문화사, 2000, 252쪽.)

는데 반해 그 대상이 남성인 경우는 대화가 아닌 일방적 독백에 가깝다.

박진숙은 네 통의 전화를 받는 틈틈이 관객에게 말을 걸고 있다.[6] 극 전체에서 관객을 향한 대사는 극의 초반과 중반, 종반에 걸쳐 세 번 나온다. 그리고 중반의 대사에서는 시계를 바라보며 "벌써 또 한 시간이 흘렀군요"라고 말하며 구체적 시간의 흐름을 관객에게 알려준다.[7] 이때 박진숙이 언급하는 시간은 극중 시간임과 동시에 실제공연시간이다. 그래서 관객은 연극이 중반에 도달했음을 알게 된다.

<회로>에서 오유미, 오수미, 오유미의 어머니, 오수미의 어머니, 이비서는 남성의 성적 폭력의 대상이 된다. 오수미의 어머니는 오유미의 아버지에 의해 강제로 겁탈당해 오수미를 낳았고, 박광호의 아버지와 결혼했다. 그런데 오수미는 박광호에게 겁탈당해 강제결혼을 하고 박칠성을 낳았다. 이를 안 오수미의 어머니는 자살하고 만다. 박광호는 해외근로자로 있을 때 만나던 여자가 아이를 가졌음에도 불구하고 그녀를 버리고 한국에 왔다. 또한 오유미의 아버지는 오수미의 어머니를 겁탈했듯 수많은 여성들과 바람을 피웠고 그로 인해 오유미의 어머니는 평생동안 가슴앓이를 했다. 그 사이에서 태어난 오유미는 가정교사였던 정철수에게 강제로 겁탈당해 결혼을 하고 민석을 낳았다. 그러나 정철수는 자신의 자존심을 상하게 한 처갓집에 대한 불만으로 미스 리와 바람을 피운다. 겁탈, 바람

---

6) 작품은 다음과 같이 간략화 될 수 있다. [관객을 향해 말하기-고향언니와의 통화-물 한 잔 마심-아들과의 통화-관객을 향해 말하기-딸과의 통화-대학동창과의 통화-관객을 향해 말하기]

7) 시간은 드라마가 진행되는 동안에도 나타날 수 있다. 등장인물, 편지 그리고 날짜가 기록된 기록물들이 시간을 말하고, 시계가 시간을 나타낸다.(피터 퓌츠 지음, 조상용 옮김, 『드라마 속의 시간』, 들불, 1994. 32쪽.)

등의 표현이 잦은 만큼 남성의 무책임한 행동도 많이 드러나는 작품이다.

두 작품에서 이러한 남성의 무책임한 행동과 그로 인한 여성의 고통은 무대화되지 않고 은폐되어 있다. 은폐된 줄거리는 무대기법적인 개연성들을 부분적으로 한정한 결과이다. 관객에게 보일 수 없는 많은 것들이 있고, 또 보여져서는 안되는 것도 있다. 그러나 종종 나타나는 것처럼, 극작가들은 이러한 어려움을 장점으로 만들고, 결점은 긴장을 만들어 내는 수단으로 이용해왔다.[8] 극의 줄거리를 '실연 줄거리'(=무대 위에서 직접 실연하는 줄거리)와 '보고 줄거리'(=형상인물이 대사 안에서 보고 형태로 전달하는 줄거리)로 나누는 것은 드라마의 무대적 특성 때문이다. 즉 공연 시간이 한정되기 때문에 중요 사건들을 모두 무대 위에 실연할 수 없고, 또 공간적으로 떨어져 있는 배우들이 같은 시간에 행하는 행동을 동시에 보여 줄 수 없기 때문이다. 대체로 보고나 축약하여 전하는 줄거리 부분은 실연 줄거리보다 중요성이 떨어진다. 그러나 작가가 오직 중요성만을 고려하여 이 두 가지 줄거리를 구분하는 것은 아니다. 어떤 내용들은 무대처리 기법의 한계 때문에 무대처리를 할 수 없는 경우도 있고, 내용을 직접 공연했을 때 생길 수 있는 도덕적·미적인 문제에 대한 고려 때문이기도 하다. 폐쇄형 드라마에서는 모든 폭력 행위, 감각적으로 역동성을 띤 모든 행위가 은폐 줄거리 안으로 추방된다. 그리고 이것들은 어느 정도 거리감이 가미된 채로 또는 수사학적인 처리 수법을 통해 무대 위 장면 안으로 들어온다.[9] 박현숙의 두 작품에서 보고나 축약하여 전하는 줄거리는 과거

---

8) 피터 퓌츠 지음, 조상용 옮김, 『드라마 속의 시간』, 들불, 1994. 305쪽 참조
9) B. 아스무트 지음, 송전 옮김, 『드라마분석론』, 한남대학교 출판부, 1995, 154~160쪽 참조

의 일이기도 하고, 극에서 중요한 핵심에 가까운 내용들이다. 그러한 중심 내용이 실연되지 않는 것은 직접 공연했을 때 생길 수 있는 도덕적·미적 인 문제에 대한 고려라고 볼 수 있다. 두 작품에서 공연되지 않는 과거사 들은 대체로 성폭력 대상이 된 여성들의 이야기이고, 그로 인해 결혼이라 는 소극적 화해를 취한 내용들이다. 성폭력이나 바람을 피운 내용들을 자 주 무대화하기에는 어려운 점이 있었으리라 본다.

두 작품에서 은폐된 사건은 인물의 직접적인 말을 통해 드러나기도 하 고 무의식 상태의 인물이 은연중에 내뱉어 밝혀지기도 한다. <생명의 전 화를 받습니다>는 박진숙의 직접적인 말을 통해 박진숙의 과거사나 통화 자의 상황 등이 드러난다. <회로>는 정철수와 오유미의 대화나 오유미와 오수미의 대화를 통해 그들의 은폐된 과거가 드러난다. 특히 <회로>는 인물들이 무의식 상태에서 은폐된 사건을 드러내어 관객들을 긴장시킨다. 박광호와 정철수가 취중에 나누는 대화나 정철수의 잠꼬대를 통해 그들의 '비밀'이 폭로된다.

> 박광호 : 왜, 그 접대 데리고 왔던 처녀, 미스 리라고 하던 여비서
>   말입니다……
> 정철수 : (취기에도 놀란 표정으로 두리번거리며) 임마, 그 얘긴 절대
>   비밀로 해두랬지않아(중략)
> 박광호 : 형님, 내가요, 이래봐도 사우디에 가서 근로자로 한창 기세를
>   올릴 때 동정을 잃은 놈입니다. 그때 휴가받아 친구들과 거
>   리로 몰려 나가면 여기저기서 먹고살기 힘드니까 말짱 몸 팔
>   러 나온 여자들 천지였어요 가난과 굶주림 그때 난 어떤 여
>   잘 단골로 잡았죠 그런데 얼마 후에 내 아이를 가졌다고 금
>   의환향할 때 한국으로 따라온다는 거였어요 그래서 난 귀찮

아서 한국에 아내가 있는 몸이다. 난 널 사랑하고 있지 않다
다만 욕정이……아 그랬더니 쌩하고 나가더니 칼을 들고 덤
벼들더군요.(중략)꼭 우린 서로의 비밀 지킵시다.

(중략)

오유미 : 아니, 이 양반이 어디서 주무시나, 감기 들면 어쩌라고.

정철수 : (잠꼬대로) 미스 리 미스 리, 가면 안돼. 잠깐만 이리 오라니
까.

오유미 : 잘 놀고 있네. 잠꼬대로 부르는 이름이 누굴까? 미스 리?
미스 리라고?

박칠성 : (더듬거리며) 응, 나 알아요 그때 요전 때 어떤 예쁜 아가씨
랑 몇 번 왔었는데요 그 여자보고 미스 리라고 하던데요
(<회로>, 38~40쪽.)

　무대의 등장 인물들은 중요한 상황에서 때때로 정신을 잃기도 한다. 그
들은 잠이 들거나 의식을 잃는다. 그러한 경우에 드라마에서의 시간은 정
체하고 휴지기가 나타나는 것처럼 보인다. 작품의 형상 인물들의 긴장을
완화시키는 그러한 경우들은 관객에게 최고로 긴장을 야기시키는 순간일
수 있다. 드라마의 등장 인물들은 점차 고조되어 온 긴장의 정점에 도달해
있다. 점점 빠르게 연속된 것이 겉으로 보기에는 휴지기처럼 갑자기 변한
다. 하지만 관객은 그 휴지기를 긴장을 고조시키는 것으로 받아들인다. 관
객은 - 무의식 상태가 언제 끝날 것인가? 그 무의식 상태는 관계되는 인물
을 변화시킬 것인가, 그리고 어떠한 방법으로 변화시킬 것인가? 그 상태는
구제하는 효과를 가져올 것인가, 아니면 새로운 위험을 가져 올 것인가?
- 하는 일련의 의문에 주목하게 된다. 계속되는 정신 착란과는 달리 무의
식 상태는 보통 일시적이고 그리고 불확실한 무의식 상태 후를 암시한다.

등장인물들은 잠 속에서 과거와 관계되지만 그러나 미래와도 연관이 있는 사건에 대해 말할 수 있고, 원하지 않더라도 언급할 수도 있다. 또한 관객이 파악한 간단하고 단편적인 부분들은 적대적인 관계가 성립되어 있어야만 하는 개막전 사연에 대해 암시하고 있다. 사전 암시는 더 많은 것을 알려는 관객의 호기심을 일깨우고, 그리고 개방된 대립 관계는 임박해 있는 갈등을 예감하게 한다.[10) 박광호와 정철수는 술자리에서 "꼭 우린 서로의 비밀 지킵시다"라는 대사를 통해 관객에게 자신들의 비밀을 알려준다. 그리고 정철수는 숨기고자했던 비밀을 무의식 상태에서 잠꼬대라는 형태로 무대 위에 함께 등장한 다른 인물인 아내에게 들킨다. 뿐만 아니라 10살짜리 어린아이 박칠성의 솔직함 때문에 비밀은 더욱 선명하게 폭로된다. 이로 인해 이들의 비밀은 폭로되어 이어지는 사건에서 정철수와 오유미의 갈등을 야기시킨다.

박현숙의 작품은 남성의 배신, 남성의 외도, 남성의 성적 폭력 등이 부각된다. 작품에서 박광호와 정철수의 대사처럼 남성들의 과거는 대체로 이러한 부정적인 면들로 얼룩져 있고, 그러한 과거로 인해 여성인물들의 어머니들과 현재의 여성들은 상처를 안고 살아간다. 이는 남성중심의 사회구조로 인한 문제임과 동시에 작가의 왜곡된 남성관이 작품 속에 스며든 결과이다. 그러나 여성이 일방적 피해자로만 표현되는 것 또한 작가의 여성에 대한 잘못된 시선이 아닌가 싶다.

---

10) 피터 퓌츠 지음, 조상용 옮김, 『드라마 속의 시간』, 들불, 1994. 152~153쪽 참조

2.2. 귀의처로서의 어머니

작가 자신이 여성으로서 다양한 사회활동을 펼친 사회 엘리트층임에도 불구하고 그의 작품 속 여성들은 대외적인 활동보다 가정 내의 문제에만 머물러 있다. 그리고 여성의 행복은 결국 남성의 사랑에 의해 좌우되는 듯이 표현하고 있다. 가정과 가족에 너무 의존하다보니 그의 작품 속 여성은 수동적이기 일쑤이다. <생명의 전화를 받습니다>나 <회로>의 여성들은 성적폭력의 대상일 뿐만 아니라 가정이라는 공간 내에서만 존재한다. <생명의 전화를 받습니다>에서 박진숙은 딸이 의사로 성공한 여성임에도 불구하고 가정문제에 있어서는 무조건 양보하고 참으라고 한다. 가정문제에서만큼은 여성이 수동적이어야 한다는 식이다. 이는 여성에게는 사회에서의 성공보다 가정지키기가 더 중요하다는 논리이다. 여성의 운명은 남성에 의해 좌우되어야 하고, 가정은 여성이 지켜야 한다는 식의 논리는 납득하기 어렵다.

<회로>에서 오유미, 오수미는 가정만을 지키려 할 뿐 사회적 활동에는 관심을 보이지 않는다. 오수미는 가난한 환경 탓에 집안의 허드렛 일만으로도 벅차기 때문일지 모르나 여러 가지로 좋은 여건의 오유미조차 사회활동에는 전혀 관심을 보이지 않는 것은 여성을 가정 내에 가두어 두는 것이다. 두 작품에서 사회적으로 어느 정도 성공을 거둔 여성인물은 <생명의 전화를 받습니다>에서 박진숙의 딸과 <회로>에서 미스 리이다. 그러나 작가는 성공한 두 여성인물을 결코 긍정적으로만 비추지 않는다.

> 박진숙 : 그 똥고집 조금은 못 고치는구나. 넌 어려서부터 얼마나 고
> 집센 아이였니? 그래서 엄마한테 매도 많이 맞았지만 타고

난 고집이라 잘 고쳐지질 않는구나. 그 다부진 성격이 오늘
의 여의사로 무난히 성공했다만 늘 걱정이다.(<생명의 전화
를 받습니다>, 23쪽.)

박진숙은 딸이 의사로 성공했지만 그 성공을 고집 센 성격의 결과물로
보고 있다. 또 미스 리가 사회적인 성공을 이루는 과정은 부정적으로 비추
어진다. 미스 리는 유부남인 정철수와 연애하여 그의 재력에 의존해 이태
리에서 공부했고, 그 후 이태리 교수와 연애를 하면서 정철수와 헤어진다.
의사인 박진숙의 딸은 '고집스런' 성격으로, 미스 리는 부정적 과정을 통
해 성공을 얻는다. 이런 식으로 작가는 성공한 여성인물을 부정적으로 비
추고 있다. 이는 여성의 역할이 남성의 성적 대상이 되지 않으면 가정에
충실한 여성이 되어야 한다는 식의 왜곡된 논리가 적용된 것이다. 그래서
성적 폭력의 대상이었던 젊은 시절의 여성들은 나이가 들면서 귀의처로서
어머니의 역할로 자리를 바꾼다. 남편은 아내의 품으로, 자식은 부모의 품
으로 돌아가야 한다는 식의 주제를 드러낼 때 그 중심역할은 여전히 여성
이, 어머니로서의 여성이 자리한다.

　<생명의 전화를 받습니다>에서 박진숙은 대학동창 김애숙과의 통화
에서 남편을 '심술쟁이 큰아들 하나 더 둔 셈치고 아량으로 봐주고 오빠보
듯 아들보듯'하라고 타이른다. 여성은 이제 아내의 자리가 아닌 어머니의
자리로 이동하고 있다. <회로>에서 젊은 시절 미스 리와 바람을 피웠으
나 미스 리가 이태리 교수와 사랑을 나누게 되자 정철수는 이태리에서 돌
아온다. 한국에 돌아온 정철수는 2장에서 다시 아내와 재결합하여 소청도
의 어촌 별장에서 살아간다. 바람을 피운 정철수가 다시 돌아올 곳은 아내
오유미의 품이었다. 그리고 치매가 걸린 후 정철수는 아내 오유미를 '엄마'

라고 부르며, 오유미 또한 정철수의 기저귀를 갈아준다. 오유미는 남편의 귀의처로서 아내라기보다는 어머니 같은 존재이다.

<회로>는 1장과 2장의 시작전 무대지시문을 통해 시간을 명시한다. 개막 전에 '1950년 6·25사변이 끝난 10년 후 1960년대의 이야기다' 라고 분명한 시간적 배경을 제시한다. 굳이 '6·25사변이 끝난 후'라고 언급하는 것은 아들 민석과 헤어진 지 10년이 되었음을 관객에게 알리기 위한 것이다. 이는 오유미의 모성애를 발휘시키기에 적절한 장치이며 이 작품이 분단과 통일문제를 염두에 두고 있음을 말한다. 1장에서 드러난 비밀로 인해 오유미 부부는 결별한다. 그리고 2장에서는 30년 후 다시 소청도 별장에서 오유미 부부가 등장한다. 30년이라는 긴 시간을 훌쩍 뛰어넘은 2장의 인물들은 그 시간들을 메우기 위해 관객들에게 무대와 의상과 대사 등을 통해 요약적인 설명을 한다. 2장의 첫 지시문에 '조명으로 그 후 30년이 흘러간 1990년대를 명시한다', '같은 무대·배우들의 옷과 분장, 가발로 세월의 흐름을 말해준다'라고 1장과 2장 사이의 시간적 거리를 알려준다. 1장은 오유미와 정철수가 갈등을 일으킨 상태에서 끝나는데, 오유미는 1장의 마지막 대사에서 이제 더 이상 '아내'라는 자리를 지키고 싶어하지 않음을 드러낸다. 오유미는 다만 통일이 되어야 만날 수 있는 아들 민석만을 기다린다.

> 오유미 : (중략) 지금 난 아무도 다 믿고 싫고 귀찮아졌어. 환멸, 환멸
> 뿐이야. 다만 우리 아들 민석이만을, 그 애가 어서 돌아와야
> 할 터인데 어서 통일이 돼야 만날 터인데……(<회로>, 48
> 쪽.)

이런 오유미의 마지막 대사는 30년 후인 2장에서 '아내'의 자리가 아닌 '어머니'의 자리로 바뀔 것임을 사전암시하고 있다.

<회로>는 1장과 2장 사이의 시간 변화를 관객에게 친절히 알려준다. 이때 시간 변화는 무대화되지 않은 과거의 시간임과 동시에 공간의 변화이다. 관객 앞에서 행해지는 무대공간 뿐 아니라 관객의 눈에 보이지 않는 무대 공간도 극의 공간이다. 이 중 관객의 눈에 보이지 않는 무대공간은 무대지시문과 함께 인물의 대사를 통해 전달된다.

> 오유미 : 10년 전에 서울집이 헐리게 되자 그런 대로 민석이가 찾아올
> 수 있는 집이 이 별장뿐이라고 이주해 오고는 그런 대로 지
> 난해까지도 저 바위에 매일 오르시더니만……
> 정철수 : 이젠 나이가 있지 않소 옛날엔 70에 고려장이었으니 따지면
> 10년은 더 산 셈이요
> (중략)
> 오유미 : 그래요 그때 우린 40세 한창 세상 삶에 맛을 알 때 그 황금
> 기를 산다, 안 산다로 5년 간을 별거했었으니. 그때 당신이
> 야 예쁜 비서와 이태리 지사장으로 가 사셨고 난 친정신세로
> 지냈으니 그 금싸라기의 날들 생각하면 난 지금도 치가 떨려
> 요 외롭고 괴로운 배신의 세월이었잖아요.(<회로>, 49~50
> 쪽.)

오유미와 정철수의 대화를 통해 그들이 별장에 내려온 경위, 그들의 나이, 1장 이후의 사건 등을 짐작할 수 있다. 1장의 인물들은 소청도 별장에서 정철수는 이태리로, 오유미는 서울로 공간을 이동했다가 다시 2장의 소청도 별장으로 돌아온 셈이다. 그래서 그 사이의 시·공간 변화를 모두 요약하여 관객에게 알려준다. 1장의 갈등관계에서 2장의 화해관계로 변한

정철수 부부의 상황을 관객에게 이해시키는 것이다.

<회로>의 배경은 백령도 부근 북한 땅이 보이는 조그마한 소청도의 어촌 별장이다. 전쟁 중에 헤어진 아들 민석이 북한에 살아있다면 백령도 앞 바다만 건너면 가족에게 돌아올 수 있는 가까운 거리이다. 작품의 제목인 '회로(回路)'는 말 그대로 '돌아오는 길'이라는 뜻이다. 작품의 제목이 암시하듯 <회로>는 남편은 아내의 품으로, 자식은 부모의 품으로 돌아오기를 간절히 바라는 작품이다. 이는 '귀의처로서 어머니'의 역할이 중심을 이루고 있다는 의미이기도 하다. 미스 리가 과거의 잘못을 뉘우치며 마리오를 소청도 별장으로 보냈듯이 북한에 있는 아들 민석도 통일이 되어 돌아올 것 같은 희망을 준다. 오유미는 남편이 오유미에게 돌아왔듯, 마리오가 돌아왔듯, 아들 민석도 어머니인 자신의 품으로 돌아오기를 바란다. 남편이나 마리오가 오유미에게 돌아 올 수 있는 것은 오유미가 어머니의 모습을 보여주기 때문이다. 그러나 '귀의처로서의 어머니'라는 여성의 역할 설정은 정철수와 같은 남성인물의 입장에서는 너무나 편리한 것이다. 다시 말해 잘못을 저지른 남성이 돌아올 곳으로 오유미와 같은 '여성'을 설정하고, 그녀에게 '어머니'의 이미지를 부각시켜 남편을 용서하게끔 만들고 있다. 이는 철저히 남성편의적 시각으로 여성을 바라본 것이다.

3. 화해의 결말 모색

두 작품은 나름대로 화해의 결말을 모색하고 있다. 화해의 결말유형을 강간에 대해 묵인하는 소극적 화해와 모성애로 감싸안는 적극적 화해로 나누어 보았다. 물론 <생명의 전화를 받습니다> 같은 경우, 모노드라마

라는 형식으로 인해 특별한 갈등도 없고, 특별한 결말도 없다. 그러나 박진
숙이 받는 네 통의 전화를 통해 작가가 의도하는 결말을 어느 정도 짐작할
수 있다. <회로>는 1장과 2장에 걸쳐 두 가지 화해 유형이 모두 나타나
는데, 1장에서의 소극적 화해를 전제로 2장에서는 적극적 화해로 나아간
다.

3.1. 소극적 화해 : 강간에 대한 묵인

성폭력의 대상이었던 여성인물들은 가해자 역할을 한 남성인물과 어느
정도 화해를 한다. <생명의 전화를 받습니다>는 박현숙이 다루고자 하는
작품의 주제를 박진숙이 통화하는 상대들을 통해 드러낸다. 고향언니는
통일을, 아들은 부부관계를, 딸은 아내의 자리와 역할에서 용서를, 대학동
창 애숙은 중년여성의 부부관계에서 모성애를 다루고 있다. 박진숙은 고
향언니와의 통화에서는 처녀시절의 모습으로, 아들과 딸과의 통화에서는
어머니로서, 대학동창과의 통화에서는 현재 자신의 나이에 있는 중년의
아내 입장에서 이야기한다. 그러면서 그 각각의 통화를 통해 다양한 여성
의 삶을 언급한다. 여성들이 겪으며 살아야 했던 현실에 대한 푸념들을
늘어놓는다.

<회로>의 여성인물들인 오유미, 오수미 등은 모두 남성에게 성적 폭
력을 당했다. 자신을 겁탈한 남성에 대한 여성인물들의 태도는 남성인물
이 저지른 성폭력을 묵인하거나 사랑으로 받아들인다. 오유미와 오수미는
그들을 겁탈한 정철수, 박광호와 각각 '결혼'한다. 이는 남성이 저지른 강
간에 대한 묵인이다. 물론 성적 폭력을 당한 여성이 묵인할 수밖에 없는
우리 사회구조에서 기인된 결과이기도 하나, 이는 남성편의적 사고에서

나온 결과이며 그것을 작가가 그대로 수용한 것이다. <회로>의 여성인물들은 어쩔 수 없이 남성들과 일정정도 화해를 하고 있다. '결혼'이라는 관계로 나아감에 따라 화해의 국면을 맞이하지만 그들의 마음 속에서 그 충격이 깨끗이 지워질 수는 없다. 그래서 여성인물들은 남성들의 무책임에 대해 미약하나마 언급하고 있다.

> 오수미 : 남자들이 책임없이 저지른 결과로 한 여성이 죽고 한 여성은 이렇게 멍에를 지고 살고 있지 않아요.(<회로>, 43쪽.)
> 오유미 : 원치않는 밭에 순간의 실수로 뿌려진 많은 피해자들이 살고 있어. 난 그 당사자에게 죄없는 죄명을 씌워 출세길을 가로막은 그런 처사를 부당하다고 생각하는 사람일세.(<회로>, 54쪽.)
> 오유미 : 남성들이 책임없이 뿌린 죄없는 그 아이들. 아랑곳 않고 뒤돌아선 그들, 난 도저히 이해가 안돼. 그네들의 양심….(<회로>, 63쪽.)

남성들의 강간이나 미혼모 문제에 대해 의견을 제시하고 남성들의 무책임이 야기시킨 결과에 대해 오수미와 오유미는 분노를 드러낸다. 그러나 그녀들의 남편이 바로 그런 무책임한 남성들 중의 하나임에도 불구하고 오유미와 오수미는 현재 그들과 함께 살고 있다. 그리고 정작 그 당사자인 남성들은 그들의 무책임한 행동에 대해 아무런 죄책감도 느끼지 않는다. 정철수는 자신이 저지른 죄를 '실수'정도로 가벼이 여긴다. 또한 오유미를 강제 겁탈한 사실을 '사랑'이라는 이름으로 덧씌우고, '사내들의 본성'이라며 자신의 행동을 합리화하려 한다.

<생명의 전화를 받습니다>에서 박진숙은 극의 초반에 가정법원가사

조정위원 시절의 이야기를 언급한다.

> 박진숙 : 20년 전에는 주로 이혼 신청서의 원고가 남편 쪽이 3분의
> 2가 되었지요 그러나 오늘날의 추세는 뒤바뀐 것예요 요즈
> 음은 10명의 원고 중 8명이 아내라는데 우리 조정위원들은
> 놀란답니다. 그래서 그 원인을 놓고 조정위원 일동은 간담
> 회를 열었습니다. 그 결과 첫째 원인이 이젠 여성들이 남편
> 들의 부당한 대우에 참고 살 수 없다라는 거지요 남편의
> 알코올중독, 생활대책 무능, 구타, 외도 등이 큰 원인이었지
> 요 옛 어머니들은 이혼하면 생활능력이 없어 억울한 환경
> 속에서도 그냥 참고 살았지만 지금은 남녀 차별 없이 교육
> 도 받고 뛰쳐나와도 자력으로 생계가 유지되고 그리고 오히
> 려 자식들 교육비까지도 담당할 자신이 있다는 거지요(<생
> 명의 전화를 받습니다>, 9쪽.)

박진숙은 이렇게 언급하면서도 그녀 자신은 그러한 8명에 해당하는 아내가 되고 싶어하지 않는다. 통계치에서도 드러났듯이 시대는 변했지만, 결국 박진숙은 옛 어머니들과 같은 삶의 방식을 취하고 있다. 사회적으로 성공한 자신의 딸에게도 참고 용서하면서 살라고 하는 박진숙의 행동은 남의 경우와 자기 가족의 경우에 있어 상반되는 태도를 보이고 있다.

이렇듯 작품 속 여성인물들은 여성에 대한 남성들의 무책임에 대해 인식하면서도 아무런 행동을 하지 않는다. 또한 그 피해자가 본인임에도 불구하고 그들은 남성들의 성적 폭력을 결혼이라는 것으로 연결하여 강간에 대해 묵인한다. 이는 여성들이 취할 수 밖에 없었던, 어쩔 수 없는 화해이다. 그래서 본고에서는 이러한 화해적 결말을 소극적 화해로 보았다.

3.2. 적극적 화해 : 모성애로 감싸안기

작품 속에서 인생의 고비를 넘어선 나이의 여성인물들은 남편에게 별다른 기대를 하지 않는다. 원숙해진 여성인물들은 남편의 과거 잘못은 모두 용서해주고, 현재의 남편을 아내가 아닌 어머니같은 심정으로 그저 감싸안아 줄 뿐이다. 이는 작가자신 또한 원숙해진 나이가 되었기 때문이 아닌가 싶다. 남성들에 대한 여성들의 화해는 소극적 화해의 수준을 넘어 모성애로 감싸안는 적극적 화해로 나아간다. 여기에서 언급되는 '모성애'는 자식을 위하는 마음 뿐만 아니라 남편을 대하는 태도까지 포함한 포괄적 개념이다. 두 작품의 공통점은 6.25 전쟁이 작품의 한 부분을 차지한다는 점이다. <생명의 전화를 받습니다>는 고향언니와의 통화에서 6.25전쟁에 대한 언급이 나온다. 박진숙은 고향언니가 전쟁 중 아이와 남편을 잃게 된 이야기를 하면서 평화통일을 염원한다. <회로>에서 오유미 부부는 전쟁 중에 북으로 끌려가 소식이 끊긴 아들을 현재까지 기다리고 있다. 그래서 두 작품에서 나타나는 적극적 화해는 통일에 대한 기대로 이어진다.

적극적 화해를 위해 작가는 '농악소리'와 '만선'의 외침을 이용하고 있다. 무대 밖에서 만들어진 음향이 긴장을 일으키는 사전 암시로 지각되는 상황을 만든다. 그리고 인물은 그것을 관객에게 간접적으로 이해시켜야 한다.[11] 음향은 이성보다는 감정에 호소하고, 줄거리 구성에서 은폐되어 있으며 전체적으로 예감을 환기시키는 수단이다.

㉮ 음악이 끝나며 멀리서 농악소리가 들리며 여기저기서 만선이다,

---

11) 피터 퓌츠 지음, 조상용 옮김, 『드라마 속의 시간』, 들불, 1994. 179~185쪽 참조

만선이다 외침이 들려온다.(<회로>, 49쪽. 2장 시작무대지시문.)
㉯ (정철수와 오유미가 화해하여 다정한 모습)이때 농악소리 요란하
　　다.(<회로>, 52쪽.)
　　오유미 : 세상에……난 늘 칠성엄마로 불려 와서 본 이름은 오늘
　　　　　　처음 듣네. 그럼 자넨 틀림없는 내 동생일세.(<회로>,
　　　　　　54쪽.)
　　오유미 : 언제까지 기다려. 내가 이사올 때 가지고 온 패물이 몇
　　　　　　개 있다. 우리 민석이가 돌아오면 주려고 애끼던 것 그것
　　　　　　반만 칠성이네 예단으로 줄 터이니 하루속히 좋은 색시
　　　　　　감이 있거들랑 보내도록 하게.(<회로>, 55쪽.)
㉰ 오유미 : (무슨 생각이 난 듯) 잠깐만. (방으로 들어가서 금반지
　　　　　　하나 들고 나와 김애리 곁으로 다가가서) 색시 이것 금
　　　　　　반지 다섯 돈일세. 안 맞으면 서울 가서 녹여 두 사람
　　　　　　하나씩 나누어 끼게나. 어머니께 이게 우리 두 사람이
　　　　　　보내는 축복의 정표라고.
　　김애리 : 고맙습니다.
　　마리오 : 감사합니다. 어머님.
　　　　　　　　　　　(중략)
　　오유미의 손목을 잡고 입에다 입을 대며 간절한 답례를 하고 마리
오와 김애리가 나가려는데 다시 농악소리 들려오고 만선이다, 만선소리.
통통배 소리 들린다. 오유미, 두 사람 전송하고 돌아와서 마루에 걸쳐
앉는다.
　　오유미 : (혼잣말로) 그 여비서였던 미스 리의 아들이자 남편의 아
　　　　　　들이 틀림없었어.(<회로>, 60쪽.)

　　㉮의 음향은 오유미와 정철수의 화해를 암시하며, ㉯의 농악소리 직전
에 오유미는 정철수와 미스 리를 이해하는 태도를 취한다. 그리고 ㉯의
농악소리 이후, 오수미와 오유미의 과거사를 통해 두 사람의 관계가 '이복

자매'임이 밝혀지고, 그녀들의 어머니대의 갈등이 풀어지고 화해한다. 이는 오유미가 박칠성에게 패물을 줌으로써 더욱 적극적 화해로 나아간다. ㉣는 오유미가 마리오에게 반지를 주고 난 후이며 이는 오유미와 미스 리와의 화해를 의미한다. 패물을 칠성과 마리오에게 나누어줌으로써 아들 민석의 회귀를 포기하고 있다고 보고 그러한 결말을 '안타까운 파국'으로 보는 연구도 있었다.[12] 그러나 칠성과 마리오에게 패물을 나누어주는 오유미의 행동은 포기라고 보기 어렵다. 오유미는 오수미에게 자기가 없을 때 혹시 아들이 올 경우를 대비해 부탁을 한다. 이것은 아들에 대한 포기라기 보다 오히려 과거와의 화해를 위한 행동이다. 오유미가 박칠성에게 패물을 주는 것은 오유미 아버지가 오수미 어머니에게 저지른 무책임에 대한 사과와 화해의 의미로 해석해야 한다. 오유미 어머니를 대신하여 오유미가 과거의 잘못에 대해 사과하는 것이다. 또, 오유미가 마리오에게 금반지를 주는 것은 이비서와 오유미 자신과의 화해로, 나아가 정철수가 저지른 무책임에 대한 사과와 화해를 위한 것으로 볼 수 있다. 오유미가 마리오에게 금반지를 줄 것임은 2장 초반부에 이미 사전암시 된다.

> 오유미 : 그때 떠나기 전에 당신이 이혼서에 도장을 찍으라고 했을 때 난 우리 민석일 생각하고 절대로 그 아이 앞으로 내 자식을 입적시킬 수 없다라는 내 나름대로의 고집이 물론 그 오래기에 나도 묶여 살았지만 그애에겐 큰 타격이었겠죠? 결국 자기가 낳은 아이를 자기 앞에 입적 못시킨다는 타격 때문에도……(<회로>, 50쪽.)
> 오유미 : 또 대학교 때 무척 존경하고 좋아했던 교수님들도 만났죠.

---

12) 김선주, 「박현숙 희곡 연구」, 경산대 국문과 석사논문, 2000. 8. 42쪽.

정철수 : 더러운 것들 에이.(일어서서 바닷가로 나간다)
오유미 : (웃으며) 저인 늘 자기의 불결한 잣대로 남을 재는 양반이라
　　　　 화만 났다 하면 밖으로 나가는 버릇 80이 되고 못 고치는구
　　　　 먼……(<회로>, 51~52쪽.)

　이렇듯 오유미는 같은 여성으로서 자식을 자신의 호적에 올려두고 싶은
마음이 미스 리에게도 있었을 것이라 여기며 미스 리를 이해한다. 유부남
인 정철수와의 관계에서 미스 리가 아이를 낳아도 결국 사생아가 될 것이
므로 그녀가 이태리 음악교수와 정을 통할 수밖에 없었을 것이라 여기며
오유미는 미스 리를 너그럽게 이해해준다. 또 남편과 헤어져 있던 사이
대학 교수님들을 만난 아내를 이해하지 못하는 남편을 오유미는 웃으며
이해해준다. 오유미나 오수미가 그네들의 어머니가 당했던 기구한 팔자를
대물림 받았지만 그런 대물림은 자신들의 대에서 끝맺기를 바라는 마음에
서 그들은 화해의 행동을 보인다. 다음 세대에게는 그 운명을 물려주지
않기 위해 화해의 손을 먼저 내민 것이다. 이 작품에서 오유미의 행동을
화해로 보아야 하는 이유로 두 가지를 생각할 수 있다. 첫째, 아들 민석은
통일이 되어야 돌아올 수 있다는 점이다. 어느 정도 은유적이긴 하지만
통일은 남과 북의 화해를 의미한다. 이러한 화해가 이루어지려면 가정의
화해로부터 시작해야 한다는 작가의 의도가 반영된 것이다.[13] 가정에서부

─────────────

13) 가정의 화해를 통해 남북통일까지 나아가자는 작가의 의도는 <생명의 전화를 받습니
　　다>에서 박진숙의 마지막 대사를 통해 더욱 선명하게 나타난다. "박진숙 : 고통을 참고
　　이겨 나가는 묘약은 오직 사랑뿐입니다. 밝은 가정은 명랑한 사회를, 희망찬 사회는 튼튼
　　한 나라를 구축합니다. 이웃 나라들이 넘보질 못하도록 만들기 위해서는 당신들과 내가
　　아니, 우리 모두 서로 사랑할 때라고 생각됩니다."(<생명의 전화를 받습니다>, 31~32
　　쪽.) 박진숙은 '사랑'을 강조하며, 사랑을 모든 문제의 해결책으로 제시하고 있다.

터 화해가 이루어졌을 때 분단된 민족간의 화해도 가능해진다. 둘째, 오유미는 행여 통일이 되어 아들이 돌아왔을 때를 우려하여 이혼도 하지 않은 인물이다. 강간을 묵인하고 결혼으로 관계를 이어나간 여성인물들은 자식에 대한 모성애 때문에 가정을 깨뜨릴 수 없었다. 오수미의 어머니는 오수미 때문에 새로운 가정을 만들었고, 오유미는 아들 민석 때문에 이비서와 바람을 피운 정철수를 받아들인 인물이다. 돌아올 아들에게 보여줄 자신의 가정이 반목하고 상처받아 있기보다는 용서하고 화해를 이룬 따뜻한 곳이기를 바라서이다. 이러한 의미에서 오유미는 한 가정의 어머니 역할을 하고 있지만 통일을 위한 발걸음을 내딛는 인물로까지 해석할 수 있다. 작품에서 여성의 상처와 남성을 모성애로 감싸안고 치유하는 화합의 상징은 바로 어머니이다. 치매 든 정철수가 오유미를 '엄마'라고 불러 오유미의 모성애를 자극한다. 그래서 젊은 시절 남편의 잘못에도 불구하고 오유미는 정철수에게 정성을 쏟으며 함께 산다.

세 번의 농악소리는 어김없이 화해의 장면을 이끌어낸다. 무대 밖에서 들려오는 농악소리와 만선의 외침은 풍요와 화합을 암시하며 이 음향은 분위기의 유사성을 통해 무대 밖에서 무대 위로 전달된다. 그래서 농악소리는 무대의 분위기에 영향을 미쳐 적극적 화해의 분위기를 조성한다.

그러나 <회로>에서 오유미라는 여성이 할 수 있는 최선의 화해를 이끌어내고 있지만 완전한 화해의 결말은 아니다. 각 장 끝부분 오유미의 외침은 완전한 화해의 결말로 보기 어렵다.

> 오유미 괴로움을 잊으려 바다를 향해 소리친다. 민석아, 민석아 소리치며 목이 메인 울음을 터뜨리며 목이 메인 울음을 터뜨리며 땅에 쓰러진다.(<회로>, 48쪽.)

오유미 : 여보, 여보…….

　　달려가 부축하고 흐느끼는 가운데 비장한 음악이 고조되었다가 배음
　　되면서 무대 서서히 F·O로 폐막.(<회로>, 68쪽.)

　1장은 정철수와 오유미의 갈등으로 마무리되기 때문에 마지막 무대지
시문의 비극적 분위기가 자연스럽다. 그러나 화해의 분위기가 주를 이루
는 2장에서 오유미의 이런 흐느낌과 비장한 음악은 2장의 전체적 분위기
를 끝까지 이어가지 못한 것이다. 이것은 인물 간의 갈등은 어느 정도 화
해를 이루었으나 오유미가 지금까지 인내하며 살아 온 이유인 아들 민석
과의 만남은 이루지 못했기 때문이다. 아들 민석과의 만남은 통일을 전제
로 이루어질 수 있는 것이기 때문에 작품의 이러한 결말처리는 통일을 소
망하는 작가의 의도를 드러내었다고 볼 수 있다. 또한 각 장의 비극적 마
무리는 극의 화해적 분위기를 부각시키는 농악소리와 대조를 이루어 불완
전한 화해의 결말을 부각시킨다. <회로>의 부제목인 '파도야 말해다오'
는 분단의 아픔을 안고 있는 오유미의 한탄 섞인 외침이며, 각 장의 비극
적 마무리를 암시한 것이다.

4. 결론

　지금까지 박현숙의 최근작이라 할 수 있는 <생명의 전화를 받습니다>
와 <회로>를 여성인물의 역할을 중심으로 그 결말 유형과 무대적 측면을
살펴 보았다. 여성들이 남성의 성적 폭력의 대상에서 귀의처로서의 어머
니로 자리바꿈하면서 그 결말도 달라진다.

첫째, 화해적 결말이라는 전제 하에서 성적 폭력의 대상이었던 여성 인물은 소극적 화해의 수준에 머물고 있다. 그리고 소극적 화해는 남성들이 행한 강간에 대한 묵인이라는 측면의 결혼으로 진행되어 가정 내의 문제로 국한된다. 두 작품에서 남성의 무책임한 행동과 그로 인한 여성의 고통은 무대화되지 않고 은폐되어 있는데, 남성인물들 또한 그 사실을 은폐시키고자 한다. 이를 무대화하지 않고 은폐시킨 것은 직접 공연했을 때 생길 수 있는 도덕적·미적 문제에 대한 고려 때문으로 보았다. 작가는 극의 중심내용이라 할 수 있는 내용들을 은폐시킴으로써 극적 긴장을 유발하고 있다.

둘째, 귀의처로서의 어머니의 역할을 하는 여성 인물은 적극적 화해에까지 나아간다. 적극적 화해는 가정 내의 문제만이 아닌 분단문제에까지 나아가 모성애로 감싸안고 있다. 작가는 귀의처로서의 어머니 역할을 하는 여성인물들을 무대화하고 있다. 그리고 적극적 화해를 위해 작가는 '농악소리'와 '만선'의 외침을 이용해 화합을 이끌어내고 화해의 분위기를 조성한다. 작가는 잘못을 저지른 남성이 돌아올 곳으로 '여성'을 설정하고, 그녀에게 '어머니'의 이미지를 부각시켜 남편을 용서하게끔 만들었다. 또 피해자로서의 여성은 무대화하지 않는 반면 모성애로 감싸안는 여성은 무대화하였다. 이러한 측면에서 작가는 분명 화해의 결말을 유도하고 있으며 가정의 화해를 통해 민족의 화해까지 이끌어내고자 했음을 짐작할 수 있다. 그러나 작품 속 여성인물들은 작품 속 남성인물들의 시선으로, 혹은 남성의 눈에 비추어진 여성인물을 작가가 다시 재현해낸 결과물이다. 이는 철저히 남성편의적 시각으로 여성을 바라본 것이다.

작가는 작품 속에서 여성의 '기본적인 권리'를 이야기하고 있다. 여성이 남성의 성적 욕망의 대상으로, 일회용으로 전락하는 것에 대해 반기를 들고 있다. 남성의 일방적인 폭력 앞에서 기본적인 권리를 회복하려는 것이다. 그의 작품에서 그러하듯이 우리 현실에서는 이러한 기본적인 여성의 권리조차 지켜지지 않고 있다는 증거이며 작품은 이러한 현실을 반영하고 있는 것이다. 그러나 여성들의 권리회복이라는 측면보다는 오히려 여성들의 처량한 삶에 대한 신세한탄조에 머무른 점에서 박현숙의 두 작품은 어느 정도 한계가 있다. 또한 화해의 결말을 유도하는 두 작품의 결말이 과연 근본적인 해결책인가에 대해 의구심이 생긴다. 강간에 대한 묵인이나 모성애로 감싸안자는 식의 모호한 해결논리는 일방적인 한 쪽의 희생만으로만 만들어진 것이다. 가족의 해체나 가정의 붕괴 원인을 단순히 남편의 부정으로 보는 측면이나, 해체된 가족이나 붕괴된 가정을 복원하는 데 여성의 일방적 희생만을 요구하는 측면이나 두 경우 모두 한 쪽으로만 치우친 견해이다. 작품 속 가정문제에서 화해를 시도하는 데 중추적 역할을 하는 것은 여성의 모성애이다. 이는 모든 문제를 어머니가 해결해준다는 식의 어머니 만능주의 논리가 작품에 녹아 있음을 의미한다. 가정의 붕괴가 단순히 남편의 부정만이 원인이 아니듯, 그 복원에 있어서도 여성의 일방적 희생만으로는 성립될 수 없다. 박현숙의 희곡에는 앞의 두 편견이 내재되어 있다. 이는 사회구조적 모순과 편견을 작품 속에서 다시 한 번 반복하고 있는 격이다. 이런 결말을 해결책으로 제시한 두 작품은 작가의식의 한계를 드러내고 있다.

참고문헌

김경옥, 「앙가쥬망의 작가 박현숙, 그 생애와 작품세계」, 『한국현역극작가론(1)』,
    한국연극평론가협회 편, 예니, 1987.

김선주, 「박현숙 희곡 연구」, 경산대 국문과 석사논문, 2000. 8.

김성희, 「박현숙 희곡에 나타난 여성들의 가정지키기: 희곡집 『여자의 성』을 중심
    으로」, 명지전문대학 『논문집』 제21집, 1997. 12.

나덕기, 「박현숙 희곡 연구: 여성의 비극적 삶과 풍자 의식」, 『영남어문학』 29,
    영남어문학회, 1996. 6.

박혜령, 「한국 여성작가 희곡 연구: 1960년대 박현숙 희곡 연구」, 『외대논총』 제24
    집, 부산외국어대학교, 2002. 2.

B. 아스무트 지음, 송전 옮김, 『드라마분석론』, 한남대학교 출판부, 1995.

수 엘렌 케이스 지음, 김정호 옮김, 『여성주의와 연극』, 한신문화사, 1997.

유진월, 『한국희곡과 여성주의비평』, 집문당, 1996.

이미원, 「박현숙 희곡연구」, 『한국연극학』 제11호, 한국연극학회, 1998.

피에르 라르토마 외 지음, 이인성 엮음, 『연극의 이론』, 청하, 1997.

피터 퓌츠 지음, 조상용 옮김, 『드라마 속의 시간』, 들불, 1994.

채새미, 「박현숙 희곡연구」, 서울여대 국문과 석사논문, 1997.

하유상, 『희곡론과 작법』, 을유문화사, 2000.

공동 사회와 이익사회의 갈등과 화해

최창길

1. 서론

박현숙은 1959년 <항변>을 시작으로 해서, 1998년 <태양은 다시 뜨리>까지 40년 동안 모두 23편의 희곡을 발표했다. 작품을 발표순서에 따라 살피면 아래 표와 같다.[1)]

발표(공연)년도	작품명	발표지
1959	항변(1막)	조선일보 신춘문예 입선
1960.1.13-28	사랑을 찾아서(1막)	조선일보 신춘문예 가작 입선
1962	땅위에 서다(1막)	조선일보 신춘문예 당선
1963	언덕으로 가는 골목길(1막)	소인극 17인 선집
1964	傍觀者-나는 방관자가 아니다(1막)	『여인』
1965	出發(1막)	소인극 17인 선집
1965	女人-너를 어떻게 하랴(4막 5장)	『여인』
1967(공연)	家門(4막 6장)	『가면무도회』
1969(공연)	他人들(2장)	『가면무도회』

1) 이 표는 『박현숙문학전집』 제1권(서울 : 늘봄, 2001), 243～244쪽에 있는 작가 연보 중 '저서 및 작품' 부분과 김선주의 『박현숙 희곡론』(경산대학교 국문학과 석사논문, 1999)을 참조로 하여 필자가 재정리한 것이다.

1971	세상은 온통 요지경 속(2장)	『월간문학』
1977(공연)	빛은 멀어도(4막 5장)	『가면무도회』
1975	가면무도회(2장)	『가면무도회』
1977	이상촌(촌극)	『주말농장』 지
1986	그 찬란한 유산(2막 10장)	『한국문학』. 7월호
1989	여자의 성(7장)	『월간문학』. 10월호
1991	조국의 어머니(2막 10장)	『월간문학』. 6-8월호
1993	청사에 빛나리 그 이름(6막 18장)	『여자의 성』
1996	회로-파도야 말해다오-(2장)	『여자의 성』
1996	생명의 전화를 받습니다(모노드라마)	『여자의 성』
1996	행복한 봄이 되기를(1막)	『가면무도회』
1996	꽃을 피우는 마음(1막)	『가면무도회』
1996	할아버지 만세(1막)	『가면무도회』
1998	태양은 다시 뜨리(2막)	『월간문학』. 12월호

위의 표에서 보는 바와 같이 박현숙은 1977년부터 1986년까지 10년 동안 희곡 작품을 발표하지 않았다. 이는 한국희곡작가협회 회장, 대한민국연극제 심사위원 및 한국공연윤리위원회 희곡심사위원 등 대 사회적인 활동에 분주하다 보니, 작품을 발표할 여유를 갖지 못했으리라 짐작한다. 작품 활동이 없던 이 공백기를 앞뒤로 그의 작품 세계를 전반기와 후반기로 나눌 수 있겠다.

박현숙의 작품 23편 중 단막극(촌극과 모노드라마 포함)이 16편(70%)이고, 장막극은 7편(30%)이다. 7편의 장막극 가운데 후반기 작품으로는 <그 찬란한 유산>, <조국의 어머니>, <청사에 빛나리 그 이름>, <태양은 다시 뜨리>가 있다. <그 찬란한 유산>은 작가의 자전적인 작품이고, <조국의 어머니>는 오산월이라는 어머니를 중심으로 한 가족 공동체

에 가해지는 수난사고, <청사에 빛나리 그 이름>은 임영신 여사의 일대
기를 극화한 작품이며, <태양은 다시 뜨리>는 일제에 항거하는 유학생들
의 수난과 그것을 극복하는 이야기다.

본고에서는 박현숙 희곡의 특징인 가족 구성원의 중요성과 여자의 수난
이 잘 나타난 <조국의 어머니>와 <태양은 다시 뜨리>를 논의의 대상
작품으로 한다. <그 찬란한 유산>과 <청사에 빛나리 그 이름>은 전기
적인 작품이기 때문에 논의에 부적합하다고 생각하여 제외한다. 논의 대
상 작품들의 구조를 분석하여 그 등장인물들의 대립 및 욕망의 양상과 작
품에 나타난 극적 기법을 살펴 박현숙 희곡의 특징을 새롭게 조명해 보고
자 한다.

2. 작품 구성상의 특징

작품의 전반적인 이해를 위해 우선 줄거리를 그 순서에 따라 정리한다.

2.1. 〈조국의 어머니〉2)

1막 1장 : 대한민국 초대 대통령 취임식 날, 오산월은 남편에게 이제
정치에 대한 미련을 그만 버리고, 가정에 충실하라고 말한다. 박세영은
월남하여 자기 집 아랫방에 세 들어 살면서 고학하는 민숙희에게 관심
을 갖는다.
2장 : 박세영은 민숙희의 생일 파티를 계획하고, 박정애는 작은

---

2) <조국의 어머니>는 『박현숙문학전집』 제4권, 늘봄, 2001, 47쪽~129쪽에 실려 있다.
본고에서 인용은 모두 여기의 것으로 한다.

오빠에게 배병태가 기습적으로 자기에게 입을 맞춘 것과 그가 지금 민숙희에게 관심을 기울이고 있음을 말한다.

3장 : 민숙희의 생일 파티에서 박정애는 '사랑'이라는 자작시를, 김철호는 '키에르케고르 시'를, 박세영은 '초혼'을 낭독함으로써 각자의 심중을 드러낸다.

4장 : 김구 선생이 암살되던 날, 박세영과 배병태가 민숙희를 사이에 두고 서로 대립한다. 배병태는 노골적으로 자기 속내를 드러내고, 박세영은 민숙희를 만나 직접 사랑을 고백한다. 민숙희도 박세영을 사랑한다.

5장 : 6·25전쟁이 일어나던 날, 배병태는 민숙희에게 자기와 함께 남쪽으로 피난 가자고 하지만 민숙희가 이 집 가족을 버리고 떠날 수 없다고 하자, 배병태는 그것이 모두 박세영 때문이라고 생각하고 본때를 보이겠다고 한다.

6장 : 전쟁 발발 3일 뒤, 서울이 공산군에게 점령당하자, 학교 감찰위원으로 반공학생이던 배병태는 재빨리 변신하여 인민군 가회동 일대 책임자가 된다. 그는 민숙희를 박세영이 빼앗아갔다고 하면서 두 사람을 끌고 간다.

2막 1장 : 휴전협정이 조인되는 날, 큰아들의 생사도 모르는 채, 참전했던 둘째 아들이 무사히 귀환하고, 박정애에게 보낸 민숙희의 편지가 공개된다.

2장 : 신익희 선생의 영결식이 거행되는 날, 박정애는 작은오빠에게 자기 학원 원장이 치근덕거린다는 말과 진영에서 민숙희를 만났는데, 그가 죽은 큰오빠의 아들을 낳아서 키우고 있다는 사실을 알린다. 박세영의 죽음은 회상 장면으로 처리된다.

(회상 장면) : 배병태에게 끌려갔던 박세영은 민숙희를 빼앗기지 않으려다가 배병태가 쏜 총에 맞고, 배병태 또한 박세영이 쏜 총에 맞아 죽는다. 김철호는 민숙희를 남으로 후송시키고, 자기는 인민군에 부역한 것 때문에 어쩔 수 없이 북으로 간다.

3장 : 3·15 부정선거 규탄 데모가 일어나던 때, 공하수는 박정

애의 정조를 유린한 것을 빌미로 그를 소유하겠다고 협박하고, 박세완
은 데모에 참가했다가 부상을 당한다.

　　　　4장 : 4·18일 데모가 한창일 때, 공하수는 하수인에게 박세완
을 아주 못쓰게 만들라고 지시하고, 오산월에게 딸과의 관계를 폭로한
다. 크게 다쳐 병원에 입원했던 박세완이 깨어나고, 민숙회는 아들(요셉)
을 데리고 이 집을 찾아온다. 오산월은 요셉이 친손자임을 알지만, 큰아
들이 이미 사망했다는 사실에 충격을 받아 죽는다.

　<조국의 어머니>는 전체가 2막 10장으로 이루어졌는데, 무대는 회상
장면을 제외하고는 모두 박찬우의 집으로 한정되었다. 1막과 2막 사이에
는 3년이란 시간의 경과만 있을 뿐이어서 단막극으로 처리할 수 있는 데도
작가는 굳이 2막으로 나누었다. 이에 따라 2막의 무대가 1막에 비해 좀더
낡고 퇴색한 모습을 드러낸다. 그런 가운데 특이한 것은 2막 2장에 회상
장면을 집어넣은 것이다. 박정애가 민숙회로부터 들은 3년 전 일을 극중극
의 형태로 보여주는 이 부분은 중간에 막을 내려 과거를 회상하는 수법을
썼다. 이 회상 장면이 작품에서 유일하게 박찬우의 집이 아닌 공간이다.
이 극중극 장면은 무대 전체에서 일어나는 사건 사이에 끼어 있는 또 하나
의 극화된 이야기가 연기되는 장소다.[3] 이 회상 부분을　삽입함으로써 1막
과 2막 사이의 이야기가 자연스럽게 연결된다.
　<조국의 어머니>는 정부 수립 후, 우리 현대사의 중요한 사건들에 맞
추어 가족들이 겪는 삶의 모습이 전개되고 있다.

---

3) 김일영. 『한국희곡입문』, 느티나무, 1996, 74쪽.

2.2. 〈태양은 다시 뜨리〉[4]

1막 (가) 오애실 남매는 동경 시내 빈민가에서 생활하는 재일 유학생
　　　　이다.

　　　(나) 오세영의 친구 김철호, 공하수, 미우라는 친구 사이로 일제
　　　　의 강제징집 때문에 모두 전전긍긍한다.

　　　(다) 오애실은 마음속으로만 윤동주를 사모할 뿐, 실은 유부남인
　　　　김철호와 육체관계를 맺고, 그 아이를 유산시켰다. 김철호는
　　　　오애실과 관계를 지속하려 하지만 오애실은 이를 완강하게
　　　　거절한다.

　　　(라) 모임의 동지였던 미우라의 배신으로 지하항일운동의 주동자
　　　　인 오세영이 체포되고, 집안에 함께 숨었던 김철호와 오애실
　　　　도 잡힌다.

　　　(마) 미우라는 자기가 짝사랑하던 오애실을 김철호가 가로채어
　　　　갔다고 해서 그를 증오하고, 군 입대를 면제받는 대가로 친
　　　　구들을 밀고한다.

　　　(바) 고향집에 불이 나서 식구들이 모두 죽었다는 전보를 야마무
　　　　라로부터 받아 읽은 오애실은 실신하여 쓰러진다.

2막 (사) 공민수는 일본 아오야마 뇌병원에 뇌혈전증으로 입원한 오애
　　　　실을 자기가 근무하는 해주도립병원으로 이송해서 돌봐준다.

　　　(아) 해주도립병원 정신 병동에는 김철호가 두 눈을 잃고, 뇌에
　　　　큰 손상을 입어 발작을 일으키는 상태로 입원해 있다.

　　　(자) 기억 상실증에 걸린 오애실은 광복이 되는 날 사내아이를
　　　　출산하고 죽는다.

　　　(차) 공민수는 신간호원과 결혼해서, 오애실이 낳은 아이를 자기
　　　　아이로 키우려 한다.

---

4) 〈태양은 다시 뜨리〉는 『박현숙문학전집』 제5권, 늘봄, 2001, 73~119쪽에 실려 있다.
본고에서 인용은 모두 여기의 것으로 한다.

<태양은 다시 뜨리>는 2막으로 이루어졌다. 1막의 배경은 1944년 동경 빈민가에 있는 오애실 남매의 자취집으로, 친구의 배신으로 수난을 당하는 재일 유학생의 삶을, 2막은 1945년 8월 14일, 15일 양일 간으로 해주 도립병원 정신과 병동에서 일제의 탄압 후유증으로 고통스럽게 사는 인물과 그를 헌신적으로 돕는 공민수와 병원 직원들의 모습을 그렸다.

> 김철호 : (너무나 처절한 모습으로) 그래 폭격해라. 일본이 하루 빨리 패망하고 손들어야 우린 산다. (다시 헛소리처럼) 내 눈, 내 눈알이 없어졌어……. (소리지르며 다시 허공을 올려다본다. 이때 회진 갔던 일행이 돌아와 이 광경을 본다) 그 날 세영은 그 놈들에게 맞아 죽고, 나와 그 표리부동한 놈, 미우라 그 놈은 강제 징용 당해 탄환 만드는 공장으로 징집됐었어. 탄환 폭발로 그 놈은 죽고 나는 이렇게 두 눈이…… 내 눈 내 눈을 돌려다오 (사방을 돌고 있다)5)

<태양은 다시 뜨리>에서 철호의 독백을 통해 지금까지의 사건이 요약되고, 말하는 사람의 속마음을 들여다볼 수 있게 되었다. 이 부분은 작품 전체의 진행에 크게 영향을 미친다.6) 전체를 2막으로 나눔으로써 1년 남짓한 시간의 경과와, 장소의 바뀜이 자연스럽게 된다. 그렇게 함으로써 앞뒤 이야기가 제대로 연결된다.

<조국의 어머니>에서는 회상 장면을 통해서 궁금했던 과거의 사실을 알게 되었다고 한다면, <태양은 다시 뜨리>에서는 등장인물의 독백을 통해 몰랐던 과거의 사실이 알려진다고 하겠다. 이렇게 서로 다른 표현

---

5) 『박현숙문학전집』 제5권, 101~102쪽.
6) 피터 퓌츠, 『드라마 속의 시간』, 들불, 1994, 121쪽.

방법을 통해 몰랐던 과거의 사실을 알 수 있게 되었다.

3. 인물의 욕망과 갈등 양상

인간은 각자가 무엇을 이루려는 욕망을 갖고 있는데, 그것이 현실 상황과 충돌할 때 갈등이 일어난다.[7]

등장인물 사이의 갈등은 주체자와 적대자의 대립을 통해서 발생하는데, 여기서 주체자란 반드시 주인공만을 말하는 것은 아니다. 주인공이 아니더라도 극 중 사건에서 차지하는 비중이 크거나 주체 기능을 수행하는 인물이면 주체자가 된다.

<조국의 어머니>에 있어서 갈등은 가족과 가족 아닌 사람들 사이에서 일어나고, <태양은 다시 뜨리>에서 갈등은 친구들 사이에서 비롯된다. 가족 관계는 혈연으로 맺어진 공동사회고, 친구 사이는 이해관계로 맺어진 이익사회라고 할 때, <조국의 어머니>는 공동사회에 가해지는 이익사회의 횡포를 가족들이 합심하여 극복하는 과정을 보여주고, <태양은 다시 뜨리>는 이익사회의 횡포에 의해 공동사회가 해체되기도 하고, 또 다른 이익사회에 의해 새로운 공동사회가 결성되기도 하는 이중성을 보여준다.

본고에서는 이런 관점에서 두 작품 살펴보겠다.

3.1. 〈조국의 어머니〉의 경우

<조국의 어머니>에서 인물들은 크게 가족과 가족 아닌 사람으로 나눌

---

7) L. Egri, 김선 역, 『희곡작법』, 청하, 1997, 202쪽.

수 있다. 가족은 어머니(오산월), 아버지(박찬우), 큰아들(세영), 작은아들(세완), 딸(정애), 며느리(민숙희), 손자(요셉)로 일곱 명이고, 가족이 아닌 사람은 김철호, 배병태, 공하수 세 명이다. 민숙희는 원래 이 집 가족이 아니었으나, 박세영의 유복자(요셉)를 낳아 길러서 찾아옴으로써 가족이 된다. 가족이 아닌 사람 중에 김철호는 박세영의 오랜 친구이고, 박정애가 사모했을 뿐만 아니라, 훗날 그를 만나면 결혼하겠다는 뜻을 나타냈고, 배병태의 총에 맞은 박세영을 끝까지 돌봐주었으며, 공산군 치하에서도 민숙희가 무사할 수 있도록 보호한다. 김철호는 이 집 가족과 우호적인 관계를 유지한다. 이들 사이에는 갈등이 일어나지 않는다.

<조국의 어머니>에서 갈등은 가족과 가족이 아닌 인물들 사이에 일어난다. 가족이 아니면서 갈등을 일으키는 인물은 배병태와 공하수다. 두 사람 모두 여자를 소유하겠다는 욕망으로 이 가족과 갈등하게 된다.

배병태는 여자를 무척 밝히는 인물이다. 그는 연극부원인 애란이를 따라 다니다가 상사병으로 입원을 하기도 했고, 박정애에게 기습적으로 입을 맞췄으며, 민숙희를 차지하려고 안간힘을 쓴다. 배병태는 민숙희를 이미 자기가 점찍어 놓았으니 다른 사람은 아예 헛물을 켜지 말라고 하면서, 자기에게서 민숙희를 빼앗아 가려는 사람은 아예 목을 비틀어 버리겠다고 말한다. 그는 민숙희를 자기 것으로 만들기 위해, 어떤 일이라도 저지를 수 있는 인물이다. 민숙희는 집요하게 애정 공세를 퍼는데다가 무례한 행동을 하는 배병태를 좋아하지 않는다. 민숙희를 좋아하는 것은 어디까지나 배병태의 일방적인 생각일 뿐이다. 민숙희에게 관심을 갖고 있는 사람은 배병태 뿐만 아니다. 박세영도 마찬가지다. 배병태와 박세영은 민숙희를 차지하려고 서로 치열하게 경쟁한다.

배병태를 주체로 볼 때, 민숙희는 사랑의 대상이고 박세영은 경쟁자다. 배병태가 민숙희를 사랑하고자 하는 욕망이 강할수록 경쟁자인 박세영 또한 그 욕망이 강해진다. 배병태와 박세영은 고등학교 때부터 사상을 초월한 동지로 맺어진 친구 사이라고 하지만, 민숙희와 박세영이 가까워질수록 민숙희를 소유하고자 하는 배병태의 욕망은 더 강렬해진다. 민숙희를 사이에 두고 벌어지는 배병태와 박세영의 대립은 심각함을 넘어 적대적인 관계로 발전한다. 자기가 좋아하는 민숙희를 박세영이 빼앗아 갔다고 생각한 배병태는 6·25전쟁이 발발하자 민숙희에게 자기와 함께 남쪽으로 피난 가자고 제의했다가 거절당한다. 민숙희가 자기의 제의를 거절한 것이 모두 박세영 때문이라고 생각한 배병태는 공산군의 앞잡이가 되어 강제로 민숙희를 차지하려고 한다. 그러나 그 일이 자기 뜻대로 되지 않자 박세영을 총으로 쏘고, 자기도 그 총에 맞아 죽는다. 박세영은 이 집안의 맏아들로 가족 모두가 그에게 희망을 걸고 있다. 배병태가 박세영을 죽임으로써 이 집안의 희망은 꺾인다.

2막의 공하수도 또한 여자관계가 복잡한 인물이다. 그는 박세완의 학교 선배로 대학 재학 중 같은 반 여학생을 임신시켜 결혼하였고, 딸까지 두고 있다. 그는 박정애가 다니는 학원의 원장으로 처음에는 총각이라고 속이고, 다음에는 부인과 성격이 맞지 않는다면서 박정애에게 접근한다. 공하수는 박정애를 시외로 유인해서 수면제를 넣은 음료수를 먹이고 정조를 유린한다. 상대가 싫다는 데도 자기만 좋아하면 된다고 생각하는 공하수는 정조를 짓밟은 것을 빌미로 박정애를 소유하겠다고 한다. 공하수는 자기의 요구를 따르지 않으면 계속 따라 다니면서 자기와의 관계를 폭로하여, 사회에서 매장시키겠다고 위협을 가한다. 남의 약점을 잡아 자기의 욕심을 채우려는 이런 행위는 파렴치한 행동이다. 공하수는 거기서 한 걸음 더 나아가 청부업자를 고용하여 그의 작은오빠를 아주 못쓰게 망가뜨리려 한다. 큰아들이 없는 이 가정에서 둘째아들은 대들보이기 때문에 그를 처치하면, 이 집안이 쑥밭이 되고, 그러면 정애는 어쩔 수 없이 자기 차지가 되리라 생각하고, 그런 일을 계획한다. 정조를 유린당하고 공하수에게 협박당하는 박정애는 괴롭다. 그 괴로움은 자신뿐만 아니라 가족 모두의 고통이기 때문에 희망이 꺾일 수밖에 없다.

단지 자기가 좋아하는 것으로 여자를 소유했다고 생각하는 배병태나, 강제로 여자의 정조를 유린한 것으로 자기 소유라고 생각하는 공하수는 사태를 제대로 파악하지 못하는 인물이라 하겠다. 상대가 자기를 사랑하지도 않는데도 그를 억지로 차지하려다가 친구마저 살해해서 그 가정의 희망을 깨뜨리는 배병태, 자기의 욕정을 충족시키기 위해 후배의 여동생을 야비한 방법으로 능욕하고, 그것도 모자라서 그의 오빠마저 망가뜨려 자기의 욕심을 채우려는 공하수는 바람직하지 못한 인물들이다.

3.2. 〈태양은 다시 뜨리〉의 경우

〈태양은 다시 뜨리〉는 이해타산에 앞선 디우라가 자기 이익을 위해 친구들을 배반하여 그들을 비참하게 만든 1막과 그로 인해 처참하게 된 친구의 여동생을 헌신적으로 돌보는 공민수와 그 동료들의 활약상을 제시한 2막으로 이루어졌다.

1막은 재일 동경 유학생인 오세영, 김철호, 공민수, 미우라는 기독 결사대라는 항일지하운동을 같이 한 친구지만 그것은 어디까지나 겉으로 들어난 것에 불과하다. 그들 가운데 자기 이익을 위해 친구를 배신하는 미우라가 있다. 미우라는 일본 관비로 유학을 하고, 군 입대 면제를 약속 받고 일제에 협조한다. 그러나 군 입대 면제라는 그 약속은 일제의 간계였다. 친구들을 배신한 대가로 자기 이익을 획득할 수 있다고 믿었던 미우라는 결국 자기가 믿었던 일제로부터 속임을 당하고 죽게 된다.

미우라는 김철호와는 각별한 사이다. 둘은 고등학교 때부터 친구 사이고, 부모들끼리도 형제같이 지낸다고 했다. 그런 두 사람이 심각하게 대립하는 것은 여자 때문이다. 처녀인 오애실을 유부남인 김철호가 사랑해서는 안 되고, 마땅히 자기가 차지해야 된다고 생각한 미우라가 복수를 한 것이다. 미우라에게 있어서 중요한 것은 자기의 이익이지, 친구 사이의 우정은 아니다. 미우라는 이익사회의 전형적인 인물이다.

미우라를 주체로 할 때, 오애실은 사랑의 대상이 되고, 김철호는 경쟁자가 된다. 주체와 경쟁자가 가까울수록 대상에 대한 집착은 강해진다. 결국 대상을 경쟁자에게 빼앗겼다고 생각한 주체자는 대상과 경쟁자 모두를 처절하게 만듦으로써 복수를 했다고 생각한다.

오세영 일행에 관한 정보는 미우라에 의해 일제에 보고 되었기에 야마무라는 오세영에 대한 정보를 모두 안다. 일제는 오세영의 고향집에 불을 질러 식구 모두를 살해했고, 오세영도 체포되던 날 일본놈들에 맞아 죽고, 오애실은 기절해서 뇌혈전증으로 기억 상실자가 된다. 이렇게 한 집안이 철저하게 파괴되는 것은 미우라의 배신 때문이다. 공동사회의 일원인 오세영의 가정이 파괴되는 것은 이익사회의 일원이었던 미우라의 배신 때문이다. 오애실의 가정과 가족들이 처절하게 파괴되는 것은, 이익사회의 횡포로 공동사회가 깨뜨려지는 모습이다.

2막에서는 오세영의 친구였던 공민수가 해주도립병원에 김철호를 입원시켜 돌봐주며, 아오야마 뇌병원에 입원해 있던 친구 여동생마저 일본까지 가서 데려온다. 공민수가 오애실을 해주도립병원에 데리고 오는 것은 결코 쉬운 일이 아니다. 그런 쉽지 않는 일을 그가 자처하는 데는 오애실이 친구의 여동생이며, 그 집안이 독립운동을 하다가 핍박을 받았기 때문에 어떤 의무감에서 그를 돕는 것이다. 오애실과의 관계에 대해 다른 사람들이 오해를 하기도 하고, 노골적으로 의심도 하지만, 공민수는 그런 일에 전혀 개의하지 않는다. 오해를 받으면서도 공민수가 오애실을 돕는 것은, 그 일이 자기의 도리라고 생각했기 때문이다. 해주도립병원의 실험실 실장인 양원달과 많은 간호원들도 아무런 이해관계 없이 오애실을 돕는다. 오애실이 애를 낳고 죽는데, 아무도 그 애를 키울 사람이 없다. 공민수는 신간호원과 결혼하여 그 애를 자기 아이로 키우기로 작정한다. 오애실이 낳은 아이는 공민수와 신간호원에 의해 새로운 가족의 일원이 된다. 미우라에 의해 김철호와 오애실의 삶이 파괴되었다면, 공민수에 의해 그것이 회복된다. 미우라는 자기 이익을 위해 친구의 가정을 파괴하고 그들에게 고통을 가하는데 비해, 공민수는 새로운 가정을 건설하여 그 고통을 해결해 준다. 자기의 이익을 위해 친구를 이용하는 미우라가 있는가 하면, 친구와 친구 동생을 위해 자기를 희생하는 공민수도 있어서 서로 대조적이다. 이익사회에 의해 공동사회가 파괴되기도 하고, 건설되기도 함을 보여준다.

1막에서 친구에 의해 파괴된 공동사회가 2막에서는 또 다른 친구에 의해 새로운 공동사회가 건설됨을 <태양은 다시 뜨리>는 보여 준다.

4. 극적 기법의 특징

4.1. 삽입 시의 효과

박현숙 희곡에 나타난 극작 기법 특징 가운데 하나는 시작품이 많이 삽입되어 있다는 사실이다. 객관적인 자세가 요구되는 극에 시를 삽입하는 것은 감동적인 상황을 만들기 위한 작가의 배려다. 서정적인 리듬은 격동하는 극의 줄거리에서, 시간을 초월하고 정태적인 것을 순수하게 극복하는 형식이다.[8] 이렇게 함으로써 작가가 극 속의 사건에 직간접 개입하여 등장인물의 내면 심리 전달에 특별한 효과를 낼 수 있다.

<조국의 어머니>에는 모두 4편의 시가 들어 있다. <사랑>과 <조국의 어머니>는 작가의 작품이다. 박정애가 지어서 발표하는 형식을 취하지만 그것은 어디까지나 작중 인물의 역할에 지나지 않는다. 김철호가 낭독한 <키에르케고르의 시>와 박세영이 읊은 <초혼>은 각자의 입장을 표명한 것이다. 결혼에 대해 회의적인 생각을 갖고 있는 김철호는 키에르케고르의 시를 통해서 자기의 심중을 드러냈고, 민숙희를 사랑하면서도 섣불리 사랑을 고백하지 못하는 박세영은 <초혼>을 통해서 자기의 심중을 드러낸다.

<사랑>은 고등학생인 박정애가 김철호를 짝사랑하면서 지은 것으로, 사춘기 소녀의 외로움과 그리운 심정이 잘 나타나 있다.

　　　(전략) 외로움으로 텅 빈 내 가슴에
　　　가득 담아 그대에게 피워보내리

---

8) 피터 퓌츠, 앞의 책, 197쪽.

안 보면 그리웁고 만나면 설레이는
말못하고 돌아서는 발자욱마다
그리움만 남겨놓고 돌아섰다네
아마도 그것이 사랑인가 봐.[9]

박정애가 김철호를 짝사랑하지만 정작 김철호는 박정애에게 관심을 두지 않는다. 김철호에게 있어서 박정애는 단지 친구의 여동생에 불과할 뿐이다. 김철호가 박정애를 어린애로 취급하는데 대해, 박정애는 김철호로부터 숙녀로 대접받기를 원한다. 김철호는 여자와의 사랑에 대해서 허무와 불신을 갖고 있다. 그 이유는 아버지 때문에 불행했던 그 어머니와 자기의 인생 역정 때문이다. 그렇기 때문에 여자를 무관심하게 대하는 것이다. 김철호가 키에르케고르의 시를 인용한 것은 부도덕한 아버지에 의해 비참하게 생을 마감했던 어머니의 희생을 보면서 결혼에 대해 고뇌함이다. 키에르케고르의 시에는 허무주의적인 그의 성격이 잘 나타나 있다.[10]

---

9) 『박현숙문학전집』제4권, 61쪽
10) 키에르케고르(1813 - 1855)는 양친이 맺어진 관계를 알고 평생을 독신으로 지낸 덴마크
  의 종교철학가이며, 작가다. 1837년 경 그 스스로가 '대지진'이라고 부른 심각한 체험을
  하게 되는데, 그것은 양친이 맺어진 비밀에 관한 것이다. 키에르케고르의 아버지는 본
  부인이 있는데도 자기 집 하녀였던 안네와 은밀하게 육체적 관계를 지속한다. 전처가
  슬하에 자식하나 없이 죽자 안네를 후처로 맞아들이고 키에르케고르를 낳는다. 평소 존
  경해 마지않던 아버지의 비종교적이고 비양심적인 행위에 대해 키에르케고르가 받은 정
  신적인 충격은 컸다. 이 체험이 훗날 그의 생애와 사상에 운명적인 영향을 남긴다. 1837
  년 당시 15세의 레기네 올센이란 소녀를 만나 첫눈에 반한 그는 3년 후에 그와 약혼한다.
  그러나 이들의 약혼은 애정의 상극과 내면의 죄의식 때문에 1년 남짓 지속되다가, 41년
  가을 키에르케고르에 의해 파기된다.

어느 소녀를 사랑하여 보아라
그대는 뉘우치리라
사랑하지 말고 살아 보아라
그대는 또한 뉘우치리라
세상의 괴로움에 목메어 보아라
그대는 뉘우치리라
세상의 어리석음을 비웃어 보아라
그대는 또한 뉘우치리라
결혼하여 보아라
그대는 뉘우치리라
결혼하지 말고 살아 보아라
그대는 또한 뉘우치리라11)

박세영은 김소월의 <초혼>을 낭독함으로 민숙희에 대한 자기의 입장
을 드러내고 있다.

산산이 부서진 이름이여
허공 중에 흩어진 이름이여
불러도 대답 없는 이름이여
부르다 내가 죽을 이름이여
　(중략)
부르는 그 소리는 비켜 가지만
하늘과 땅 사이가 너무 멀구나
선 채로 이 자리의 돌이 되어도
부르다 내가 죽을 이름이여
사랑하던 그 사람이여

---

11) 『박현숙문학전집』 제4권, 62~63쪽.

사랑하던 그 사람이여[12]

  박세영은 민숙희를 애타게 부르지만, 그가 너무 먼 것을 지향하기 때문에 사랑이 쉽게 이루어질 수 없는 안타까움이 드러나 있다. 가까이 하기에는 너무 버거운 상대를 그저 바라볼 수밖에 없는 박세영의 심정이 잘 나타나 있다. 그러면서 그 사랑은 결국 이루어지지 않을 것임을 암시하기도 한다.

  오산월이 죽고, 극이 끝날 때 박정애는 그 어머니를 생각하여 <조국의 어머니>를 읊는다.

> 조국의 어머니
> 아, 조국의 어머니로 불리는 이 땅의 많은 어머니시여!
> 아, 조국의 찬란한 아침처럼 떠오르는
> 이 땅의 어머니시여!
> 아, 조국의 수난을 온몸으로 안고 이겨낸
> 이 땅의 어머니시여!
> 조국의 어머닌 가난하셨네
> 조국의 어머닌 외로우셨네
> 조국의 어머닌 눈물이셨네
> 조국의 어머닌 희생이셨네
> 조국의 어머닌 사랑이셨네
> 조국의 어머닌 자랑이셨네
> 조국의 어머닌 등불이셨네
> 조국의 어머닌 십자가 지셨네

---

12) 앞의 책, 63~64쪽.

조국의 어머닌 불의를 거부했네
조국의 어머닌 횃불이셨네
조국의 어머닌 평화이셨네[13]

　박정애가 낭독한 <조국의 어머니>는 곧 이 작품의 제목이기도 하다.
그만큼 이 시에 대한 작가의 배려는 크다. 오산월은 한 가정의 주부만이
아니라, 투철한 조국애를 갖고 있는 인물이기도 하다. 어머니는 조국의 수
난을 몸소 겪음으로 희생했고, 그것을 극복함으로써 승리를 이뤘다.
　<태양은 다시 뜨리>에도 5편의 시가 실려 있다. 1막이 시작되고 바로
오세영은 방 앞에 떨어진 동생의 시를 발견한다. <그리움>이란 작품은
누구를 대상으로 한 그리움인지는 확실치 않으나, 윤동주 아니면 김철호
일 것이다. 윤동주를 마음속으로 사모하기는 했으나, 차 한 잔 마셔본 일
없고, 김철호는 오빠의 친구로 처음에는 총각인줄 알았으나 나중에 그가
이미 결혼을 한 유부남이라는 사실을 안다. 유부남을 사랑해서는 안 되는
줄 알면서도, 그와 관계를 맺고, 그 아이를 유산시킨 오애실에게 사랑의
갈등은 심각할 수밖에 없다.

사랑의 날개에 그리움을 싣고
물살처럼 파도치며 흘러간
시간과 시간 사이
텅 빈 내 가슴 속에
사랑은 이끼로만 남아 있네
사랑이란 속절없이 흐르는

---

13) 앞의 책, 128쪽.

뜬구름인가
밤하늘의 유성인가
끝간 데를 모르겠네
아! 내 사랑 빈 메아리 되어
되돌아올지라도
나 그대 영원히 사랑하리
못 잊을 사람이여—14)

오애실은 김철호와 단 둘이 함께 있게 되자, 윤동주에 대한 이야기를 하면서 김철호의 접근을 의식적으로 피하려고 애쓴다. 오애실은 더 이상 김철호와 관계를 맺으면 안 된다는 것을 알고, 김철호의 접근을 막기 위해서 윤동주의 <자화상>과 <서시>를 낭독한다. <자화상>에는 자기 자신에 대한 미움과 가엾음과 그리움이 교차된다. 이런 복합 감정은 정서적으로 불안을 느끼게 되는데, 그 대상이 시를 낭독한 오애실일 수도 있고, 상대인 김철호일 수도 있으며, 일제 강점기를 사는 지식인 모두일 수도 있다. 불행한 시대를 사는 지식인이라면 어찌 자신에 대한 증오와 연민의 감정이 생기지 않을 수 있겠는가?

<태양은 다시 뜨리> 2막에는 오애실이 지은 시 두 편이 있다. <해바라기>와 <나의 조국 조선 땅>이란 작품으로 오애실의 일기 속에 있다. 이 작품은 그가 일본에 있을 때 지은 것으로 정신이 온전할 때 지었기 때문에, 그 때 오애실의 심정을 잘 나타내고 있다.

<해바라기>란 작품은 사랑하는 남자를 태양으로, 시적 자아를 해바라기로 형상화했다.

---

14) 『박현숙문학전집』 제5권, 75~76쪽.

사랑하는 당신이 태양이 되면
나는요 해바라기 꽃이 되리다
당신이 동에서 솟아나면
나는요 동쪽으로 고개 돌리고
당신이 서쪽 산기슭을 넘어서면
나는요 고개 숙여 잠자리라.15)

<나의 조국 조선 땅>은 조국의 현실과 그 안위를 걱정하는 작가의
마음이 드러났다.

사랑과 인정으로 가득했던 조국 땅아
지금은 모두 어디로, 흩어지고
눈물만이 가득히 통곡하고 있구나
나의 조국 조선 땅아
세세토록 빛내려 하던 그 약속의 맹세들은
지금 어디서 결박당하고 있는 것인지
우리 민족 모두가 통곡하네 통곡하리.16)

이상으로 <조국의 어머니>와 <태양은 다시 뜨리> 두 작품 속에 들
어 있는 시를 모두 살펴보았다. 박현숙이 이 두 작품에 많은 시를 삽입시
킨 까닭은, 다양한 시도를 하려던 실험 정신으로 볼 수 있다. 서정 양식을
도입함으로써 시가 갖고 있는 함축적인 의미를 내포하려는 의도로, 작가
가 표현하려는 것을 직접적으로 나타내기보다는 우회적으로 표현하려고

---

15) 앞의 책, 103쪽.
16) 앞의 책, 같은 쪽.

할 때, 시가 더 효과적이라고 생각하였다.

4.2. 시청각 기기의 사용과 음악적 효과

박현숙 희곡의 극적 기법 특징 가운데 다른 하나는 시청각적 기기(환등기와 라디오)를 이용해서 그 다양한 효과를 올리려고 노력했다는 것과 음악적인 효과를 높였다는 점이다.

<조국의 어머니>에서는 역사적인 사건의 장면이나 날짜를 환등기로 보여주고, 라디오 소리로 시대상을 나타내는 방법을 썼다.

> 무대가 바뀔 때마다 흐르는 세월을 상징하듯이 환등기가 활용된다.[17]
> 막이 오르면 마루에 앉아 열심히 라디오를 듣고 있는 박찬우.[18]
> 1막 4장: 1949. 6. 29. 환등기로 시대를 고증한다.
>   음악이 흐르는 가운데 환등기로 데모 군중이 나오고 아우성 소리가 들린다.[19]
> 1막 5장: E 시민 여러분, 침착하게 라디오를 들어주십시오 지금 38선에서 충돌이 일어나 접전을 하고 있는 중입니다. 너무 염려는 말아 주십시오. 우리들의 장한 국군을 믿어 주십시오[20]
> 1막 6장: 환등기로 1950년 6월 27일 이승만 대통령 방송 모습.[21]
> 2막 1장: 계속 환등기가 적시적소에서 시대의 변천을 증언하게 된다.
>   E 드디어 한국동란은 만 3년 만에 긴 역정의 종지부를 찍고 오늘 1953년 7월 27일 휴전협정이 조인되었고, 155마일 전

---

17) 『박현숙문학전집』 제4권, 48쪽.
18) 앞의 책, 49쪽.
19) 앞의 책, 65쪽.
20) 앞의 책, 75쪽.
21) 앞의 책, 80쪽.

선에서는 총소리가 멎게 되었습니다.……22)

2장: 음악이 흐르는 가운데 환등기에서 1956년 5월 23일 해공 신익희 선생의 영결식을 보여준다. 라디오 뉴스가 들려온다.23)

3장: 환등기, 3·15 부정선거 규탄 데모대가 1만 명 이상으로 운집되어 좌충우돌하는 광경이 비쳐지고, 라디오에선 뉴스가 흘러나온다.24)

4장: 1960년 4월 18일이란 글자가 환등기로 비춰진다.25)
이때 무대 조명 사라지고 환등기의 화면이 비춰진다.
대학교수들의 평화행진하는 광경과 이승만 대통령 하야 성명의 방송이 흐르는 가운데 웅장한 음악 속에 막이 천천히 내린다.26)

<태양은 다시 뜨리>에서는 라디오의 효과음이 한 번 나온다.

공민수 : (리시버를 끼고 열심히 듣다가 리시버를 빼며) 양형! 양형, 일어나. 중대 발표 방송 좀 듣게.
양원달 : (눈을 비비며 일어나며) 어디 좀 크게 틀어 놔. 오늘 정오 라디오에서 일황 히로히토의 중대 발표가 있다고 했거든.
공민수 볼륨을 높인다. 일황 히로히토 목소리 침통하게 들린다.
'종전의 조서'
나는 오늘로써 연합국측 영수회담을 통해 작성된 13개 조항의 포츠담 선언을 무조건 수락한다.27)

---

22) 앞의 책, 89쪽.
23) 앞의 책, 98쪽.
24) 앞의 책, 106쪽.
25) 앞의 책, 114쪽.
26) 앞의 책, 128쪽.

이 방법은 비록 새로운 것은 아니지만, 이 시기 다른 작가들의 작품에서는 쉽게 찾아볼 수 없는 획기적인 시도라고 할 수 있다.

박현숙의 극적 기법 가운데 또 하나의 특징은 음악을 이용하여 극적 분위기를 나타내고자 한 것이다.

<조국의 어머니>에서 음악이 나오는 부분을 살펴보면,

> 1막 2장 시작 부분: 음악소리와 함께 불이 켜지면 세완 트럼펫을 구슬프게 불고 있다.[28]
>
> 끝 부분: 바삐 돌아가는 가운데 음악이 들리며 조용히 암전.[29]
>
> 3장 시작 부분: 축음기 소리. 웃는 소리. 트럼펫 소리.[30]
>
> 중간 부분: 모두 울적한 표정들. 이때 세완, 트럼펫 끝까지 불어준다.[31]
>
> 끝 부분: 조용한 노래 곡 끝날 무렵 오산월, 머리에 보따리 이고 박찬우, 어깨에 자루를 메고 들어온다. 지친 얼굴로 트럼펫 소리 들으며[32]
>
> 4장 시작 부분: 음악이 흐르는 가운데,[33]
>
> 끝 부분: 세완, 트럼펫을 불 때 암전된다.[34]

---

27) 『박현숙문학전집』 제5권, 116쪽.
28) 『박현숙문학전집』 제4권, 55쪽.
29) 앞의 책, 59쪽.
30) 앞의 책, 같은 쪽.
31) 앞의 책, 60쪽.
32) 앞의 책, 65쪽.
33) 앞의 책, 같은 쪽.
34) 앞의 책, 74쪽.

5장 끝 부분: 문을 닫으며 트럼펫소리 들리는 가운데 암전된
        다.35)
6장 끝 부분: 이때 막이 천천히 내리며 비장한 음악이 흐른다.36)
2막 1장 시작 부분: 음악이 흐르는 가운데 2막이 오르면 전막과 동일
        한 곳.37)
    끝 부분: 부자가 끌어안는다. 이때 음악이 흐르며 암전된
        다.38)
2장 시작 부분: 음악이 흐르는 가운데,39)
    끝 부분: 이 때 조명이 어두워지고 음악이 흐르며 암전.40)
3장 끝 부분: 이때 음악이 흐르며 암전.41)
4장 시작 부분: 음악이 흐르며 조명이 밝아지면 무대 옆에 학원
        책상과 의자가 있고 하수가 앉아 있다.42)
    끝 부분: 웅장한 음악 속에 막이 천천히 내린다.43)

<태양은 다시 뜨리>에서는,

무대 설명 부분: 퍽 무거운 음악이 깔리면서 막이 오른다.44)
1막 시작 부분: 음악이 조용히 낮아지면 막 저녁을 끝낸 오세영 나오
        다가 방 앞에 떨어진 종이쪽지를 들고 열심히 들여다

---

35) 앞의 책, 80쪽.
36) 앞의 책, 88쪽.
37) 앞의 책, 89쪽.
38) 앞의 책, 97쪽.
39) 앞의 책, 98쪽.
40) 앞의 책, 106쪽.
41) 앞의 책, 11쪽.
42) 앞의 책, 같은 쪽.
43) 앞의 책, 128쪽.
44)『박현숙문학전집』제5권, 74쪽.

본다.45)

끝 부분: 세영 풀린 손으로 애실을 안고 나가는데 침통한
음악이 흐르며 막이 서서히 내린다.46)

2막   끝 부분: 조용한 음악이 흐르며 윤동주 시 또는 적절한 시와
조선독립만세, 대한독립만세, 그리고, 우렁찬 찬송가
의 코러스가 들리며 막이 서서히 내린다.47)

위에서 보는 바와 같이 극적 분위기를 나타내는데 음악을 사용하고 있
다. 음악은 효과음만 나타나는 것이 아니라 직접 악기를 연주하는 장면까
지 삽입시켰다.

<조국의 어머니>에서는,

박정애 : 큰오빠 정말 멋쟁이야. 그리고 이번엔 피날레로 작은오빠
트럼펫. 알았죠? 고등학교 시절, 음악부장님.
박세완 : 네, 알았습니다. 숙희누나, 축하합니다. 그럼 한 곡조

조용한 노래 곡 끝날 무렵 오산월, 머리에 보따리이고 박찬우, 어깨에
자루를 메고 들어온다. 지친 얼굴로 트럼펫 소리 들으며 마루에 짐을
내려놓을 때 암전.48)

<태양은 다시 뜨리>에서는

---

45) 앞의 책, 75쪽.
46) 앞의 책, 95쪽.
47) 앞의 책, 119쪽.
48) 『박현숙문학전집』 제4권, 64~65쪽.

이때 공습 사이렌이 요란하고, 폭격 소리도 들린다. 두 사람 책상 밑으로 숨는다. 김철호 한 손에 지팡이, 한 손엔 하모니카를 들고 '아리랑'과 '울 밑에 선 봉선화'를 구성지게 불며 나온다. 어디선가 또 폭격소리가 연방 들린다. 더듬거리며 휴게실 의자에 앉는다.[49)]

　<조국의 어머니>에서 박세완이 트럼펫을 부는 장면이 여러 번 나오고, <태양은 다시 뜨리>에서 눈 먼 김철호가 발작을 하지 않을 때 자주 하모니카를 부는 것은, 음악을 통해 작품의 분위기를 고조시키려는 작가의 의도로 볼 수 있다. 그만큼 작가는 이들 작품에서 시의 삽입과 음악적인 배려를 많이 하고 있다. 이것이 박현숙 희곡의 또 다른 극적 기법의 특징 중 하나라고 하겠다.

5. 결론

　지금까지 살펴본 것을 요약하겠다.

　첫째, 박현숙 후반기 장막극 가운데 <조국의 어머니>와 <태양은 다시 뜨리>는 가족 구성원의 중요성과 여자의 수난을 강조하는 그의 희곡의 특징이 잘 나타나 있다.

　둘째, 작품의 구성은 <조국의 어머니>가 2막 10장으로 대한민국 초대 대통령이 취임하는 날로부터 그 대통령이 하야하는 날까지 우리나라 정치사의 격변기에 맞춰 박찬우 가족들이 겪는 다양한 삶의 모습을 그렸다. 작품 전체의 무대는 박찬우 집으로 한정되지만, 2막 2장에서 극중극 형식

---

49) 『박현숙문학전집』 제5권, 101쪽.

을 도입하여 1막과 2막을 연결시켰다. <태양은 다시 뜨리>는 2막으로 이루어졌는데, 1막에서는 일본 유학생들이 친구의 배신으로 수난 당하는 모습을 그렸고, 2막에서는 처참한 지경에 빠진 그들이 친구의 도움으로 보호 받는 모습을 보여준다. 과거의 사건을 드러내는 방법으로 <조국의 어머니>는 회상 장면을 사용했고, <태양은 다시 뜨리>에서는 인물의 독백을 사용했다.

셋째, 등장인물들의 대립 및 욕망의 양상을 살펴보면, <조국의 어머니>에서는 가정의 안정을 유지하려는 쪽과 그것을 깨뜨리려는 쪽의 대립으로 볼 수 있다. 가정의 안정을 유지하려는 가족과 김철호는 긍정적인데 비해, 그것을 깨뜨리려는 배병태와 공하수는 부정적이다. 공동사회에 가해지는 이익사회의 횡포를 가족들이 합심하여 극복하는 과정을 보여주고 있다. <태양은 다시 뜨리>에서는 이해관계 때문에 친구를 배신하는 인물에 의해 공동사회인 가정이 파괴되는 1막과 그 상처를 치유하는 친구의 도움을 그린 2막으로 구성되어 있다. 이익사회에 배신으로 공동사회가 파괴되기도 하고, 또 다른 이익사회의 적극적인 도움으로 새로운 공동사회가 탄생되기도 모습을 보여준다.

넷째, 작품에 나타난 극적 기법의 특징을 살펴보면, <조국의 어머니>와 <태양은 다시 뜨리>에는 많은 시가 들어있다. 이것은 희곡에 서정 양식을 도입함으로써 시가 갖고 있는 함축적인 의미를 드러내려는 작가의 의도로 볼 수 있다. 작가가 표현하려는 것을 직접적으로 나타내기보다는 우회적으로 표현하려고 할 때, 시가 더 효과적이라고 생각한 것 같다.

또 다른 특징으로, 시청각 기기(환등기와 라디오)를 이용해서 역사적인 사건이나 날짜를 나타내고, 극적 분위기를 나타내는데 음악을 사용하고 있다. 음악은 효과음만 나타나는 것이 아니라 직접 악기를 연주하는 장면까지 삽입시켰다. <조국의 어머니>에서 박세완이 트럼펫을 부는 장면이나, <태양은 다시 뜨리>에서 김철호가 하모니카를 부는 것은, 음악을 통해 작품의 분위기를 고조시키려는 작가의 의도로 볼 수 있다.

박현숙은 이 두 작품에서 시의 삽입과 시청각 기기의 활용과 음악적인 배려를 하고 있다. 이것이 박현숙 작품에 나타난 극적 기법 특징으로, 그의 실험 정신이 잘 드러나 있다.

참고문헌

박현숙,『박현숙문학전집』제 4권, 늘봄. 2001.
_____,『박현숙문학전집』제 5권, 늘봄. 2001.
김일영,『한국희곡입문』, 느티나무, 1996.
피터 퓌츠,『드라마속의 시간』, 들풀, 1994.
L. Egri, 김선역,『희곡작법』, 청하, 1997.

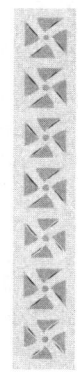

부록

1. 박현숙 희곡 연구 현황

김선주

1990년대에 활발히 전개된 페미니즘 운동의 영향으로 박현숙의 희곡에 관심을 기울이는 연구자가 늘어나면서, 지금까지 발표된 총 11편의 발표 논문(소논문 포함)에 이른다. 제대로 된 연구 논문 한 편도 없는 다른 극작가들과 비교할 때, 박현숙 희곡에 대한 연구는 꽤 진척이 된 상태라고 할 수 있다.

총 11편의 논문을 학위 논문과 소논문으로 나누어 살펴보면, 학위논문은 3편, 소논문은 8편이 발표되었다.

변신원의 「박현숙 희곡작품에 대한 여성 비평적 연구」[1]는 박현숙 희곡을 페미니즘 시각에서 다룬 첫 논문으로 선구자적인 위치를 가진다는 데 그 의의가 있다. 그는 작품 고찰에 앞서 페미니즘에 대한 용어 설명을 전제한 후에 박현숙의 희곡을 여성의 삶과 사회 정치에 대한 비판으로 나누며 작가가 남성에 대한 비판 의식을 가지고 있지만, 여성이 가질 수 있는 서사적 경험의 부족으로 극적 갈등의 심화와 긴밀성이 결여되었다고 했다. 그러나, 변신원의 주장처럼, 박현숙이 서사적 경험이 부족하다는 평가는 납득되지 않는다. 박현숙은 제작극회 대표직이나 가정법원 조정위원 등

---

1) 변신원, 「박현숙희곡작품에 대한 여성비평적 연구」, 연세대학교 대학원 석사학위논문, 1989.

다양한 사회 경험을 했을 뿐만 아니라 이러한 경험을 작품 속에 투영시키려고 노력을 해 온 작가이기 때문이다.

이를 이어 채새미, 김선주가 「박현숙 희곡 연구」라는 동일한 제목으로, 박현숙의 희곡 전편을 분석했다.

채새미[2]는 인물의 특성과 갈등 구조, 작가 의식의 변모 양상을 다루고 있다. 그는 박현숙의 초기 작품에 나타나는 남성 의존적 태도가 후기로 가면서 가정과 사회에 대한 비판 의식으로 변화하고 있다고 보았다. 이 같은 변화는 여인에서 어머니로의 화자 전환이 있었기에 가능했다고 지적했다. 그러나 '아들' 만을 희망의 대상으로 제시하는 등 전근대적 의식에서 완전히 벗어나지 못한다는 문제점을 남겼다'고 했다.

김선주[3]는 박현숙 희곡 작품 전편의 인물 분석과 갈등 양상을 다루고 있고, 그의 희곡작품에 나타나는 비사실주의적 특징과 무대공간의 특징을 살피고 있다.

그런가하면 유시정은 「전후 사실주의 희곡에서 멜로드라마적 요소와 효과[4]」에서 박현숙과 김자림의 희곡을 한 편씩 분석의 대상으로 삼았다. 박현숙의 희곡 '사랑을 찾아서'에 나타나는 멜로 드라마적 요소를 기호학적으로 분석했다. 그는 이 작품을 멜로드라마적 요소들을 효과적으로 활용한 전후 사실주의 극으로 보고, 멜로드라마적 요소로 인해 사실주의적 서사의 한계를 극복하고 있다고 밝혔다.

다음으로는 소논문을 살펴보기로 하자.

---

2) 채새미, 「박현숙 희곡연구」, 서울여자대학교 대학원 석사학위논문, 1997.
3) 김선주, 「박현숙 희곡 연구」, 경산대학교 대학원 석사학위 논문, 2000.
4) 유시정, 「전후 사실주의 희곡에서 멜로 드라마 요소의 효과 연구」, 연세대 대학원, 2001.

한국 희곡사를 기술하는 한 부분으로 박현숙 희곡을 다루고 있는 유민영은 「여류의 등장과 감상주의의 만연- 박현숙과 김자림」[5]에서 박현숙을 여류 작가의 특성을 잘 나타낸 극작가로 평가하고 있다. 특히 박현숙의 작품이 여성의 사랑 문제, 가정 문제, 심리적 갈등, 청소년 문제, 인습과 여성들의 정치불신 등을 매우 예리하게 표현해내고 있다고 봤다.

김경옥은 「앙가쥬망의 작가 박현숙 - 그 생장과 경향과 작품 세계」[6]에서 박현숙 희곡이 저항 의식으로 사회와 가정의 비리에 정면으로 도전하는 비극성과의 대결에 중점을 두었다고 보았다. 그는 박현숙의 작품을 사회·가정 비극, 애정 비극, 명랑극, 가정 희극·촌극으로 분류하며 사회·가정 비극에 박현숙만의 특징이 나타난다고 했다. 이 논문은 유민영의 논의에 비해 한 단계 발전한 것으로, 여류라는 논의에서 벗어나 박현숙 희곡의 사회 비판적 시각을 인정하고 있다.

심정순은 「무대에 올려진 여성문제의 현실- 한국 희곡에 나타난 페미니즘」[7]에서 박현숙 희곡의 여주인공들은 혼외 정사를 통해 자아의 해방에 대한 열망을 표현하지만 이들의 시도가 가부장적 사회에 대항하지 못함으로써 한계를 드러내고 있다고 보았다.

유진월의 「여성중심 비평의 출발 -박현숙, 김자림」[8]은 박현숙의 희곡에

---

5) 유민영, 「여류의 등장과 감상주의의 만연 - 박현숙, 김자림」, 『한국현대희곡사』, 홍성사, 1982.

6) 김경옥, 「앙가쥬망의 작가 박현숙 - 그 생장과 경향과 작품 세계」, 『한국현역극작가론(Ⅰ)』 한국 연극평론가 협회편, 1987.

7) 심정순, 「무대에 올려진 여성 문제의 현실 - 한국희곡에 나타난 페미니즘」, 『문학사상』, 1994.4.

8) 유진월, 「여성중심 비평의 출발 - 한국 희곡에 나타난 페미니즘」, 『한국희곡과 여성주의 비평』, 집문당, 1996.

나타나는 여성 문학적인 특성을 문화적 페미니즘의 관점에서 파악하며, 기존의 연구에 대해 여성 극작가가 여성 문제에 관심을 기울였다고 해서 내려진 피상적인 결론이 아니냐는 의문을 제기했다. 뿐만 아니라 그는 박현숙의 희곡이 페미니즘의 가능성을 제시하기는 했지만, 여성에 대한 깊이 있는 인식 부족이라는 한계를 드러내고 있다고 했다. 이는 페미니즘 측면에 치우쳐 있던 박현숙 희곡을 다른 시각에서 볼 수 있는 견인차 역할을 한 것으로 평가된다. 이로써 박현숙 희곡에 나타나는 여성주의적 비평은 변신원 - 심정순 - 유진월에 이르러 한 단계 더 발전했다고 할 수 있다.

나덕기의 「박현숙 희곡 연구」9)는 '여성의 비극적 삶과 풍자의식'이라는 문제에 초점이 맞추어져 있다. 그는 박현숙이 인간의 본성에 대해 고민하면서 여성의 삶과 현실 정치의 본질에 대해 객관적인 태도를 보인 작가라고 평가했다. 그러나 작가가 단순히 여성의 비극적 삶만을 제시했을 뿐 문제 극복의 방향과 미래에 대한 전망 제시가 되지 않았다고 지적했다.

박명진은 「1950년대 후반기 희곡의 담론 연구」10)에서 박현숙의 초기 작품인 「항변」과 「사랑을 찾아서」를 분석했다. 「사랑을 찾아서」는 등장인물이 반공 이데올로기에 거리를 두지만 여주인공의 감성적이고 휴머니즘적인 '사랑'의 강조 때문에 근원적인 대응 태도를 보이지 못하는 한계점을 드러내고 있다고 했다. 그리고 「항변」은 작가가 등장 인물들의 비극이 부부의 갈등에만 초점을 두어 구조적 모순을 가지고 있다고 보았다. 박명진의 연구는 기존의 박현숙 희곡에 대한 연구와는 다른 방법론을 취하고

---

9) 나덕기, 「박현숙 희곡 연구」, 『영남어문학』 29집, 1996.
10) 박명진, 「1950년대 후반기 희곡의 담론 연구」, 중앙대학교 대학원 박사학위논문, 1996.12.

있어 눈길을 끈다.

윤석진은 「1960년대 한국 희곡에 나타난 멜로 드라마적 경향 연구 - 박현숙의 작품을 중심으로」11)에서 「사랑을 찾아서」를 이념 - 현실 - 사랑의 삼각 구도로 분석하고, 「여인」을 정신 - 현실 - 물질의 삼각 구도로 작품을 분석했다. 그의 논의는 박현숙의 작품 중 멜로 드라마의 성격을 가진 두 작품을 철저하게 분석하여 작품의 객관적 평가에 비교적 성공하고 있다.

지금까지 기존 연구 논문들의 성과와 한계를 간략하게 살펴보았다. 이들 논의들은 공통적으로 전망의 부재와 플롯의 미약성을 지적했다. 그리고 이들 연구자들은 박현숙 희곡의 주인공인 여성들의 삶을 담고 있지만 그들의 삶에 대한 전망 제시가 부재하다는 공통된 의견을 내놓았다.

초기 연구자들이 여류 극작가 박현숙의 희곡에 나타나는 여성성에 초점을 맞추었던 반면, 근래의 연구자들은 박현숙 희곡의 세밀한 내용 분석을 통한 다양한 접근을 시도하고 있다. 또한 그동안 여성 연구자에게 의지해 왔던 박현숙 희곡의 연구 활동 폭도 넓어지고 있다.

---

11) 윤석진, 「1960년대 한국 희곡에 나타난 멜로 드라마적 경향 연구-박현숙의 작품을 중심으로」, 『한국연극학』 10호, 1998.

발표 논문 목차

김경옥, 「앙가쥬망의 작가 박현숙 - 그 생장과 경향과 작품 세계」, 『한국현역극작
　　　　가론(Ⅰ)』 한국 연극평론가 협회편, 1987.

김선주, 「박현숙 희곡 연구」, 경산대학교 대학원 석사학위 논문, 2000.

나덕기, 「박현숙 희곡 연구」, 『영남어문학』 29집, 1996.

박명진, 「1950년대 후반기 희곡의 담론 연구」, 중앙대학교 대학원 박사학위논문,
　　　　1996.12.

변신원, 「박현숙희곡작품에 대한 여성비평적 연구」, 연세대학교 대학원 석사학위
　　　　논문, 1989.

심정순, 「무대에 올려진 여성 문제의 현실 - 한국희곡에 나타난 페미니즘」, 『문학
　　　　사상』, 1994.4.

유민영, 「여류의 등장과 감상주의의 만연 - 박현숙, 김자림」, 『한국현대희곡사』,
　　　　홍성사, 1982.

유시정, 「전후 사실주의 희곡에서 멜로 드라마 요소의 효과 연구」, 연세대학교 대
　　　　학원 석사학위논문, 2001.

유진월, 「여성중심 비평의 출발 - 한국 희곡에 나타난 페미니즘」, 『한국희곡과 여
　　　　성주의비평』, 집문당, 1996.

윤석진, 「1960년대 한국 희곡에 나타난 멜로 드라마적 경향 연구-박현숙의 작품을
　　　　중심으로」, 『한국연극학』 10호, 1998.

채새미, 「박현숙 희곡연구」, 서울여자대학교 대학원 석사학위논문, 1997.

2. 작품 목록

1) 작품 목록

발표년도	작품명	발표지
1959	항변(1막)	조선일보신춘문예입선
1960.1.13.~28.	사랑을 찾아서(1막)	조선일보신춘문예가작 입선
1962	땅위에 서다(1막)	조선일보 신춘문예 당선
1965	출발(1막)	『여인』
1965	여인(4막 5장)	『여인』
1963	언덕으로 가는 골목길(1막)	소인극 17인 선집
1964	방관자(1막)	『여인』
1967	가문(4막6장)	『가면무도회』
1969.10	타인들(2장)	『가면무도회』
1971	세상은 온통 요지경속(2장)	월간문학
1972	빛은 멀어도(4막5장)	『가면무도회』
1975	가면무도회(2막)	『가면무도회』
1976	행복한 봄이 되기를(1막)	『가면무도회』
1976	꽃을 피우는 마음(1막)	『가면무도회』
1976	할아버지 만세(1막)	『가면무도회』
1977	이상촌(寸劇)	『주말농장』志
1986.7	그 찬란한 유산(2막10장)	한국문학 7월호
1989	여자의 성(7장)	월간문학 10월호
1991	조국의 어머니(2막 10장)	월간문학 6~8월호
1993	청사에 빛나리 그 이름(6막18장)	『여자의 城』
1996	회로-파도야 말해다오-(2장)	『여자의 城』

| 1996 | 생명의 전화를 받습니다 (모노드라마) | 『여자의 城』 |
| 1998.12. | 태양은 다시 뜨리(2막) | 『월간문학』 |

2) 작품집 목록

년도	작품명	발표지
1965.11.25.	희곡집 『여인』 발간	창조사
1976	희곡집 『가면무도회』 발간	세종문화사
1986	희곡집 『그 찬란한 유산』 발간	범우사
1996	희곡집 『여자의 城』 발간	대한
1970	수필집 『막은 오르는데』 발간	세종문화사
1976	연극의 사회적 기능에서 본 제문제	중앙대학교 대학원 석사학위논문
1982	수필집 『쫓기며 사는 행복』 발간	유림사
1994	수필집 『나의독백은끝나지않았다』 발간	혜화당

3) 박현숙 희곡의 공연연보

년 도	작 품 명	공연단체
1960.3.16~20.	사랑을 찾아서	제작극회(제8회) 「원각사」에서 공연(연출 오사량)
1962	땅위에 서다	청포도극회가 「명동예술극장」에서 공연
1964	나는 방관자가 아니다	서울대 연극부 공연
1970	여인 (너를 어떻게 하랴)	제작극회(제14회)가 「명동예술극장」에서 공연 (연출 김경옥)
1977.9.23~28	빛은 멀어도	성좌(제14회)가 세실극장에서 공연(연출 김학천).제1회 대한민국연극제에 참가.
1987	방관자	두레박에서 「관악구민회관」 불우청소년 돕기 공연

	기타 아동극 영이의 일기 시리, 행복한 봄이 되기를, 꽃을 피우는 마음, 할아버지 만세 등.	KBS 방영
1999.7.12.	여자의 城	충북 청주 신세대주부극단 제 1회 창단 공연 「너름새극장」 공연
1999.7.14.	여자의 城	서울 제 3회 전국주부 연극제 참가. 「여의도 굿모닝」에서 공연

필진 소개

김일영(대구한의대교수)　　여세주(경주대교수)

김선주(울산대강사)　　　이상진(동국대강사)

윤일수(영남대교수)　　　최창길(영남대강사)

최정은(영남대강사)　　　권순종(구미1대학교수)

박현숙 희곡연구

인쇄일 초판 1쇄　2004년 06월 15일
　　　　 2쇄　2015년 02월 05일
발행일 초판 1쇄　2004년 06월 17일
　　　　 2쇄　2015년 02월 15일

지은이 무천극예술학회
발행인 정 찬 용
발행처 **국학자료원**
등록일 1987.12.21, 제17-270호

서울시 강동구 성내동 447-11 현영빌딩 2층
Tel : 442-4623~4 Fax : 442-4625
www.kookhak.co.kr
E- mail : kookhak2001@hanmail.net
ISBN 978-89-279-0952-1 ＊03680
가 격 14,000원

＊저자와의 협의 하에 인지는 생략합니다.